U0902550

[美] 科里 · 佩恩（Corey Pein）_ 著　　朱天睿 _ 译

中信出版集团 | 北京

图书在版编目（CIP）数据

我在硅谷最后一周 / (美) 科里 · 佩恩著 ; 朱天睿
译 . -- 北京 : 中信出版社 , 2020.11
书名原文 : LIVE WORK WORK WORK DIE
ISBN 978-7-5217-1680-1

Ⅰ . ①我… Ⅱ . ①科… ②朱… Ⅲ . ①纪实文学－美
国－现代 Ⅳ . ① I712.55

中国版本图书馆 CIP 数据核字 (2020) 第 059894 号

我在硅谷最后一周

著　　者：[美] 科里 · 佩恩
译　　者：朱天睿
出版发行：中信出版集团股份有限公司
（北京市朝阳区惠新东街甲 4 号富盛大厦 2 座　邮编　100029）
承 印 者：三河市科茂嘉荣印务有限公司

开　　本：880mm × 1230mm　1/32　　印　　张：9.25　　字　　数：184 千字
版　　次：2020 年 11 月第 1 版　　印　　次：2020 年 11 月第 1 次印刷
京权图字：01-2019-3749
书　　号：ISBN 978-7-5217-1680-1
定　　价：59.00 元

服务热线：400-600-8099
投稿邮箱：author@citicpub.com

目 录

引　言

亿万富翁或者一无所有

最虔诚的信徒往往就是他人眼中的异类。这话说的就是我。我小时候就用一台 Commodore 64 电脑自学了编程。按理说，在大二之前，我就应该已经成为亿万富翁，可我搞砸了。本应逃课，窝在宿舍里，用一个网站改变世界的我没有抵挡住音乐、图书和姑娘的诱惑。从我不再写程序代码而开始为报纸投稿的那一刻起，我挣钱的潜力就直线下降了。在随后的几年里，我逐渐意识到自己错了。传统媒体已经日薄西山，而我只能羡慕地望向那些人生赢家——程序员和技术员。因为他们有创意，有激情，更重要的是，他们很有钱。为什么我就没有成为他们中的一员呢？

2010 年，我和女友把报社的工作辞了，搬到英国。在那里，我开始了自己人生中的第一次创业—— 创建一个新闻网站。我亦步亦趋地模仿《打工好汉》里的情节，沿着我的前辈——那些媒体创业者——的足迹，为这家公司贡献了大量的廉价劳动力。当然，来源主要是我自己。在连续两年兼任出版、开发、编辑和记者，每天工作 12 小时之后，我终于撞上了南墙。最终，我决定让网站放任自流，找了份新工作。我的第一次创业就这么失败了。可以说我是一个失败者。为什么呢？众所周知，互联网是一个扁平的世界，一个自由而且无摩擦的交流媒介，因此好点子总能脱颖而出。这就是互联网的基础，如同《圣经》的第一句一样不断被众人重复，只有那些愤世嫉俗的犬儒主义者才会怀疑这一点。与此同时，互联网也是一个垃圾坑，尽管那时候我还没有看出来。

随着职业生涯发生转变，我变成了技术博客的忠实读者。起初，我浏览这些博客是为了解决一些专业的编程问题。但很快，浏览这些博客就成了我的爱好。在这件事上我被误导着努力让自己变得更高效。在这些网站上，我如饥似渴地阅读了一页又一页自助材料，备受鼓舞。这些东西其实就是给我这个渴望创业的人准备的。平躺在床上，胳膊僵硬地立着，把手机举起来，我没日没夜地读着黑客新闻（Hacker News）里那些鼓舞人心的字句，努力寻找慰藉。这个网站就是由一个风险投资基金和一个名叫“Y Combinator”的创业孵化器运营的。这样的背景使这个网站看起来权威可信，而且上面的用户水平普遍也很高。

黑客新闻上各种大标题让我确信，在失败的路上我并不孤单：“如果你失败得很快，而且频繁失败，那说明你的设计有问题。”“失败得快意味着……你还要失败很多次”，简单来说就是“成功是失败之母”。这一点我始终牢记在心。我把每次失败都解读为一段有助于锤炼心性的经历。一直以来，我都抱定了这种想法，直到后来事情起了变化。随着不停地切换工作，我终于也卷入了“学习编程”这股浪潮中。在这个过程中，我被灌输了一套似是而非的想法：我应该为自己掌握了一门如此“有价值的”新技能而感到自豪，毕竟我可以编写一个使用“Ruby on Rails”架构的应用程序！我还能管理一个虚拟服务器！我当时还不知道，如果想靠这些技能谋生，那我必须投身数字经济。在这个世界里，一切规则都是各家大公司制定的。作为一个富有工作热情的网站站长，一个有抱负的新闻工作者，我就像牧场里的一头小牛犊，幻想着自己其实才是牧场的主人。

2012 年，我加入一家名为“Demotix”的线上新闻服务公司，这家公司相当前卫，主要业务是将世界各地自由摄影师的作品卖给新闻媒体。等我成为总编时，Demotix 已经签下了 3 万名摄影师外加一小部分全职员工。在我们的开放式办公室里配有充气座椅和咖啡机，给人一种科技创业公司的感觉。这家公司的最大投资方是科比斯公司（Corbis Corporation）的伦敦分公司。科比斯的总部位于西雅图，属于比尔·盖茨。

就在我开始工作不久，科比斯直接收购了 Demotix。公司原先的创始人都永久“退出”了。我想他们的本意是好的，而且管理层也告诉大家，这是一个好消息。公司官方宣布：“此次收购意味着，我们朝目标迈出了一大步。”他们还承诺，新东家将继续秉持“维护言论自由，关注冷门领域”的信念。当时我幻想着，在比尔·盖茨的领导下，可能编辑部的预算会达到 5 位数，甚至是 6 位数。

在科比斯的一位经理从纽约飞过来视察之后，我们的美梦破灭了。我把这个人叫作“无人机”。尽管他吹嘘自己不读报，而我们的主要客户恰恰就是读报人，但他最终还是当上了“新闻、体育和娱乐”部分的主管。“无人机”的开场白是一系列幻灯片，我估计他们在位于西雅图的总部就是用这个跟对方打招呼的。然后，我们分成若干小组，轮流进入他的办公室，坐在双人沙发上。见我们来了，他就阴险地咧嘴一笑，向我们介绍了新的情况。“科比斯只关心两件事，”他说，“第一是赚钱，第二是创新和颠覆。我感觉比尔对第二件事特别感兴趣。”

我们默默地盯着他。我知道我的英国同事们能在这尴尬的沉默中一直坐下去，同时我也知道“无人机”正在等着我们的反应。既然他谈到了钱，我于是说，许多摄影师为了给我们提供照片，不惜进入战区，而且大多负债累累，更不用说冒着被逮捕、绑架和死亡的危险了。有了科比斯的巨大资源支持，或许我们可以给这些摄影师支付基本的工资——比如说，每天 100 美元？“这永远也不可能。”“无人机”说。更甭提医保了。

而这仅仅是开始。事实证明，科比斯似乎对新闻的内容有特别的理解，他总是抱怨我们对那些遥远国家的街头抗议和工厂罢工投入了太多的关注。这在科比斯看来，太难懂了，太模糊了。管理层更希望街头摄影师去红毯上追逐那些电视真人秀的明星。显然，他们永远不嫌卡戴珊占据了太多版面。但“无人机”也明确表示，科比斯很高兴不断收到关于叙利亚、马里或任何正在困境中挣扎的国家战地新闻的照片，只要我们不让那些自由摄影师陷入麻烦就行。

很快，我们这些卑微的被收购方发现了“无人机”的一项秘密计划——裁掉一半员工。顺带一提，他本人将接替我成为新的总编，而我新的工作是负责“社区建设”之类的活儿。于是，我辞职了。

几年后，盖茨把科比斯卖给了它的主要竞争对手盖蒂图片社（Getty Images），一家美国公司。就这样，在没有任何事先警告的情况下，“Demotix”让成千上万的自由职业者失去了饭碗，并收回了他们对已经上传到科比斯服务器上的图片的访问权限。这次转让还包括科比斯持有的大量历史档案照片。

辞职后的几天，我都沉浸在因行使了自己的正义感带来的美好回味中。“我想，我要回去写作一段时间了。”我告诉朋友们。在接下来的一年，我穿着睡衣，过得挺滋润。但是我知道，自己必须要振作起来，哪怕再经历一次新的失败。可我应该做什么呢？

我把几个选项罗列了出来。当然，我可以找另一家科技创业公司去碰碰运气，也可以回归已经奄奄一息的传媒行业。或者，我还可以找个地方去擦地板，就跟我大学刚毕业那会儿一样。沦落到这步田地，我到底做错了什么呢？我和比尔·盖茨比，到底差了什么呢？除了他是世界顶级富豪以外，我们之间有什么差别吗？这种想法最终让我意识到，有一个简单的办法可以解决所有问题，那就是跟我的老东家比尔·盖茨一样，成为一名亿万富翁。

亿万富翁可以说是20世纪最令人向往的了，与各种辛苦的职业相比，亿万富翁有许多优势，而且他们享受着无与伦比的福利待遇！在1901年美国钢铁公司成立之前，世界上还没有价值10亿美元的公司，更不用说身家10亿美元的个人了。而在当下，亿万富翁的数量比历史上任何时候都多——根据福布斯“全球财富团队”的统计，全世界共有2000多个亿万富翁。事实上，无论是地缘政治、自然环境还是人类社会的任何方面，都无法摆脱这群富豪的影响。而美国炙手可热的亿万富翁工厂，就是这个在世界上被大肆宣传，同时又鲜有人了解其真实情况的一片郊区——美国硅谷。

作为颠覆性创新的中心和高科技英雄的故乡，硅谷就像一个诱人的女妖，吸引着世界各地雄心勃勃、技术精湛、思维超前的人前来创业。硅谷有一种创造财富的独特方式，我们姑且称之为“硅谷模式”，这套办法甚至得到了美国前总统贝拉克·奥巴马的支持。在一份国情咨文中，他承诺将支持“每一个渴望成为下一个史蒂夫·乔布斯的冒险家和企业家”。

真的吗？那我们岂不都能成为站在金字塔顶端的那百分之一的幸运儿了？

无论你此前听到过什么，在自己的行业中努力工作，绝对是挤进亿万富翁俱乐部的最愚蠢的方法。在硅谷，这个温暖而又诱人的创业摇篮里，世界上最优秀的MBA和IT专业人才已经发现了致富的捷径。似乎随便谁，哪怕是个贫穷的傻瓜都可以利用互联网的神奇力量，把自己变成一个当代的封建领主。硅谷年度指数（Silicon Valley Index）是由一家地区性智库和当地社区基金会联合开展的一项经济调研。它准确地展现出，相较于美国其他地区，硅谷的表现有多好。报告指出，自2007年经济危机以来，美国的整体经济基本上都陷入了停滞状态，而硅谷整体就业人数在显著上升。硅谷的掌权阶层，那些创业公司创始人、投资者、持有股权的高管和收取费用的中间商，更是越来越红火。过去，这些公司的经营范围仅限于计算机的软硬件，但现在它们的业务迅速扩展到公共治理、金融和生物学在内的各个领域。曾经蜂拥至华尔街的常春藤毕业生如今都扛起行囊，向西进发。美国全国广播公司财经频道（CNBC）报道称，“越来越多的金融专业人士和商学院学生涌入科技行业，将自己的银行业生涯抛诸脑后。”忘掉高盛吧，考虑一下谷歌。

你可千万别理解错了：在困难时期，保证自己生存下来的唯一办法就是发财。没人会真的关心你到底是怎么赚钱的。实际上，在这个社会中，不平等的程度已经达到了历史最高水平，大家根本没的选，你要么成为亿万富翁，要么就一无所有。你现在可能对这种说法嗤之以鼻，但等到机器人让你失业，而你又买不起一辆高燃油效率汽车，只能做优步司机挣点辛苦钱的时候，你就会后悔了。况且，你真的想工作一辈子吗？当然不想，没人想，至少我不想这样。

我最开始写本书的时候，暂定的标题是，“如何按硅谷的法子赚300亿美元”。我想写一本教人如何建立科技创业公司并在硅谷运作发大财的书—— 用一个非常“硅谷”的办法发财！在创业方面，我已经失败两次了，但我没有在湾区——这个全世界最受欢迎的创业市场失败过。带着几张自制的名片和一些还不成熟的点子，我就离家开始了一场冒险。我居然觉得自己可以冲进旧金山创业市场——如同扎进一个正在快速排水的儿童泳池，还能安然无恙地离开。这可能是我这辈子最蠢的一个念头。显然，我没淘到金，连黄铁矿都没摸到，就撞到了冷硬的水泥上。

我的问题不在于时机不对或是执行得过于草率。尽管这两个问题我都有。真正的问题是我对于自己的角色非常困惑。我到底是记者还是商人？我必须让自己相信，我能同时扮演好这两个角色，而不产生不可调和的冲突。然而我失败了。科技产业的压倒性敌意激发了我作为媒体工作者的使命感。毕竟，就是它夺走了我的生计，除了一堆表情包，什么都没留下来。它还绑架了我的朋友们每天发给我一张名为“脸书”的勒索信。被绑架的人总是在说，一切都很好，绑匪对他们不错，而且伙食也很棒——但其实我知道真相，他们骗不了我。科技巨头正在经历着令他们感到欢愉的体验，他们永远不会停下来，直到一切事物都以同一种方式呈现出来——通过屏幕。我的创业计划迫使我去拥抱那些我内心非常厌恶的东西。这完全是我自作自受。随着时间的推移，这些矛盾把我的耐心耗光了。终于，我像个无助的婴儿躺在一个破床垫子上，环绕我的是空啤酒瓶子，以及一些小纪念品，以证明我所经历的这段悲伤的时光。

记者和商人的双重角色让我不停地陷入各种道德困境和利益冲突，而我多次利用了自身身份的模糊性。举例来说，科技行业大会的入场券通常价格不菲。而实际上，这类活动的本质就是一群级别略高的书呆子向另一群排着队要参加“现场电视购物节目”的书呆子收取每人几百或几千美元的费用。我根本负担不起这些大会的费用。但我知道作为记者和作者，我可以暗示主办方，我将为该活动提供宣传，借此免费入场。于是，我就这样混进了很多活动。但是，在另一些情况下，我的行为就不太符合记者的身份。我几乎总是告诉别人，我在写一本关于科技的书。但我很少真实采访别人。我假设会将自己经历的一切记录下来，而且也没有人不许我引用他们所说的话。当然，我从来没有同他人具体解释过这是本什么书，而且我很谨慎。多数时候，我的笔记本都在后兜里，而不是拿在手上。但我不是什么恐怖分子，因为我很关心作为个体的每个人所享有的权利。因此，在小说中使用真实姓名对这些人就不太公平。于是，我为他们起了假名，而不是把几个人物糅合成一个。本书的情节，尽管不总是按时间顺序依次发生的，但都是真实发生在我眼前的。每个角色所说的话，我也尽可能做到原汁原味呈现，并且尽量提供可以查证的来源。本书谈不上严格意义的新闻报道，但内容是真实的。在创作时，我希望尽可能地获得真正的创业体验，而不是假模假式地伪装成一个创业者。现在看来，我还不如用个假名，伪造一份简历，然后直接大闹硅谷。其实我不太擅长骗人。也许，是我潜意识中的自我毁灭促使我执行了一个这么疯狂的计划。

在 2015 年那段令人癫狂的日子里，我告诉无数人，我计划在短时间内，用一个从没有人听说过的创业公司，制造数十亿美元的财富，最为神奇的是绝大多数人都没有笑着质疑我，“你是不是疯了”。在 2015 年的硅谷，人们对这样的奇迹已经司空见惯。不信你就看看当时媒体是怎么报道的。看啊，优步来了！它简直是从石头缝里蹦出来的。还有色拉布（Snapchat）！照片墙（Instagram）！脸书（Facebook）！每个这样的创业故事，都在一次次确认这个美国财富的神话——勇气和向前意味着牛奶和蜂蜜。我们中 99.99999% 的人成为亿万富翁的唯一途径，就是赶上一场魏玛共和国式的经济崩溃——每个人都得推着整整一车的大面额钞票，在商品匮乏的杂货店前排队，购买过期面粉做的面包和掺了锯末的牛奶麦片。在 2015 年我装好行李、飞往旧金山的时候，有一件事我还不知道，那就是上述这种苦日子可能来得要比大多数“理性人”设想的要快得多。

第一章　可怜的赢家

刚刚来到旧金山这个闪闪发光的消费天堂，几个小时内，我就不停地收到各种免费玩意儿。免费零食、免费酒水、免费 T 恤、免费摆件、免费的个人品牌网络推广和免费建议——一切都摆在那里，标明了商标，任人取用。乐善好施者几乎从不露面，反正他们是不会见我们这些凡夫俗子的。那些高科技行业的精英如同半神，永远不会和我们这些人打成一片，他们都生活在一个更高的层面——由机器仆人服务，住在湾区美景尽收眼底的豪宅里。我当然明白这些馈赠的实质：并非源于慷慨，而是来自上层的恩赐，经由风险投资这只“看不见的手”抛下来。

我收到的第一份馈赠来自收银台边上的一个篮子：一张亮粉色的优惠券，可提供一次免费的出租车载客服务，提供方是旧金山第二大网约车公司来福车（Lyft）。我感觉这个公司的名字挺讨厌的（怎么就不能直接写成 Lift？），它那矫揉造作的小胡子商标也同样让人生厌。但正如我妻子常说的，我太过“节俭”了，所以我因为美学的考量而放弃了这 25 美元的馈赠。我在手机上安装了来福车的应用程序，授权了这家公司，以及鬼知道还有谁去追踪我的地理位置，然后叫了一辆车，好把我拉到远在城市另一端的新家。

等我抬头看时，已经有一辆车停在路边了。我以前从未用过像来福车这样的应用，车来得如此快，倒让我有点难以置信。我傻站在原地，朝远处扫视了好几分钟。车上的司机看起来也没生气，似乎还因为能歇上一会儿感到高兴。

西蒙娜是我要乘坐的这辆网约车的司机，她这会儿是真的累了。她堪称21世纪小微创业者的典范——一个被严重剥削的工人。她住在奥克兰，每天早起，开车到旧金山市中心，开两班公立学校的校车。午休的时候她再给来福车当网约车司机，一直工作，直到回家睡觉。无论哪个雇主，都把西蒙娜视为独立的兼职外包司机，从不担心她这样不停开车究竟有多疲劳。她根本不指望会涨工资。“我想摆脱来福车公司。”她告诉我，“我这么干活只能填满别人的腰包，所以我应该把时间投入我自己的公司。”

在好莱坞，每个人都有一部没写完的剧本。在旧金山湾区，每个人都有一个以“隐身模式”运作着的“A轮融资前”科技公司（意思是说他们每人都有一个没有资金支持的点子，表面上各个讳莫如深，实际上都很渴望知名度）。“你的公司？做什么的？”我问她。

她犹豫了一下，然后问我，是否有宗教信仰，或者是否比较敏感、容易生气。“还好吧。”我说。

随着车缓慢行驶，我们穿过了田德隆区高速公路下密集的贫民窟和星星点点的垃圾火堆，西蒙娜向我介绍了她的公司。这家公司名叫“Racy Laydeez”。她想自掏腰包，雇人给公司做个网站。Racy Laydeez是一个性玩具商品目录网站，里面还包括给入门者提供的详细使用指导以及……“实际演示”。当然，这引起了我的兴趣，但我还是不太明白西蒙娜想给已经相当饱和的性用品市场带来什么改变。可能唯一的变化就在于，对像她这样的工薪阶层黑人女性来说，相比在市中心某个到处都是白人雅痞的性用品店的货架间挑选性玩具，在网页上订购要自在得多。虽然西蒙娜的商业方案可能还有很多问题，但毕竟也有比这个蠢得多的无数创业公司都吸引到了大量投资。我当然不会去挫伤她的积极性。“我一定能发财！”她说着把车靠边停了下来。我祝她好运，向她挥手道别，然后开始观察周围的环境。

在蛛网般交错密布的水泥高架桥和灰暗肮脏的货栈之中，矗立着一栋崭新闪亮的高层公寓楼。我的新家就在这里。我拉着行李来到大楼正门，看到门上刻着一行奇怪的字：“生活 / 工作。”我猜这是某种混合城市生活区和工作区的尝试，或者说，它读起来更像是一条命令：“去生活，去工作。”可是我们除了工作之外，到死之前还能做什么呢？又或者说刻在门上的话其实是想建议我们：“你，要么生活，要么工作。”

我管这栋楼叫黑客公寓。这是我在短期租房广告信息上找到的最佳选择。和绝大多数刚刚来到湾区的新人一样，我非常依赖爱彼迎提供的短租公寓。这间房子每晚 85 美元，比市场的平均价格要低，但我依然负担不起。从好的一面考虑，这个房子就是那些房地产销售总在说的——适合新闻媒体工作者和创业者的时尚社区。原先商业区南边的区域是以廉价制造业为主的街区，现在却成了以时尚工业风格、开放式办公室为主的街区。还不等把这里的穷人和流浪汉全部赶跑，创业公司就涌了进来。

黑客公寓的广告也表现出对科技从业者的偏好："我们欢迎雄心勃勃且细致认真的创业者来这里大展宏图。"广告里还明确指出，"不许搭上下铺"。这一点我尤其中意。我告诉房东布罗迪和迈克，我是一个"萌芽期"创业公司的创始人，再加上个人资料里微笑的证件照和全额缴纳的预付款，我顺利通过了房东的筛选。事后我调查了一下，这个房子的产权并不属于布罗迪和迈克，它的实际持有者是一个在科技行业闯荡多年、已经财务自由的欧洲人。这一切对他们这些人来说都是稀松平常的。至于我们之间的租房合同到底是否合法，我只能听天由命了。

我按下了一个标有"房客"的门禁按钮，一个男人马上通过门禁电话回应了我。他刚才就在等我了。过一会儿门开了，我的新室友来了，一个名叫利亚姆的瘦高个新西兰人。电梯到了三楼，我们走过静悄悄的铺着米黄色地毯的走廊。"你认识邻居们吗？"我问。"我从来没见过这里的其他住户。"他说，"本来有一天晚上在 14 号公寓有个派对，可是当晚我们敲门之后也没人开门。"我的公寓是 16 号，一进门就看到门口堆积如山的男鞋。这房子看起来倒是还不错。可以说，黑客公寓的内部比它从外面看起来要现代且宽敞得多。16 号是一个三层复式公寓。一楼乏善可陈，可能过去有人想把它当作活动室或健身房。二楼是主要功能区，包括厨房、客厅和餐厅。主卧在三楼，设计得有点儿像室内露台，天花板足有20多英尺[①]高，窗户则是壮观的大块玻璃的落地窗，从黑硬木的地板向上直伸到天花板。家具是一个野餐桌和一组沙发，整个起居室显得很宽敞。看起来还真不赖！

“这房子的钥匙是怎么安排的？”我问。

“就一把钥匙。”利亚姆说。

“一把钥匙？”我问，“所有人就用这一把？”

一个声音穿过房间传了过来：“你可以在24小时内通知爱彼迎，这房子的实际情况与网上的信息不符。”糟了，鬼知道这房子还有什么毛病。

利亚姆告诉我，他们平时把公寓的房门钥匙放在走廊的壁挂灯里。想要拿到里面的钥匙，你要么跳起来，要么胳膊超长。由于这个房子的租房合同很有可能是违法的，而且房东非常小气，所以住户必须掌握很多类似的生活小技巧。公寓里的黑客们从不走正门。利亚姆解释说，因为那样太显眼了。他带我来到一楼车库，接着又来到了大楼背面，他教我如何将手沿着大门缝伸进去找到一个很小的密码盒，里面放着公寓大门的钥匙。每次来找这把钥匙都要确保周围没人。

我们又走楼梯回到屋里，去见其他室友。我当然明白没必要花太多时间去了解这些人。因为我们都是高科技行业里飘忽不定的流动人员，彼此间的关系都是暂时的，就连身份都可有可无。我订的房间只能待两周。很快我就需要去寻找新的住处、看新的

---

① 1英尺约为0.3米。——编者注

家居陈设、搞明白新的橱柜布局、记住新的密码，当然也就会遇到新的室友，然后或早或晚忘掉他们。

屋里唯一一张像样的书桌摆在窗户旁边。坐在桌旁的是拉杰——一个健壮的程序员，他看起来多少有点大男子主义。刚才就是他喊的话穿过了整个房子。他就是这样一个“乐于助人”的家伙。

在沙发中间蜷着身子抱着笔记本电脑，散发出一丝紧张和敏感气息的男人名叫阿伦，他是个瘦削的实习生，出生在班加罗尔，在达特茅斯学院读本科。

坐在沙发远端，戴着小耳机的是来自挪威的尤里。“尤里的血统是俄罗斯和阿拉伯各占一半。他每天都得喝点酒。”拉杰向我介绍道，尤里听到后简单地点了下头。

独自坐在餐桌旁的是迭戈。和其他人一样，他也是搞软件的，唯一的业余爱好就是“破解硬件”。在过去大家都还没那么喜欢装腔作势的时候，他或许会被人简单地称为电子产品发烧友，或者美国无线电器材公司（Radio Shack）的忠实客户。迭戈这人有点怪。我怀疑是电焊产生的烟把他的脑子熏坏了。

我让利亚姆带我去自己的房间。一个为难的表情随即浮现在他脸上，然后他招手让我跟他往楼下走。我一进去就在心里骂起来了，“我的”房间里居然摆了五张床，我之前还以为房租是足够我独处一室的。“我一开始也是这么以为的，”利亚姆说，“那广告的说明实在太含糊了。”我又检查了一遍租房合同，上面确实清楚地写着“不许搭上下铺”。但是在合同的某个细则里，我终于找到了这几个字："房间共享"。"非常卑鄙。"尤里附和道。

晚餐前，我来到位于二楼的厨房。"有什么东西可以拿来烧水吗？"我问。

"没有。欢迎加入我们。"迭戈说。

黑客公寓里的住户基本都是移民或二代移民，大多习惯了忍气吞声。实际上是他们太忙了，根本没时间生气。他们很少停下手中的工作，甚至喝水的时候都不停下手里的活儿。可即便如此拼命工作，通常他们还是需要把工作带回家。他们都喜欢把自己看作萌芽期的创业家，但其实他们只是一群使用苹果笔记本电脑的民工。在成千上万这样的技术员中，所有在外国出生的人都得凭 H-1B 临时工作签证进入美国，这就要求他们不能失业。和我一样，这些人都有自己的创业计划。不同的是，他们都接受过专业训练，熟练掌握相关技能，能以此谋生。

我一屁股坐在沙发上。大家都安静地敲击着键盘。过了一会儿，拉杰忽然站起来，看着我说："这房子是个'和尚庙'。"我大概猜出了他的意思，在接下来的两小时，我将听到至少两个关于强奸的笑话。"可别把你吓坏了。"他继续说。我也回瞪过去。显然他块头比我大，但如果我先出手，狠狠地打在他鼻子上，也许我就可以免去忍受那套在他看来理所当然的入伙仪式。

利亚姆从楼下走了上来，站到了拉杰身后。

"抽吗？"利亚姆问我。

"抽什么？"我一时没反应过来。

"回答正确。"拉杰说。

作为入伙仪式的一部分，分享一根大麻烟卷还不赖。我们一边聊计算机，一边欣赏旧金山湾区夕阳西下的景色。实际上我们根本看不到夕阳。在我们前面，一边是司法大楼、监狱和一排提供给保释担保人的木瓦房，另一边是高速立交桥，桥下则是一些只有晚上才会出现的盖着防水布的硬纸箱。“你可别走那条路。”利亚姆说。

有人提议点个比萨。但附近的餐厅都是给警察和律师服务的，不提供晚餐，这时候已经打烊了。“没人生活在这里，”尤里说，“除了我们。”

我逐渐适应了这个充斥着自我至上主义的新世界。在这里，相较于去了解和自己共用洗手间的室友，人们显然更愿意关注社交媒体。在这里，日常生活被高度重复而单调的流程填满，就像乳酪通心粉包装背面的食用说明。我们这些成年人活得如同实验室里的老鼠，拉动一根摇杆来获得食物，拉动另一根来获取短暂的娱乐——或者其他我们所需要的一切。爱彼迎和空腹熊猫（Foodpanda，在线外卖订餐平台）服务我们的肉体，网飞和生活极客（Lifehacker，社会化媒体平台）滋养我们的灵魂。

这群“科技男”也不是没有一点个人特征，比如尤里，性情古怪，但我还挺喜欢他。我邀请他一起参加一个名为“女性开发者”的庆祝派对。他以为我有特殊的消息来源，这让我觉得自己还挺上道。但实际上就像其他免费品那样，这个派对信息来自网络上公开的广告。我利用 Eventbrite（在线活动策划服务平台）

和 Meetup（约会社交平台），在降低支出的同时填满我的社交日程表。尤里非常感谢我的邀请，以至虽然距离目的地仅有不到 1 英里[①]，他还是给我们在优步上叫了个车。我劝他步行过去，因为穿过黑客公寓周围的流浪汉聚居地其实并没有什么危险——他们只是一群穷人，不是食人族。

我们的目的地是一座冷峻的哥特风大楼——太平洋贝尔大厦，这是该公司垄断美国通信业时为其加利福尼亚州分部建的。现在这栋楼的最大租户是 Yelp，一个让半文盲对杂货店、医院、饭馆、酒吧和其他设施进行匿名评论的网站。他们的评论乏善可陈，净是些琐碎的抱怨。某种程度上，这就是这个网站存在的意义。Yelp 通过给商家的老板打电话，向他们出售广告服务。一些商家宣称，那些不堪重压的销售人员有时会向他们承诺，可以“清理”差评，或者拉低竞争对手的排名，以此来恳请他们购买每月的广告服务，最终一年下来广告费能达到几千美元。Yelp 成立于 2004 年，十年间达到年收益 3.7 亿美元。在一些企业看来，Yelp 的业务和“敲诈勒索”没什么不同。但 Yelp 在法院上击败了所有起诉者。《名利场》认为，Yelp 的领导者无疑是构成“新建制”的重要一环。40 多岁的首席执行官杰里米·斯多普尔曼个人捐赠了 12.5 万美元给民主党及其候选人。所以当 2013 年 Yelp 迁入新的全球总部时，为他们剪彩的是招摇而富有的邻居、太平洋高地的女议员南希·佩洛西。她称赞 Yelp 是“优秀企业的典范”，更

① 1 英里约为 1.61 千米。——编者注

是“驱动美国梦的社会和经济引擎”的标杆——这个美国梦“基于对未来的信心、对创业家精神的信念、对创新和科技的信心，尤其是对社群的坚定信仰，因为 Yelp 的场景就在于社群”。更值得称道的是，不同于那些被斯多普尔曼和他手下的主管抢了饭碗的本地报社，Yelp 不会去养一群动不动就用尖锐问题骚扰佩洛西这群政客的“笔杆子”，更不会让这群“笔杆子”为餐馆写真诚而可靠的点评。

尤里和我站在大楼的加固门外，看着里面壮观的大堂，墙面铺着黑色大理石，中国织锦风格的绘画布满了整个天花板。我们不禁怀疑这个派对是不是挑错地方了。尤里朝着面无表情的门童漫不经心地耸了耸肩，出乎我意料的是，我们就这样被招呼进了大楼，走进了一部金色的电梯。我发现这部电梯里一个按钮都没有。这是我第一次使用“智能电梯”，显然这样的设计是这栋大楼反暴民防御系统的卑鄙一环，不论这些暴民是狡猾的骗子，还是被 Yelp 的白痴评论逼上绝路的饭馆老板。

电梯门打开，活动大厅里有一大群人，他们穿着被啤酒浸湿的同款 T 恤，围绕着 DJ（打碟）台。网络电台供应商“潘多拉”（Pandora）是一家执着于把一切音乐家从它的业务中挤出去的公司，讽刺的是，此次活动该公司派了个大活人过来，给这场节奏感十足的业内人士对话提供低沉的音乐伴奏。在屋顶的上方，被聚光灯照射的是此次活动的赞助商：Yelp。

就像我之前提醒尤里的那样，在这个派对上，“女孩们”虽然较一般的科技业内聚会来得多，但她们通常都缩在一个个防御性极强的小圈子里。我同那位显然是出于善意组织了此次活动的发起人攀谈几句，但发起人传达给我的全是女性如何在科技行业遭遇虐待、嘲笑、拒绝和傲慢的悲惨经历，而此次派对就是为了改变现状而做出的一种尝试。关于对抗性别歧视，我不敢说自己也尽了一份力，毕竟我带来的是个寻找刺激的家伙。我望向 DJ 台，一个拄着拐的金发傻小子，蹒跚地从一群穿着公司 T 恤的女孩中间硬挤出一条道，然后一把攥住麦克风开始说唱，场面简直可怕。我觉得我们还是快走吧。

我在人群的缝隙中以之字形走着，每次转向时我都观察到旁人陷入一种苦乐参半的状态。大家跑到这个地方来到底图什么啊？当然是为了人脉。为了更好的跳槽条件，然后再跳槽，持续跳槽，直到你攒够了属于你的那笔“去你的”钱——即“去你的，老子不干了”的缩写。至于这笔“去你的”钱到底应该是多少，只能说人各有志。总的来说，攒够了这笔钱意味着你就不需要再工作了，当然也就不用再来参加这类愚蠢而虚伪的派对。我估计来参加这次活动的人大多在 Yelp 工作，而且距离他们攒够自己那笔“去你的”钱还相当远，所以不得不到处打探各种派对上的消息。除了钱，把这些人都吸引来的还有一些东西，比如人面对陌生领域时心中压倒一切的焦虑。

生活中，创业泡沫之外的部分令人不安又无法预测，而在泡沫之内却安全又舒适。“快乐”在湾区的科技世界里是强制性的，他们甚至还鼓励员工酗酒。举例来说，Yelp 公司内的酒吧就常备三大桶高端精酿啤酒，以及大量的红酒和各式烈酒。这并不是为来宾准备的，而是该公司给员工常设的福利。Yelp 的咖啡吧通常也只对员工开放，一直享有五星的超高评价。当然，只是在 Yelp 上。“该怎么说呢，我简直就离不开办公室里提供的这些饮品。”其中一个评论这样写道。嗯，大致就是这个意思。

“对这里的大公司来说，鼓励酗酒并不稀奇。”尤里说。“在 GitHub（代码托管平台），公司在每层楼都设了酒吧，还有一个藏有名贵威士忌的秘密房间。他们都喝疯了。”（我们的室友阿伦表示他曾进入过那个房间，里面的场景使人过目难忘。）无论大街上什么人，只要走进来就能享受无尽的免费食物和酒水，这个主意确实有点疯狂。我给自己手里的塑料杯斟满了精酿啤酒，然后又拿来一盘花生酱春卷。尤里和我看了看对方，然后又看向人群。我们面前是一场极客的怪异盛宴，在城市的另一端，他们彻夜狂欢。但所谓“彻夜”其实只到晚上 9 点，毕竟大家明天一早还得上班。

“你觉得这一切会持续下去吗？还是说这些都只是泡沫？”我问尤里。他咽下春卷后说：“也许吧。”我知道，此时聊这个话题似乎有点多余，但显然我不是唯一为此感到担忧的人。大家都想知道，这些热钱到底会不会，又或者说到底会在什么时候离场，就好像 15 年前互联网泡沫突然破裂那样。“但是现在的泡沫和 2000 年那会儿的不一样了，”尤里继续说，“这些公司确实有用户和利润。”的确如此，就在这次派对开始的一周前，Yelp 公布其第一次产生了年度利润——这是在该公司作为一家上市公司赔钱两年之后。而 8 年前，这家公司还只是一家私人经营的创业公司，虽然规模庞大且成长迅速，但一直处于无盈利的状态。这么看来，尤里说得有点道理，但是这还不足以构成结论。Yelp 的利润很难维持，因为它的用户流动性太强。就在这次派对之后，Yelp 的股价从顶点暴跌了 75%，部分投资人甚至表示该公司的股票已经进入了“死亡螺旋”（股价有所反弹，但未能完全恢复到暴跌前的水平）。正所谓来得容易去得也快。

“我觉得咱俩应该各处转转。”尤里说。于是我们分头行动。我在吧台旁和一个皮肤黝黑的家伙聊了起来。“我简直不敢相信自己过去还为喝酒掏过钱！”他说。确实如此。我没有跟这位兄弟继续聊下去，因为有一个人进入了我的视野，我感觉这个人必须得认识一下。他看起来像是欧洲电视网歌唱大赛的参赛者，一副营养不良的样子，好像还没从 20 世纪 90 年代末的时尚风格里走出来。他这套装束的核心是一条头带，头带上有一对白色蓬松的机械兔耳，它们好像在随自己的意愿晃动着。他站在房间另一侧，朝着一圈女孩没完没了地嚷嚷着。我凑了过去，想搞清楚这个人到底在说什么，可是因为他口音奇怪，我什么都没听懂。就连那对兔耳都仿佛接收到了我的困惑，因为在我们谈话的时候，它们都朝向了我。后来等我又碰见尤里问到这个戴兔耳朵的人时，他说自己之前在另一个派对也见到过这个兔耳朵“赛博格”。“这是一个创业的点子，即使用一次性个人链接来替代名片。他创办的这家公司将成为下一个领英。”尤里解释说。

我认识的每个人都对领英恨之入骨。这虽然只是一个公开个人简历的网站，但实际上就跟电脑病毒一样，攫取用户的联系人目录，然后给这个目录里的所有人不停发送垃圾邮件。然而在各路资本大鳄眼中，这场网络瘟疫价值 250 亿美元。而我们刚才见到的，可能就是下一个领英的创始人。

“你觉得他能行？”我问。很难想象这么一个戴着兔耳朵的男人经营一家市值 250 亿美元的公司。

我们看向房间的对面，又一群刚进场的派对常客聚集到这位抓人眼球的创业者跟前，试图搞明白他头上戴了什么，而他嘴里又到底在说什么。

“谁知道呢？”尤里说，“有时机遇好的话就是戴着兔耳朵的家伙成功了。”

耍一些抓人眼球的花招是一些创业者为了凸显自我价值而诉诸的手段。这些吃技术饭的看起来都一个样，就像从同一条装配流水线上下来的，所以无论谁，只要稍微有点与众不同就能马上被人记住。程序员、设计师、开发者，还有各种各样的互联网民工，纷纷从荒漠中逃离出来，涌进旧金山——这片在后萧条时代仍保持 13% 就业增长的土地，这片免费赠品泛滥的土地。他们看起来都一个样，说话一样，吃的食物一样，想法也一样。接触他们没多久，我就试着对这些科技宅男进行分类，当然，这个群体确实以男性为主。具体来说，我将他们分为三大类：小丑、无人机和恶霸。

不是所有小丑都跟兔耳朵先生一样夸张。在到处充满社交恐惧的环境中，这类人只需要显得稍微开朗一点就足够了。有一晚，我信马由缰地瞎逛，来到了一个科技大会的会前派对。不知不觉我靠近其中一张桌子，一个脸蛋胖乎乎的年轻人正在对大家嚷嚷。他叫阿德里安。他并没有因自己的点子脱颖而出，实际上正相反，他是一家兜售本地店家折扣券的初创企业的共同创始人。作为回报，这些店家会根据折扣券的销售量给该公司报酬。这确实是个相当聪明的商业模式，只不过一点也不新鲜——高朋（Groupon，团购网站）就是其中的佼佼者。但我们也不能因此就去批评阿德里安，毕竟高朋的创始人都赚了个盆满钵满。2011 年，高朋的上市规模是自谷歌之后最大的。但还不出一年，投资者对这家公司就弃之如敝屣，因为该公司的会计管理问题丛生。高朋那位颇为招摇的创始人安德鲁·梅森（Andrew Mason）伙同该公司的早期投资人在新股发行前抛售了股份，卷走大量现金。以高朋为模板，阿德里安跟我说，他已经通过多轮融资筹集到大约 400 万美元。他说持之以恒至关重要，但天分也不可或缺。“很多人都在追赶时髦，”他说，“而你必须与众不同！”阿德里安之所以“与众不同”，主要是因为他穿了件浅蓝色衬衫，在腰带上别了一个亮黄色的皮套，就跟乐高玩具里的那些小人儿一样。这个皮套大到足够放下阿德里安巨大的苹果手机，当然这就是他的卖点。他这个套路和二手车销售的套路如出一辙，并且颇为奏效！

科技男里还有一群家伙总是天真地认为自己能凭借努力和决心大获成功。这群人就是第二类“无人机”。可以说黑客公寓里住的全是无人机。他们每个人都有一个神秘兮兮的“副业”——

一个形成中的创业公司。当我试着去了解他们实际的想法时，他们的回应要么语病过多，要么在技术上过于复杂，让人根本记不住。无人机们似乎一生都要困在案牍工作上，永远梦想着自己华丽转身、成为老板、创业成功的那一天。有天晚上，在一个科技行业派对上，我遇到了一个严重口臭的爱沙尼亚人，他正处在尴尬的后青春期，他的初创想法是做一款角色扮演手游，玩家在游戏里扮演创业者，开办企业，赢得风投。我感觉他这个点子和写一本关于布鲁克林的年轻作家如何躁动不安的小说作为自己的处女作有一拼，而且同样令人激动。

无人机们普遍缺少创意，但他们笃信勤能补拙。白天，他们就像飞蛾扑火一般涌向未被占用的电源插座。我最喜欢的工位就是靠窗的一个很结实的桌子，旁边有一个电源。通常这个位置会被一个习惯早起的小伙子抢占。他来自埃塞克斯，一片位于英国伦敦东北部、满是泥滩和喷漆罐的邪恶土地。我听他向陌生人打了一个又一个公式化的电话，不停地推广他的创业公司。这个小伙子名叫托比，他告诉我如果让他在旧金山和埃塞克斯之间选择，他会毫不犹豫地选择前者。在埃塞克斯，人们初次见面的第一个问题总是："你来自哪儿？毕业于什么学校？"而在旧金山，第一个问题则是："你有什么点子？你现在在忙什么？"那么托比在忙什么呢？他试着向我说明了一下。我努力将他提供的信息整理起来，似乎和让孩子们签约参加夏令营有关。这就是他现在最感兴趣的事，管它到底是什么呢。

无人机这套似乎还挺适合托比。他认识一个在红杉资本工作的英国人，这层关系相当令人艳羡。要知道红杉资本可是风投行业里的巨头。他还有一个正在运转的产品。相比之下，我觉得自己简直懒得要死。按照他现在的速度，托比会在我搞明白公交车站到底在哪儿之前，成为世界上第一个通过网络夏令营致富的亿万富翁。

无论如何，无人机们总还是为人谦逊的。最让人难以忍受的是技术男，是那些觉得自己注定要成为下一个马克·扎克伯格的家伙。这些人被我归入最后一类“恶霸”。

恶霸是一群酗酒的健身狂，无论实际年龄是多少，看起来似乎永远 25 岁。他们大多数是白人，但拉杰，一个南亚人，在黑客公寓也当上了恶霸。通过模仿那些他们所仰仗的金融业大佬的大男子主义派头，恶霸决心避免成为人们眼中的计算机呆子和只会傻笑的家伙。

因为他们从根本上缺乏安全感，恶霸很少独处。有一天，我正坐在长椅上喝茶，旁边是一群渴望挤进科技行业的恶霸，大大咧咧地坐成一圈，吹嘘他们最近的工作面试。其中一个戴着棒球帽的大块头说，他刚收到一个有线电视网的工作邀请，让他去做网络开发，但他决定待价而沽，能等多久就等多久，看看有没有更让人心潮澎湃的公司。另一个人则表示自己的创业公司已经做好几轮融资了。大块头忽然就给出了建议：“一定要保持积极的心态，特别是保持激情。”他说得头头是道。而一旁的我只能说，“这主意不错，谢了，兄弟”。

对他们来说，瞎扯的技巧远比写代码的天分、敏锐的市场嗅觉和精于设计的独特视角重要得多。虽然这样可以弥补他们明显缺乏的天分或魅力，但在某种意义上，恶霸比无人机或小丑聪明，因为他们的方法只需要一点点实际的工作，剩下的交给虚张声势就够了。这套做法给那些最有野心的恶霸赋予了一个极其重要的优势：自由时间。

恶霸最可笑的时候就是他们自己把牛皮吹破，下不来台的时候。我刚开始学会在夜间寻觅各种免费玩意儿的时候，有一天在马里纳区附近，我跟一个粗壮结实的创业者聊了起来。看得出他非常喜欢摆造型，一手拿着雪茄，另一只手攥着杯威士忌。他的公司主要是为传媒公司提供照片。巧了，我也在一家类似的公司干过。于是我就问了他几个问题：为什么有的初创企业能飞黄腾达，而又有很多都关门大吉了。他略带轻蔑地说："小子，你在硅谷待的时间还不够长，不然你的问题不会这么低级。"我必须承认，他说对了，那时我刚到旧金山还不满一周，于是我又问他待了多久。"6 周了。"他说。这简直算得上是两鬓斑白的老兵了，你能想象吗？

偶尔我也能遇到一两个无法分类的科技男——既不是小丑，也不是无人机，更不是恶霸，而是一种全新的类型。有天晚上，我不由自主地被社交需求驱使，来到了商业街上的一座石头建筑面前。在这儿，我就遇到了一个这样的家伙。这栋建筑的一楼是两家高端服装零售商，再往上是高级写字楼，有两个房间被 NerdWallet（金融网站）租了下来，那天的晚间派对就在他们的办公室举行。实际上绝大多数来宾和我一样，从未听说过这家公司。对我们来说，这只不过是又一个可以饱览城区景色、内置了桌上足球和开放式酒吧的、过分大的创业公司办公室。

当然，这个办公室一点都不便宜，而我们的出席就证明了这家企业存在的价值，或者说，我们的到来让大家明白，NerdWallet 完全配得上这笔巨大的开销，也配得上它占用的巨大空间。作为交换，我们必须同意该公司在网络营销中使用我们的肖像。此外，NerdWallet 鼓励来宾发布关于此次派对的照片和段子到推特、照片墙或者任何一个社交应用上，唯一需要注意的就是要加上一个特别的标签。这是初创企业的标准流程：用酒水取悦来宾，把他们变成免费的推广小喇叭。出于某种原因，NerdWallet 还为这个派对找来了一个联合主办人——另一家同样名不见经传的初创公司 Muck Rack（媒体数据库平台）。这家公司的业务就是把记者的个人信息出售给各种类型的营销企划。营销的海报使人产生不好的联想，但派对的组织者还把所有的海报都放在了推特上，可是只有非常少的来宾如他们所想的那样参与了互动。不但如此，甚至还有搞破坏的，通过发布图书《有毒沉淀物对人有益》（*Toxic Sludge Is Good for You*）的链接来抢夺此次派对的标签。

每隔几分钟，这本“邪书”的封面就会出现在墙上，从 15 英尺高的天花板向下俯视众人，对所有人进行一次嘲讽。我后来联系上了这件事的始作俑者，他解释说自己只是想以这种方式宣扬一下值得大家引以为豪的推特传统。他所不知道的是，他随手在键盘上敲出来的嘲讽，狠狠训斥了派对现场那一大群传媒界败类。得知达到此效果后，他非常高兴。虽然在场的多数人都假装自己没看到。

“我很高兴参加今晚活动的还有记者和来自公关界的朋友。”一位从业20年的公关老兵手握麦克风，向这个过去充满敌意而现在洋溢着友好新风尚的行业致简短的欢迎辞，“共生关系才是最好的。你们喜欢我们，就是我们最希望看到的。享受你们的鸡尾酒吧。”

这些网络公关很不体面吗？当然。可我呢，要举着我的免费小酒、托着一盘开胃小吃去评判他们吗？我刚摆脱了一个无聊的彭博社科技记者，旋即又被一个农业产业发言人抓住了，他大有一副不把关于塑料的一切讲完就不放我走的劲头。这就是科技行业写作者所要承受的折磨。当你的脑袋被各种流行词击得粉碎之后，你就很难再作为一个完整而健康的人逃出生天了。这些廉价的小恩小惠和虚情假意的热忱很快就让我厌倦了。我非常希望此时能有一个愤世嫉俗的伙伴，从他嘴里听到几句实在话。

我退回窗边，那有个中年男人独自坐着。他背对着下面的街道，肩膀松弛，耷拉着眼睛，摆弄着手机。虽然他只是一边啜饮啤酒，一边在远处默默观察着，但我还是很难无视他。他看起来高高在上。我听说，在硅谷，外表越邋遢的人，银行里存款越多。如此说来，这个家伙恐怕是达沃斯级别的亿万富翁。他穿着条褪色的牛仔裤和一件颜色暗淡的格子衫，旧背包躺在他两脚之间，一头浓密的黑色鬈发从棒球帽檐下堆了出来。我本来心情不太好，没心情参与社交，但这个人的特殊气质让我感觉值得一聊。我在他旁边坐了下来。作为一个聊天的话头，我就随口问了问他手机的型号，我没认出来。

“这个？这是个奥巴马手机。”长期吸烟让他的声音非常粗。

“奥巴马手机是什么？”我问。

“只有通过政府的福利才能拿到这款手机。”他解释道。我就知道这个鬈发的家伙有些特别。他微笑着握了握我的手，用布满血丝的眼睛亲切地说道：“我叫劳伦斯，爱抽大麻。”一种奇怪的亲近感和好奇混合在一起，把他吸引到了这场派对，和我一样，他也是在网上看到了邀请，然后就回复了。“很多幕后大玩家都不喜欢宣传他们的投资项目，我只是想来看看他们到底都是谁。”他说，“不瞒你说，这里是黄金地段，我住的地方离这里有 5 个街区。”

劳伦斯说他在旧金山已经生活 20 年了，此前他曾一路从纽约流浪到得克萨斯州。他是一个混血非洲犹太人，无论在纽约还是得克萨斯州他都混不开。劳伦斯告诉我，他出生在前英国殖民地罗德西亚，在那里他经历了独立战争和现代津巴布韦的到来。“我爸爸是那个带鲍勃 · 马利[①]去听音乐会的人，小时候我见过那个家伙。”他说。老实讲，这件事很难查证，劳伦斯说的大多数话都这样。

劳伦斯有一个应用程序，这是他前往各种科技派对，享用免

---

① 鲍勃 · 马利是牙买加唱作歌手，雷鬼 A. 创始人。——编者注

费食物和酒水的门票。但它还远远没有完成，它仍处在开发的前期阶段，很隐秘。当我问劳伦斯这个神秘的应用是关于什么的，他有些不乐意。“嘿，”他说，“这可是商业机密。”

我试着说服他。“得了，你就告诉我吧，”我说，“我肯定不说出去。再说了，我能告诉谁啊？”

“好吧，伙计，我告诉你。”他神秘兮兮地靠过来说，“它是一款游戏。你知道‘愤怒的小鸟’吧？”

“当然，”我说，“我知道那个游戏。”

“我那个应用类似‘愤怒的小鸟’，只不过没有小鸟，也没人愤怒。”

劳伦斯简直是我心中的创业英雄了。

他这番话可以说是完美的创业演讲了。据测算，愤怒的小鸟下载量达到了30亿。也就是说，要么全世界每两个人里就有一人玩了这款游戏，要么就是绝大多数玩家在沮丧和绝望中把游戏删了，但是又装了上去，反复了无数遍。无论这个下载量背后是什么，分析师一致认为制作这款游戏的公司价值90亿美元。这就是劳伦斯这番话的过人之处：哪个投资者会拒绝一款与愤怒的小鸟相似但又不同的新游戏呢？

毕竟我承诺对此保密，劳伦斯的应用我就不再多说什么了。但我要透露一点，这个游戏的内容是关于点击大麻叶子的——而由于各种应用商店的规则，包括苹果的应用商店，以及那些瘾君子颇为调皮的蒙昧主义——它显然又不是大麻叶子。

劳伦斯的偏执主要体现在两方面，一是大麻，二是经验。他总觉得创业公司的人经常窃取创意。他亲眼见证了那些最强大的科技公司是如何对其知识产权进行保密的。“我参加过 Zynga（社交游戏公司）的巡展，为此我签了一份授权协议。”他说。Zynga 是开心农场（Farmville）的制作公司，这款脸书上的垃圾游戏使该公司在首次公开募股时的估值飙升到 70 亿美元，之后又因为内部的欺诈指控（后来和解了）以及与脸书关系破裂导致股价暴跌。10 年之后，Zynga 的股价仅为每股 3 美元。劳伦斯说 Zynga 一直在保护一个庞大的地下数据中心，他参观之后大吃一惊。“它储存的数据到底是什么呢？我不知道。”我们只能猜测了：高分列表？秘密作弊码？还是可以展现玩家对于虚拟家属的偏好的消费者行为数据？

我觉得劳伦斯可以当我的导师了。我们又喝了点免费啤酒，互换了电话号码。

由于免费酒吧的缘故，我在去洗手间的路上迷路了。走在狭窄的大厅里，我看见一对滑动门，边上有两个安装在墙面的触摸屏面板。屏幕上标有“睡眠舱北”和“睡眠舱南”，还有一个友好的绿色圆圈，显示“睡眠舱”是开放的。我从门里溜了进去，偷看了其中一个睡眠舱。它比我在广告上看到的很多卧室都要宽敞，也比我在黑客公寓的小屋更具私密性。墙上安置了两张双层床，床单比我通常用的要好。如果我搬进来有人会注意到吗？最难的部分恐怕是不带员工证通过安检。但是一旦我能解决这个问题，我就能享受舒适的床铺、干净的卫生间、淋浴室、瑜伽室、高速无线网、出售电脑外设的自动贩卖机、每天免费供应的午餐和晚餐，以及装满了 80 种酒的酒柜。如果我能住在这里，我还需要离开吗？维持一个人生存，并让他高效率输出代码所需要的一切都在 NerdWallet 的这个总部里了。

我漫步穿过宽敞且没有家具的办公室侧厅。

谁在为这一切买单呢？为什么呢？NerdWallet 又到底是个什么公司呢？聚会上的一位女士试图向我解释这个公司的情况，但由于她是新来的，很多事情她也不太确定。

之后我做了点调查，NerdWallet 的老员工会把他们的经历匿名发布在 Glassdoor（类似 Yelp，是职员评价公司的网站）上。他们把这里的企业文化描述为“恐惧、虚伪和缺少沟通”。其中有一条评论这样写道：“管理层的灵魂奸诈而萎靡。”他们只想从投资者、员工和顾客那里尽可能多地捞钱。另有一条评论说：“根本搞不清这家公司的葫芦里卖的什么药。”

这家公司甚至对自己的员工来说都是个谜。该公司声称有 3 000 万名用户，可谁也没法证实。更有趣的是，它刚刚从硅谷顶尖的风投公司机构风险合作公司（Institutional Venture Partners）那里获得了“一大笔”担保金。据路透社报道，NerdWallet 在第一轮融资中筹集了 6 400 万美元，一个“远超所需的金额”，并获得了“数亿”美元的估值。这表明硅谷的一些大人物希望 NerdWallet 成为下一个“独角兽”——一家估值在 10 亿美元以上的公司。现在 NerdWallet 正通过大笔投资来证明其野心，之后更会财源滚滚，进一步坐实“未来独角兽”的地位，源源不断地吸引更多资金流入。如果一切顺利，NerdWallet 将成为一个家喻户晓的名字。硅谷的“独角兽”就是以这种方式将人们的希望变成现实，这就是它们最神奇的地方。

但是像许多珍稀物种一样，独角兽也濒临灭绝。2015 年时，谣言四起，大家都说独角兽要灭绝了。于是投资者制作了一堆长长的、旋转的角，把它们像派对帽那样绑在骡子的头上。锵！锵！锵！ NerdWallet 来了！从这个办公室的奢侈程度来看，投资者在这头骡子上砸了不少钱。

高估值对初创企业的成功至关重要。但估值到底是什么呢？我花了很长时间想弄明白这件事，但实际上估值没有一定之规。所谓估值就是投资人和公司的创始人一起鼓捣出来的。他们将公司公布的各种财务数据放入各种武断的公式里，包括预期的未来收入、预期的增长率和潜在的整体市场规模，利益相关方最终获得了一组看上去挺像那么回事的夸张数字，实际上它表示的不是公司值多少钱，而是他们希望这个公司能增长到什么水平。估值越高，就说明公司创始人和早期投资者给该公司设定的赚钱目标越高。

这对硅谷的老油条来说并不是什么秘密。《创业邦》杂志就对“创收前”的创业公司建议过，在估值时应该通过捏造数据向投资者展现“成熟的一面”。“要有创意”，杂志上就是这么写的。

> 尽管在大家看来，我们在风险投资的世界中雇了一大群分析师在幕后忙个不停，好让我们做充足准备，去

冲破那些毫无准备的企业设定的预期价值，但是事实远非如此。

就如同一位幸运的独角兽公司所有人向科技新闻网站 Pando 透露的那样，“这玩意儿过分武断。你得到的估值一点道理都没有。”估值和收入完全不同，收入指的是一家公司的销售所得，或者是该公司声称自己能赚多少钱。利润则是一家公司在付完应缴账单，比如员工薪水、租金、伙食和酒水之后剩下的钱。2015 年，一家估值 10 亿美元的初创公司很可能是在赔钱。这些概念之间的差别对外界来说并不总是那么明显，因为在硅谷，很少有人——无论是记者、企业家还是科技公司的员工——有能力搞明白这些棘手的问题，而且这个行业也不鼓励大家澄清这些疑问，毕竟巨大的数额才更好听。

包装就是一切。这就是为什么 NerdWallet 在第一轮主要融资前就签下了一份 7 年的租约，包下了整整两层楼，有 4.6 万平方英尺的豪华办公室。据当地媒体报道，这是商业街“最后一片完整的办公区”。他们定制了一个全套的广播播音室，在五楼还定制了一个“员工失败墙”，上面都是员工贴的便笺，描述他们最近经历的一次失败。而在六楼则有一整面墙的乐高玩具。

NerdWallet 的估值就和它那空荡荡的高端办公空间一样，存在“成长空间”。这栋楼的另一层的租金为每平方英尺 51 美元。基于此，再加上该地区的商业租金中间值，NerdWallet 可能每年要向房东支付超过 200 万美元的房租。房东是一家“垂直整合”

的上市房地产公司，总部位于洛杉矶，名叫哈德逊太平洋地产公司。

NerdWallet 号称自己能有盈利，这在独角兽企业中并不常见。每当引导用户使用某种信用卡、进行抵押贷款、购买保险单、进行商业投资或学生贷款时，该公司就能收取广告费或者中介费。“我想让 NerdWallet 的业务覆盖用户一生中所能做出的每一个重大财务决定。”该公司首席执行官兼联合创始人、前银行家蒂姆·陈对 TechCrunch（科技类博客）表示，“我们关注的是一大堆重大决定。”NerdWallet 的主页宣称，该公司是“你人生中所有财务决定的真实来源”。在页面底部印着一行小字，“广告客户披露细则”显示，它所谓的真实是由美国银行、第一资本、摩根大通、花旗银行、发现卡信用银行等金融机构提供的。而且，网站还指出：“各金融机构向网站提供的报酬会对我们关于各种金融产品的评论和复核产生影响，并且会影响特定产品在本网站出现的方式和位置。”

这可不是开玩笑！ NerdWallet 的各种评论文章的标题都是这样的画风，如“2015 年美国最好的信用卡有哪些”。内容则是，花旗商务（CitiBusiness）、美国航空常旅客计划（AAdvantage）、白金精选（Platinum Select）、万事达卡世界卡（World MasterCard）：享受额外津贴的入场券。怎么会有人拒绝额外津贴呢。NerdWallet 所做的就是把推销信用卡的垃圾邮件包装成独立的金融新闻。许多推送内容都在页面上放了一个“现在就要”的按钮。来一点信用额度或许能让我在旧金山的日常生活不那么拮据，但我抵制住了诱惑。

我逐渐明白，科技行业的爆发式增长并不意味着源源不断的机会，而是一台引擎。它通过风险投资支持着创业公司的营销预算，不断把婴儿潮一代的养老金变成千禧一代的点心和美酒。这一切都无可厚非，但我总是觉得有些不安。我们这些年轻人是不是就同养肥了之后等着被宰杀的羔羊一样呢？这次科技行业繁荣的幕后推手们从桌上随意丢下几块面包屑、一两滴龙舌兰酒，尽管这点恩惠微不足道，但也足够我们为之疯狂了，我们有可能摆脱这一切吗？我们所接受的教育经过了互联网的层层筛选，而我们看到的新闻都经过了脸书的过滤，如何能穿过迷雾，看透这套当前已无处不在的机制的实质？我们骑上独角兽，究竟是会越过彩虹来到丰饶之地，还是会被它闪亮的尖角顶死呢？

到底是谁在主导这一切？又是谁在一直为我的酒水买单？我很想搞明白。

幸运的是，我在旧金山的几个老友深通个中奥秘。其中一个朋友，他有一份令人羡慕的办公室工作，一套像样的别墅，一张医用大麻许可，还收藏了一套令人印象深刻的电子烟。我请他带我逛逛太平洋高地的“亿万富翁街”。于是我们在阳光下走着，一路吞云吐雾，爬上了一望无际的山丘。绝大多数豪宅看起来都空荡荡的，窗户都贴了膜，车道空空如也。除了一两个特别的景致和车道，这片街道安静得简直有些可怕了。

我们在里昂街的台阶上停了下来，朋友指给我看美国参议员黛安娜·范斯坦的红砖豪宅。那是她和她的第三任丈夫、投资巨头理查德·C. 布鲁姆在 2006 年购买的。就在几年前，布鲁姆的公司新桥投资（Newbridge Capital）收购了一家大型银行的管理股权，由此从这一波科技浪潮中套现。这家银行位于全球电子制造业的中心——深圳。

站在这里看着夕阳西下，我们眼前洒满了金、绿、蓝的混合色，美得令人惊叹。这社区看着不错，只是有些沉闷。也许某个和善的亿万富翁会邀请我住进去，好让我给他唱唱歌，跳跳舞。

当我们从百老汇大街拐出来的时候，附近的豪宅就更大更招摇了。其中一栋装饰着一个巨大的机器人，机器人手握一对机械锣。一只银色大公鸡朝着甲骨文公司（Oracle）创始人拉里·埃里森的房子摇头晃脑。这是借由装饰来对埃里森"大浑蛋"的名声进行评论吗？这个机器人的主人碰巧娶了甲骨文公司联合创始人鲍勃·迈纳的女儿。大多数人认为这个装饰艺术是一种讽刺，但它的主人却在《名利场》的一则报道中否认了外界的解读。有一次节日期间，这个名叫歌利亚的机器人惨遭黑手。据《旧金山纪事报》报道，警方发现了"一大串机器人残骸，包括一顶圣诞帽。这串残骸的方向正对着拉里·埃里森的房子"。

埃里森正在上大学的女儿梅根恰巧在机器人被袭击的当晚举办了一个派对。显然，将这两件事放到一起琢磨，不难看出，摧毁机器人的凶手就是在派对里狂欢的青年。

距离埃里森在百老汇的住所不远处，有一栋七居室的大宅用于出租，价值 800 万美元。新闻报道称，这栋房子是“创业活动的聚集地”，租户大多是和黑客公寓住户一样的年轻人，普遍精力旺盛。我似乎很适合那里，但不幸的是，已经有一大串“企业家、机器人爱好者和风险投资家”在排队名单上等着入住了。

我和朋友在旧金山最昂贵的住宅外停了下来，抽了几口烟。这栋房子四四方方的，就像个白盒子。这栋住宅属于电信大亨、赌场继承人、著名的“行尸走肉”迈克尔·克莱因和他的妻子罗克珊，罗克珊是一位“生食”大厨。克莱因夫妇在不动产市场上以 3 900 万美元的价格购得这处房产。我在杂志上读到关于这栋住宅内部的描述。

> 它的内部，白色的装饰顶板、大理石壁炉和很多别致的灯具（就连厨房都装了一个迷你水晶吊灯）。这栋豪宅里不管什么类型的房间都是寻常的好几倍。共有七间卧室、七间全浴室、四间半浴室、两间厨房、两间家庭娱乐室、两间办公室和三个屋顶露台，却只有一个篮球场。

一位曾为《建筑文摘》等杂志设计过定制豪华住宅的建筑师告诉我，根本没人住那些房子。“拥有它们的人，”他说，“都有另外 5 栋类似的豪宅。”

有一些科技业的亿万富翁甚至在同一个地方买了 5 套房子。

在帕洛阿托，马克·扎克伯格以超过估价10倍以上的金额——3 900万美元的总价，购买了4套与他的房子相邻的大宅，他自己在住的房子是一个五居室住宅，价值700万美元。他这么做的目的是保持自家主卧和后院的安静。差不多在同一时期，帕洛阿托市通过了一项限制公众查阅不动产所有者记录的法令，以保护某些“非常知名的科技行业相关居民”的隐私。

隐私并没有像大数据巨头宣称的那样消亡了，只是变贵了。

就我个人而言，我的住房预算可担不起五套房，有个五人间就够了。而且我的理智很快就因为居住在如此狭小的居住空间隐私遭受侵蚀而崩塌。每到晚上，室友的鼾声吵得我睡不着。而且当我和妻子在用Skype（即时通信软件）聊天时，我也无法避免旁人偷听。在这里居住简直如同经历残酷的心理实验，白天我在街上觅食、徘徊，晚上回到笼子里，忽然发现有人动了我的东西。在这种零隐私的环境下生活了几天之后，我始终处在一种一触即发的紧张状态中。

回到黑客公寓，我发现沙发上坐着个新家伙。他个头很高，金发，埋头盯着笔记本电脑干活儿。我跟他打了个招呼，问他是从哪儿来的。“我是挪威人。我正在跟别人用Skype通话。”他说。“哦，抱歉。”我说。我很快就忘了他的名字。拉杰说，这个挪威人还只是即将到来的一大波新人里的第一个。很快还要再来7个挪威人——一个初创团队，全都要搬进来。我们简单计算了一下，发现很快就要有三个家伙无床可睡了。

好消息是，包括我在内的几个人马上就要搬出去了。拉杰要搬到乡下或者海边去，他还没拿定主意。迭戈准备进行一次为期8周的公路旅行，他的笔记本电脑的扬声器已经在播放阿巴乐队的歌了，他正在抽着自己手工制作的、工业级的电子烟。尤里设法在帕洛阿托的那些豪宅中搞到一个房间，里面有游泳池和按摩浴缸。

当我在外面觅食的时候，大家显然因为房子过于拥挤、钥匙不够分、厨房用具过于简陋等问题产生了矛盾。这就解释了为什么这么多人都急于离开这里。我们的房东布罗迪把利亚姆这个平和的新西兰人带出去喝啤酒了，以此缓解一下屋里的紧张气氛。“我们就跟一个创业公司差不多。”面对这些问题，布罗迪这样解释。

第二章　那些被经营的贫民窟

两周时间根本不够我在旧金山找到公寓，至少对于我的预算来说不够。这里的租金比纽约和伦敦都贵。一居室每月的租金约为 3 000 美元；单间大约 2 500 美元；合租 1 500 美元；非法的垃圾合租 1 000 美元。从湾区到东边的奥克兰和伯克利，再到南边的硅谷郊区、红木城、帕洛阿托和山景区，都是这个价格。即便我住在郊区能省一些房租，但这笔钱都会花在通勤上。

历史上，每当对栖身之所的开销和争夺陷入疯狂时，人们就会出现活人祭祀、当众石刑、哄抬物价等野蛮行为。而我则遇到了一个卑微的推销员，从一群雄心勃勃的“技术男”手里抢走了一套公寓。这伙人在房屋出租信息公开前就设法知道了租金的价格，然后将他们的信用评分复印件，以及一份愿意加价 30% 的价格声明寄给了房东。就这样，这群“技术男”居然还不能理解他们为什么会被赶了出来，以及为什么其他人这么讨厌他们。

那个酷爱吞云吐雾的朋友给我发了一个从 Craigslist（网上大型分类广告网站）上找到的广告。上面写着，可以提供一个“合法但有些独特”的生活环境，涉及男性卖淫。广告一开头就写了这么一句：“没必要大惊小怪。”可惜，这句提示已经太迟了。不过，这则广告很可能只是个玩笑，最明显的线索就是这个广告标明的价格——在诺伊谷月租500美元的单间。在当时，诺伊谷是积极进取的技术人才的新的聚集点。地理位置能彰显一个人的地位，尽管创业圈子中有一股甚嚣尘上的精英主义倾向，强调自己的地位仍是至关重要的。正如一个企业家跟我讲过的："教会区，酷。马里纳区，不酷。"

然而，也有一些奇怪安排是真实存在的，比如下列这个爱彼迎发出的信息。

> 出租单间，无窗，绝佳价格！！！每晚39美元！孩子们称这房子为"Safari"[①]！我就是孩子们的母亲，负责生孩子……我管自己叫"丛林中的造物"……这就是你需要知道的关于我的一切了！
>
> 在室内不许穿鞋、做饭、上锁……任何房间都不许上锁……每天只能使用一次浴室，请尽量将时间控制在5分钟之内！

谢谢，这个就算了吧。我能确定这条广告是真实的，主要是因为它下面那长长的评论列表。大多数过往住户的评论都隐约表示自己最后偷偷溜走了。

也许通过口耳相传我能找到好房子，可我是个外地人，根本得不到这些消息。尽管如此，不久后，我还是找到了机会。我在

---

① Safari意为游猎、远征、旅行，同时也是苹果公司研发的网络浏览器的名字。——译者注

一家时尚酒吧遇到一位年轻女士，她在我们见面 10 分钟内就给了我一个房间。她叫玛格达莱娜，来自符拉迪沃斯托克。她很瘦，头发是浅金色的，手臂上打了石膏。她的“朋友”是一个来自亚拉巴马州的胖子，名叫博，一脸凶相。博的宠物狗穿着一件黑夹克，夹克上用水钻镶着字，写着“咪咪”（MIMI）。“咪咪，它还不了解邪恶为何物。”博若有所思地说。

“我有个房子，正好要把它租出去。因为我现在跟他住在一起，”玛格达莱娜指的是博，“我想和你这样的好人住在一起。我知道你是个好人。”我问她房租是多少，她说 3 200 美元。“太多了吗？”她说，“你能付多少？”

从没有房东问过我这个问题。“不超过 1 200 美元。”我说完之后自己都愣住了。玛格达莱娜和博低声谈了几句。然后她微笑着转向我说：“没问题！”这是我长这么大以来最成功的一次谈判。我要是说 800 美元就好了。不幸的是，继续讨论下去我才明白，我其实一直在跟玛格达莱娜就一个晚上的房租讨价还价，而不是一个月。

由于缺乏稳定的收入，付房租对我来说太困难了，更不用提抵押贷款了，离开黑客公寓，我最有可能找到的是另一个“黑客巢穴”。这都要归因于城市房地产近年来颠覆性的创新。曾几何时，旧金山到处都是小公寓和独户住宅，让上了年纪的蓝领阶层和他们不事生产的孩子们有家可归。这些人一住就是几十年。但科技行业的繁荣充分挖掘了这些所谓的家庭住宅的投资潜力。如今，这些过去非生产的纯住宅区到处都是数码工坊，里面挤满了一群普遍 29 岁上下、创业活力过于旺盛的技术员。与青年旅社或贫民旅馆不同，黑客之家通常要求住户至少住一个月。有一些黑客之家只是创业公司孵化器或共享办公室的一部分。而另一些黑客之家能提供的顶多是一间无窗房间里的一张单薄的床。许多紧跟潮流的房地产投资者在湾区购买或出租了几十套房子，他们的房子都是以这种方式出租的。

我看中了教会区一栋挺特别的房子——“20Mission”，2014 年它被《旧金山周报》评为旧金山“最佳黑客宿舍”。该报对这栋房子进行了描述。

> 比特币交易员、企业家杰雷德·肯纳将这栋有 41 个房间的综合大楼改造成了宿舍。他还招募了一个由初创企业创始人和艺术家组成的国际团队，让他们在这里共同生活。房子里有一个鸡舍，一个公共厨房。向外望去，可以俯瞰旧金山的市中心。整栋楼给人一种大学生宿舍的感觉——住户年轻，派对热闹，整栋建筑都洋溢着理想主义。而且，去这里还有一个特别的好处：可以用比特币支付租金。

这听起来还挺不错的。虽然我一枚比特币都没有，但比特币也不会比真钱更难获得。

我进一步研究后发现，20Mission 对于旧金山的加密货币圈子来说可谓胜地，房东的比特币交易博客更是这一领域的权威，被称为比特币的霍格沃茨。为了给他留下一个好印象，我去拜访了这个博客的主人，杰雷德·肯纳。

肯纳来自俄勒冈州的一个小镇，从美国海军陆战队退伍后，曾在哈里伯顿公司工作。他发现曾在阿富汗战斗的经历，让他对“充满了不道德和欺诈的商业行为感到非常厌恶”。于是他搬去智利，在网上开了一家进出口公司，销售苹果产品和羊驼袜子。但后来肯纳凭借自己的专长和时势——密码学、“替代性金融”、自由主义和经济衰退交上了好运，在比特币还几乎一文不值的时候，他就开始囤积了。2011 年，他在智利海滩的一间办公室创办了比特币交易平台 Tradehill。他的联合创始人包括纽约的银行家和埃隆·马斯克旗下的太空探索技术公司（SpaceX）的一名前高级工程师。2013 年，当淘金者、洗钱者和华尔街投机者投身热炒比特币的狂潮时，肯纳已经位列“比特币百万富翁俱乐部”了。当然，他对“充满不道德和欺诈”的商业行为的厌恶也转变了。他现在认为，庞氏骗局式的营销，只要条款明确，就应该被允许。这一切都很有趣，就像朋友间打扑克一样。当然，比特币就是庞氏骗局。就像之前许多比特币公司一样，Tradehill 深陷诉讼泥潭，最终崩溃。肯纳在“揪扯着头发……无法入眠”之后，又一次提着包离开了。在接受一个比特币博主的视频采访时，他回忆说：“我当时完全破产了，几乎身无分文，需要在旧金山找个落脚的地方。我当时真的是惶恐不安。之后，我和一个朋友聊了聊，他说：‘嗯，这里有个老房子，很便宜，但是状况很差。’”

肯纳觉得，“这主意听起来不错”。于是他租下了这栋房子，还说服了朋友们以每月 800 美元的价格在那里租了几间房。20Mission 就这样诞生了。

几年后，肯纳跟女友去了哥伦比亚，他在那又开了一家黑客酒店和一个酿酒坊。虽然他没有征服世界，但也没有蹲大牢。对一个比特币交易员来说，这样就不错了。

在一段 20Mission 面向潜在租户和投资者的宣传视频中，业主介绍了这栋建筑如何从“住满了瘾君子和无家可归者的老旧酒店”转变成“为科技从业者服务的生活空间”，经历了怎样的涅槃重生，并依靠贩售无须纳税的电子海洛因实现自给自足，最终成为标榜开放、自由的革命性创新的摇篮。

20Mission 网站展示的一系列照片相当吸引人：一个沐浴在阳光下的大露台，上面铺着浅绿色的尼龙草皮，还配有一个大型燃气烧烤架；一间宽敞明亮的休息室，一尘不染，里面摆着的长毛绒皮椅子看上去就很想坐一下；在屋顶上举办的热闹派对；屋顶上的瑜伽课；还有一间整洁的卧室，装潢新颖古怪，配有一个超大蒲团和一张吊床。“这里的常住居民主要有工程师、平面设计师、摄影师、摄像师、品牌顾问，还有人脉广泛的硅谷企业家。”该网站表示，“一切资源尽在掌握。”看起来还真像那么回事！于是，我写了一篇自我介绍，表示有兴趣入住。很快，经理史蒂文·隆巴尔迪回复我了，邀请我“过来聊聊”。我感觉这跟面试工作差不多。我回复了他，并约定了时间。然后我就开始阅读这座号称是城市最好的黑客之家的历史。邻居们似乎对这些杰出的创业者的到来并不感到兴奋。万圣节前夜，旧金山巨人队在棒球世界大赛中获胜，整个城市爆发了骚乱。在教会区，一栋在建的豪华公寓的窗户被砸碎了，还被人纵了火。有人在公交车站用喷漆涂鸦，“科技宅滚开”，这个涂鸦盖住了一块苹果手机的广告板。一辆谷歌巴士遭到严重破坏。20Mission 被一大群愤怒的暴徒团团围住，他们向大楼投掷垃圾和瓶子，并且高喊：“技术宅！技术宅！”而住在里面的科技业者并没有感到不安，其中一个人还向记者表示：“我们是未来的建筑师！”

在我和经理史蒂文见面那天，我看到这栋建筑的窗户都抹上了泡沫，大门也被封了。这是由于缺乏许可证，所以旧金山的执法人员查封了 20Mission 引以为豪的公共办公区。我在楼的一侧找到了另一个入口。我按了门铃，过了一会儿，喇叭里传来一个女人的声音。锁咔嗒一声开了，我打开门，走进黑暗幽闭的楼梯间，一辆辆的自行车一直“摞”到天花板。爬楼梯时，为了避免脸被车把或轮胎蹭到，我不得不紧靠着另一侧的墙。楼梯顶端有一扇滑动玻璃门通往大露台。这地方看起来比网上照片显示的小多了，感觉很局促。地上并没有我想象中的尼龙草皮，只有一条皱巴巴脏兮兮的绿地毯。墙边堆放着货物托盘，长凳上搭着抹布，木质家具和陶罐摆放得到处都是。再往里走，我找到了那间共用的小厨房。锅碗瓢盆和锅铲都悬挂在头顶，如果发生地震，谁要是碰巧在这里给吐司涂黄油肯定会被砸个稀烂。水槽也脏得不可救药。

在这一片狼藉中，站着一个腼腆的红发姑娘，她穿着一件浅红色的衬衫，戴着一副红框眼镜。我马上认出了她，我之前在新闻故事里见过这个人。当时在一个黑客之家里，她在大谈她自己的一套哲学，试图解释何谓“完全透明的个人”。她其实是个女主播，也在网上做成人表演。显然，她就是依靠厨房里那些“免费”的东西维持日常生活，用洗衣房里捡来的零钱支付房租。我到的时候，她正在面试另一个人，一个安静、骨瘦如柴的家伙。“你打算在这里长住吗？”她问他。“是的。”他低声说。厨房里没地方站了，于是我就站在外面的走廊问她哪里能找到史蒂文。“沿着走廊一直走到头儿。”红发姑娘回答道。

走廊很暗，但我能看到墙上和门上贴满了海报和贴纸，跟学生宿舍一样。到处都是自行车，每个角落都弥漫着大麻的气味，闻起来既陈腐又新鲜。墙壁很薄，所以经过每扇门时，我都能听到从里面私人的空间传出来的声音。这一间里有一些电子设备，下一间里传出了高潮的呻吟。在这条长走廊的尽头，我找到了四号房间，史蒂文住在这里。他的门上有一张骷髅贴画。我敲了敲门，听到一个女人低沉的声音。我以为她说的是“进来”，所以我试着开门。只听见里面的女人发出了尖叫：“他不在这里！”显然我刚才听错了，我赶忙关上门，走到了外面的露台上等着。大概过了 15 分钟，史蒂文才姗姗来迟。他身材魁梧，有一个圆脑袋，举止粗鲁。他长期因为各种行政管理头疼不已，最近一次是因为那些挂在墙上的自行车挡住了楼梯间，而市政法规检查员要求他尽快清空楼道。“最近就会清理了，”史蒂文说，“我可不希望他再跑过来骚扰我。”

他敷衍了事地带我把整栋房子的 41 个房间都逛了一圈，还有两间男女通用的浴室。我们走进了昏暗的公共休息室，待在那里的两个住户勉强回应了我们的到来，连手上的游戏都没有暂停。参观完毕，史蒂文跟我讲了价格。非常小的房间，每月 1 400 美元；中等大小的，1 600 美元；最大的，1 800 美元。“这就跟在麦当劳选套餐一样。”他说。我脸上的表情一定出卖了我内心的想法：居然要花这么多钱，才能在一个被反复粉刷过、壁橱只有那么大点的小破房间里睡觉，还要和至少 20 个人共用一个厕所。杀了我算了。史蒂文察觉到了我的沉默。他说，在我前面还有至少十二三个人等着呢，他们都准备长期租住，并且乐意用现金（或比特币）支付，就等通知了。“我希望来的人能住半年以上，我也能轻松点。我没有别的意思。”史蒂文说完就表示他得走了。当然，这意味着我也得走了。我说自己感冒了，就不跟他握手了。“没关系，伙计。”他说，还是握住了我的手。“感冒而已，我又不会死。我跟脏兮兮的原住民握了半辈子手了。”和他的老板肯纳一样，史蒂文也是退伍老兵。肯纳走了，也一并带走了我搬进旧金山最好的比特币游戏厅的念头。

尽管我在自己阴暗肮脏的住处里羡慕着旧金山的常住居民，但他们都住在租金管制公寓里，处境和我差不多艰难——而且肯定比我更值得同情。我遇到了一位音乐家——年轻的波西米亚女同性恋。她在大街上或俱乐部里表演，还组织了一个名为“花园会议”的后院系列音乐会。她叫朱莉·因代利卡托，住在教会区一套租金管制的公寓里，每月支付 600 美元。我第一次遇到朱莉的时候，她很害怕房东会把她赶出去，把这栋楼卖掉，好把房子以现在价格的 6 倍租给我这样的白人科技殖民者。她很想搬出去住，免得有一天忽然被赶出去。一年过去了，朱莉还住在那里。“如果明天我收到驱逐令，我多半会离开这个地方，不只是离开这座城市这么简单。我会觉得自己终于能够结束一段持续了太久的糟糕恋情。”朱莉说起旧金山总会把它拟人化。“过去旧金山很酷，我也很喜欢这里的一切，而且过去我也不在乎跟谁混在一起，穿什么衣服，有多少钱。”她说，“我不知道怎么就走到今天这个地步了。”

旧金山的房价飞涨已经撼动了整个西海岸。见面时，朱莉跟我打听波特兰的事。她听说，在那里每月花 300 美元就可以租一个像样的地方。作为一个曾经的波特兰人，我知道这种情况十几年前就没有了。部分原因是许多加利福尼亚州人为了寻找更便宜的房租搬到了北方。后来我把朱莉说的这件事告诉了一个从波特兰南下来找工作的酒保。他说他倒是知道旧金山有一个月租 300 美元的房子，他的前女友就住在那里。那房子实际上是一个食品储藏室。这几年，自虐式房地产博客越来越多了，它们记录了人们是如何不断将存储空间转变为房屋的。人们即使已经倾其所有，也只能住在没有浴室的混凝土车库、花园、帐篷或者办公室里。一位在雅虎设备部门工作的员工告诉我，他们公司的员工有时会在公司会议室露宿很长时间，直到找到合适的住处。我想给她点贿赂，给我也找一间会议室，可是她没有接受。

由于房东普遍急于套现，驱逐房客的次数在5年内增加了55%。不过，在多数情况下，房东只会欺负房客，让他们赶紧收拾行李滚蛋。“有的租户因为在橱柜里放了杯子而被驱逐。房东说这样太乱了。实际上他们什么借口都能找出来，直到租户离开。”一个维护租户权益组织的律师跟我讲。他的雇主，驱逐辩护合作组织（Eviction Defense Collaborative）也被赶出了自己的办公室。房东把他们赶走后，立马就把房子出租给了一家科技创业公司。

一天下午，我在市政厅偶遇了一场反对驱逐令的抗议活动。大约500人聚集在中庭的大楼梯周围，高呼口号，挥舞着“不要阶级斗争”一类的标语。“我们的家正在被出售。秃鹰在上空盘旋。”一个男子在一圈抗议者组成的人体麦克风中间高声呐喊。在上楼递交请愿书前，抗议者展开了一面巨大的横幅，上面写着“教会区不需要怪物”。所谓的怪物是一栋由350个单元组成的复合型豪华公寓，租金起价为每月5 000美元。对比安卡这样一个有两个孩子的拉美裔单身母亲来说，所谓“发展”其实就是意味着强制驱逐。“我住的那栋楼正在被出售，我很快就要被驱逐了。”她告诉我。一个名叫肯尼的旧金山本地人独自在台阶上徘徊。他是一名中年黑人，最近刚刚陷入了无家可归的境地。他本来通过一个福利项目拿到了住房券，但这福利一点儿也不好用，因为他必须找到一个月租不到2 000美元的地方才能使用。“他们这样做实在太过分了。除非你已经是富翁，否则他们什么也不会给你。”

在市政厅外面，我遇到了法蒂玛，一个有三个孩子的黑人母亲，她向过往的车辆挥舞着旗帜。她认为目前这种繁荣是对下层阶级的大清洗。“一个月 1.5 万美元，谁付得起呢？只有谷歌、雅虎和优步才付得起。”她说，“那些大公司正在霸占越来越多的住房，越来越多的工作，越来越多的一切。”她并没有夸大其词，在旧金山的各个社区，出现一两个每月花 1.5 万美元租一套两居或三居的豪华公寓的人是有可能的。

我向西走到了海斯谷。这里是雅痞的时尚胜地。我碰巧发现了一家潜水酒吧，正在庆祝自己的觉醒。酒吧里的爱尔兰移民酒保告诉我，这里几天之内就要关门大吉了。“谁要搬进来？”我问。“另一家酒吧。”他说，“一杯鸡尾酒卖 15 美元的那种。”当我告诉他我是个作家时，他马上又三缄其口了。因为曾有一个员工跟媒体谈了这件事，这之后，业主私下和房东签了保密协议。随着科技公司在旧金山的统治地位逐步确立，生活中的诸多方面也越来越像互联网公司的服务协议条款——不公平、无法执行、模糊威胁、用户完全被操纵。甚至还有为无家可归的乞丐收集比特币的应用程序，但更受欢迎的是一款帮有产阶级打热线电话举报不受欢迎的穷人的应用程序。

当我从酒吧出来时，天已经黑了，我看见一个穿着西装的男人把几张皱皱巴巴的钞票递给了一个驼背的女乞丐，他的女伴有点不高兴。“天啊，你可真蠢！”她厉声说。

日益扩大的阶级分化在城市的砖块、玻璃和浴室瓷砖上随处可见。那些在大企业上班的中产阶级在巨大的广告牌上，宣扬着技术爆炸时代的“家庭幸福”，这些广告牌在城市的天际线上—— 一种介于乔治·杰特森和埃比尼泽·斯克鲁奇的家庭之间的状态。“快把你的机器仆人炒了吧”，属于 Wink 的一块广告牌上如此写道。Wink 是一款“智能家居”应用程序，是专为那些懒得按下按钮打开车库门的人设计的，这些用户显然更喜欢在接近车库时看到车库门自动升起来。

与这股精明的街头营销潮流相抗衡的唯一力量，一如既往，就是那些涂鸦。对成千上万因高租金而被迫迁出旧金山的长期居民来说，无论眼下这种繁荣有多糟糕，至少它还给这个城市的那些喷漆艺术家提供了灵感。而那些枯燥乏味的雅痞聚集地则变成了精致的芝加哥都市风的壁画画布，讲述着这座城市是如何清除掉工人阶级的。这些壁画也成了街区的一部分，只不过经常更新。因此，这些壁画也逐渐开始描绘新的居民生活，比如白领工人挤在班车上，又或者是公寓大楼被义愤填膺的民众团团包围。几乎每一句令人厌烦的营销标语都遭到了涂鸦者粗暴而讽刺的修改。比如，在教会区有一家看起来像是慈善机构的“经济发展公司”买下了附近的公寓，打算把它改造成办公室。这家公司的标语就遭到了如下的修改：

机器人

~~人类~~服务代理

奴隶

教会区劳动力发展中心

在这里长期工作的人毫不同情那些机器人管家。这些人拿着根本吃不饱饭的工资给人送饭、倒饮料、收拾数字产业殖民者留下的烂摊子。而他们得到了什么回报？微不足道的小费和驱逐令。

新来的暴发户就是这些可怜人痛苦的来源。爱彼迎从长期租赁市场上租下了 6 000 套公寓，并公然蔑视批评者。所以在驱赶旧金山本地租户这件事上，爱彼迎的直接影响力可能超过了任何公司。2015 年 11 月，社区组织了一次市政全民公投，希望迫使由风险投资支持的爱彼迎与现有的酒店和租赁房屋中心公平竞争。具体的限制包括，要求爱彼迎房东合法纳税、遵规守法，并公开房屋入住情况和该公司的盈利。除此之外，它对城市常住居民将房屋短期出租进行了限制。而爱彼迎的反击是，把游说活动从市政厅搬到了大街上。投票前，该公司包下了一些广告牌，宣传该公司为旧金山做出的贡献。

敬爱的旧金山税务员：

你知道我们交了 1 200 万美元的酒店税吗？

别把这笔钱都花在一个地方。

爱你的，爱彼迎

当然，没有这场抗争，爱彼迎是不会缴纳这笔税金的。紧接着，他们打出了第二波广告。

但是……如果你非要把 1 200 万都花在一个地方，

那我们建议你买点墨西哥玉米饼。

爱你的，爱彼迎

最终，限制爱彼迎的措施没有通过。但投票率明显低于前一年，获胜一方仅占合格选民的 18%。这就是旧金山地方民主的现状。“如果穷人不喜欢现状，那么他们就只能选择把这座城市买下来。”一名挥舞着利刃的暴徒在教会区的一面墙上留下了这句话。

尽管我身无分文，但我仍是科技行业的一部分，因此我也感受到了部分旧金山当地人对外地人的反感。为了防止有人不能理解西海岸当地人这种含蓄但富有攻击性的语言，有人贴出这样的传单。

你刚来旧金山？

从事科技行业？

你就是个祸害，

我们恨你恨得发疯。

快滚！

最后我没有住进 20Mission，也没钱继续住在黑客公寓，但我在爱彼迎上找到了一个长期的、更便宜的房子。这个房子并没有把自己包装成创业公司技术人员的公共办公室，尽管它仍然吸引了不少这类人。这个地方叫 Excelsior，意思是“更高，永远向上”，但这取决于你要去哪儿。对我来说，无论选择哪个方向，每一条路都是下坡。

搬到 Excelsior，可以说是理智换来了廉价房租。这房子有个极其令人厌恶而又吹毛求疵的“家规”，举例来说，禁止在用餐时间在厨房“闲逛”。类似的规定还有很多，很多，很多：

> 不许吸烟。
>
> 不许使用非法药物。
>
> 不许举办派对。
>
> 不许搞破坏。
>
> 不许养宠物。
>
> 必须独立。
>
> 在财务上要负责。
>
> 请自备洗漱和厕所用品。
>
> ……

关于非法药物的部分完全可以忽略。但其中一些规则，非常细致又令人生气，神秘到让人不禁害怕。“必须独立”？我猜这是要求租户“不许抱怨”。“在财务上要负责”就更奇怪了，因为房租都是预付的。

广告里还提到我入住时需要再签一份合同，但我管不了那么多了。我对在线留言簿上其他租户那些不温不火的感谢感到振奋。“总的来说，这房子不错。”爱彼迎上大多数评论都是这样的。而且房租也很公道，每晚 38 美元，或者每月 1 000 美元。“你的房子看起来很棒。”我给房东露娜留了言。我预付了两个月的租金，收拾好了行李。

我下午 3 点左右到了 Excelsior。整栋房子漆成了暗淡的军绿色。楼前矗立着一堵混凝土隔音墙，这堵墙挡住了本来可以俯瞰高速公路的开阔视野。房子的大门上装着一个 10 位数字键盘的电子锁。我输入了露娜之前给我的密码，走了进去。大厅里积了很多灰，没有灯光。窗帘都拉上了，吱吱作响的木地板似乎吸收了周围残留的所有灯光。“有人吗？”我问。没有人回答我。

进去之后我也无处可去。左边是一扇锁着的门，里面是一间卧室。右边是一个高高的折叠式屏风，把一个小客厅分成两部分。屏风两边各摆了一张小床，只留了几英尺宽的过道，用来放行李和通行。我猜这就是为什么在爱彼迎的公共空间列表里没有客厅了。沿着大厅往里走，这房子里面也漆成了灰绿色。我看见几张贴在墙上的通知，其中一份打印出来的文件上配着监控摄像头的视频截图，还配了文字说明：“请注意，这个区域处在摄像头监控之下。”这些通知贴在房子的不同地方。谷歌监控了我的电子邮箱，爱彼迎则直接在我的厨房里安装了 24 小时监控探头。

顺便说一下，厨房是这栋房子里最好的房间，空气清新，阳光充足。不能在厨房“闲逛”实在是太可惜了。

我发现分配给我的房间没有上锁，钥匙就放在桌上。除了一扇可以上锁的门，这个房间还有几件我怀念已久的东西，包括一个迷你冰箱，以及四个阅读灯——也不知道为什么要摆这么多灯。这么长时间以来，我第一次把行李完全打开。我用一串彩旗装饰了一下房间。彩旗是妻子为了让我想起家乡才给我带上的。尽管这房子过去是一个高速路旁边幽暗恐怖的垃圾处理场，但是现在这就是我的家了，至少目前是。这里居然还有一扇窗户，我拉开了蓝色的透明窗帘，出现在我眼前的，是另一间卧室。每天只有几分钟，阳光会洒在这两个窗户之间的狭窄缝隙中。我相信长时间处在昏暗的环境下有助于我保持专注。

我回到厨房，从贴在墙上的一份打印纸上把无线网络密码抄下来。房间对面站着一个看起来有点笨拙的家伙，穿着一件脏兮兮的白色背心，衣服松松垮垮，黑色的卷发披散在他的胸前、胳膊和后背上。这是迈克，一个中年人，身高 6 英尺多，体重 300 磅[①]。在宽松的灰色运动短裤下，有一侧膝盖上缠着绷带。他小心翼翼地弯着腰，走路一瘸一拐的。迈克最近刚从海军退役，服役期间伤了膝盖。但是，除了那次受伤，以及他会经常在厨房里发布各种各样的公告，比如即将清理冰箱之类的事情外，迈克几乎没有再讲过他的军旅生涯。虽然不知道他在海军服役期间经历了些什么，但显然迈克变成了一个谨小慎微的人。他似乎总是在道歉，而且很容易受惊。“哦！”当我走进厨房时吓了他一跳。

我问他在地下室生活多久了。他说：“一年了。”

“你感觉怎么样？”我问。

---

① 1 磅约为 0.45 千克。——编者注

“糟透了。”他说。

“哦。”我说。

“这是旧金山最便宜的地方了。”他说。

“是啊，”我说，“房东露娜人怎么样？我还没见过她呢。”

“就我的经验来说，我们还是越少见到她越好。”迈克说。

“为什么？”我问。

迈克忽然面露难色，结巴起来。“我不应该说这个话的。”他说，“你别在意，就当我什么也没说吧。”他简直有点恐惧了。

露娜在爱彼迎上管理好几处房产，对每一处，露娜自己都留了一些评论。当我终于把这些评论凑在一起读完之后，我明白为什么迈克会有这种表现了。他非常想搬走，但是为了搬家，他又需要露娜的帮助。而露娜并不喜欢接受他人的批评。曾经有一个住户抱怨露娜的洁癖，她是这样回复的：“这个人居然因为自己的一点不方便就想毁掉我作为房东的声誉。”还有一对在露娜看来不合格的租户夫妇，露娜则毫不留情地说：“他们把床垫、床单、毛巾都弄脏了，门把手也弄坏了，我再也不会把房子租给他们了。”当另一个女人认为露娜出租的客厅太过“凑合”的时候，露娜居然倒打一耙，她回复说：“这人的行为简直令人憎恶……她居然把两个不知道从哪儿捡来的流浪汉往家里带……希望上述信息能对她寻找的下一个爱彼迎房东有所帮助。”

对于这个房子的批评意见往往一针见血。比如，床的架子已经坏了，每天晚上都睡得我脊柱难受；这房子挤得要死；有时要等一个小时才能用洗手间，而且还脏得要命；厕所里唯一一卷厕纸还是迈克放进去的。爱彼迎上正面评论太多了，对用户产生了严重误导。对此的唯一解释就是，爱彼迎的评论系统其实包含了一套互相保证消灭差评的机制。发布赞扬的用户通常能收到某种回馈，而负面的评价，哪怕是最轻微的抱怨，无论多么正当，也一定会遭到毁灭性的诽谤。之前有一个女孩和她的男友不小心退房晚了点，露娜则“威胁我们，如果不给好评，就不退还在爱彼迎上的押金”。她这样写道。

“我没有敲诈她，”露娜回复说，“她应该按规矩来。”

在露娜看来，严格的家规对于约束她那些野蛮的住户来说非常必要。“人们太喜欢社交了。”她说。对此，她的解决办法就是在公共区域实行宵禁，可以说这一措施过于有效了。以至于当住户们相遇时，他们往往避免眼神交流，直接冲回自己的房间，然后砰的一声关上门。

总共有 9 人住在楼上的四个房间和客厅里。楼下有三间大一点的卧室，但我不知道住了多少人。跟我隔着一条走廊的房间里住着两个烹饪专业的学生，他们在湾区对面的一家餐馆上夜班。在不到 6 个月的时间里，他们已经在爱彼迎上搬了三次家。再过一周，他们又得搬家了，因为这个月他们的工资发得有点晚，而露娜拒绝提供宽限期。睡在客厅里小床上的黑人妇女总是早出晚归，沉默寡言。走廊尽头的房间住着一个南亚家庭的三口人。因为他们不会说英语，所以我一直听不懂他们的故事。6 月中旬，大部分房间都被城里的大学生小伙子霸占了，他们都是白人或东亚人，利用暑期来谷歌或其他科技公司实习。

露娜声称她“在爱彼迎的社区中也有了一席之地，一个利基市场”。确实，这个曾经被称为“经济适用房”的细分市场，现在叫贫民窟。

旧金山本地民众的不满和怨恨每天都向四面八方蔓延。这并不是说每个人都应受到指责。新移民过来的科技资产阶级往好了说是比较天真，往坏了说就是自大。即使我们以来自市郊的20多岁年轻人的标准来看待这群人，他们对于周遭环境也太过无知了。我这些从事科技业的室友兄弟都太不谙世事了，简直是温室里的花朵。除了同异性交往时面临的困难和工作上的要求，他们最大的焦虑似乎就来自旧金山本身。这座城市和它的居民——尤其是拉丁裔、黑人和无家可归的人，总是让他们提心吊胆。“从来没人告诉我说，我要睡在一个黑人女性旁边。”谷歌的一名实习生喘着粗气说。这个年轻的亚裔美国小伙子睡在屏风隔开的另一半。我不禁想，这位女性可能也从没想到自己会和一个不适应环境的种族主义者合住一个房间。最后居然是这个小伙子先找房东抱怨了此事，然后换了房间。

大多数时候，人们不会这么直接表露自己的偏见。但新涌入硅谷和湾区的中产阶级消费者已经被宠坏了，一切都只取决于他们的好恶。这群幸运儿的世界观里暗藏着一套残酷的自由主义的假设，在他们眼中，这些因为科技产业的发展而失业并陷入贫穷的人之所以处境艰难，是因为他们自己选择了这样的生活，选择了贫穷和肮脏，这就像他们自己选择学习写代码，选择了成为大公司的白领，选择给自己安排好中上阶层的生活—— 一种安逸舒适的郊区生活。“在山景城（Mountain View）房子都很漂亮。给人感觉更像一个小镇，而不是一个肮脏的大城市。”另一位来自捷克的谷歌实习生跟我说，他打算一找到工作就搬出城区。而另一个年轻人在市中心的一家银行工作，他的计划更为远大。他说：“我要等到下一次经济衰退，到时候把这里所有的房子都买下来。”

“好主意，但是你也不知道下一次经济衰退什么时候才来。”捷克小伙说，“搞不好你得等 50 年呢。”

“5 年也好，50 年也罢，早晚得发生，这就是我的计划。”这位年轻的银行家说。

这些小伙子早就知道，这地方终将由他们继承。为了去适应这些还很稚嫩的天选之子的品位和偏见，旧金山正在被系统性地改造，而且其速度远超所有人的预期。

说到品位，这群年轻人根本没有品位。因为经常要自己做饭，我渐渐明白了一个道理，只要你能负担得起外卖食物，而且不需要处理诸如洗衣服、洗碗或买杂货之类的琐事，那创业就会容易得多。正如一位推特用户所言，旧金山的高科技文化专注解决一个问题：现在有哪些事不需要妈妈帮我做了？

没有什么比看着这群“数码世界的原住民”跌跌撞撞地在日常生活中走向成人世界更让我感觉自己的衰老和古怪了。我认识一个年轻人，是常春藤盟校的优等生，在谷歌实习，这份工作需要他对高等数学有深刻的了解。这样一个未来精英在使用电饭煲时却陷入了迷茫，不知所措。我实在看不下去他无助的样子，而且他几乎顿顿吃米饭，于是我就向他解释电饭煲的使用方法：放米，加水，按下标有“煮饭”的按钮。看着他慌张的样子，我都怀疑他是不是希望我替他来煮米饭。后来有一天，他严格按照包装纸上的说明操作了一次，成功地煎了一块去骨去皮的鸡胸肉。

“好吃吗？”我问他。

“难吃死了，非常软。”他说，“不过我饱了，这就够了。我不在乎它的味道。”

当我第一次听说 Soylent（食品科技公司）时，我在想，一个人要麻木不仁到什么程度才会靠这种黏糊糊的玩意儿果腹。Soylent 是一家创业公司，销售一种黏稠且味道“中性”的“代餐饮料”粉末。现在我彻底明白它的客户群体是谁了。捷克小伙在家时除了煮鸡蛋什么也不吃。而那个在谷歌上班的小伙只吃干煎面包片。绝大多数时候，他们都不做饭，因为他们的老板是会雇厨师的。

这些科技从业者一旦对自己未来的职业有了令人羡慕的把握，他们的个人欲望也会逐渐消失，除非是对消费品的欲望。有一天晚上，我走进厨房，发现一个室友站在厨房的桌子前，目不转睛地盯着他智能手机上的视频。他是在看电影？不，他在一个接一个地看鞋的广告。而捷克小伙每次从公交车站走回家后，都会煮一个鸡蛋，然后在厨房柜台上打开笔记本电脑，加载他最喜欢的奇幻纸牌网游。“所以你每天就是回家、玩游戏，然后上床睡觉？”另一个室友问他。“基本上就是这样的。”他说。

也许大多数人更希望看到这些拿高薪的书呆子全都待在家里。“现在住在这里的年轻人全都在科技业和金融业工作，旧金山过去几十年创造的是艺术和文化，而现在正在成为文化荒漠。”说这话的是一位退休的白人妇女，遇到我的时候，她正在市政厅外分发反中产阶级化的传单。“说到安卓手机，现在很多人也快变成安卓（人形机器人）了。他们太无聊了。”显然有人已经发现了科技巨头策划的这场宏大而庸俗的阴谋，他们的目的就是摧毁那些古老而简单的快乐，代之以有品牌赞助，且基于人口统计学的多媒体生活方式。“他们在引导儿童去摧毁文化。”一个酒吧老板跟我说，这人年纪虽轻，但是思维很老派。

这种不满并不局限于科技行业之外的人。“互联网脏透了，伙计。”一个在科技公司供职的人跟我说。他一直想成为一名音乐家。“我是在旧金山长大的，几乎从没离开过。它曾经是伟大的文化中心。可现在呢，它就是这个。”他说着，用手里的啤酒瓶模仿起手淫的动作来。“谁的应用更好？还不如问，谁的身材更好？”的确，听一群老想着成为亿万富翁的臭小子在公开场合互相吹嘘，交换自己浅薄的见识，的确很容易让人生气。他们问的第一个问题总是“你在什么领域？”，而不是“你最近过得怎么样？”，更不是“你老家哪里？”。每次我听到有人问我：“你在什么领域？”我老想说，就在这间房对面。这个问题可能是我听过的最让人无法忍受的科技行业黑话。问这个问题其实是想知道“你的公司是做什么的”，这和问“你靠什么谋生？”还不太一样。因为这个公司可能根本对于谋生毫无帮助。一个人的“领域”显然要比他的工作更鼓舞人。如果你每天的工作就是给热锅上的汉堡肉翻面，你绝不会说自己是一个负责煎炸的厨子。你会说：“我的领域是蛋白质焦化。”如果你的工作是挖坟墓，你就会说：“我的领域是帮助他人完成生命的循环。”如果你是个作家，你就会说：“我的领域是内容创作。”如果你是个雄心勃勃的作家，那么你就会说：“我的领域是传媒。”但如果你是真的志存高远，你就应该知道，这时候不该说“传媒”，而应该说“信息平台”。这是因为，投资者评价和衡量信息平台公司的标准是关注度。虽然关注度是转瞬即逝的，但这东西可以卖给广告商，由此套现。所以，如果有人问你：“你在什么领域？”而你的工作一点也不时髦，比如说，是个作家，那么你就有必要说：“我其实是个传递眼球的忍者。”

要是在以前，这话一出口，我就会立马把自己眼珠子抠出来拍在桌子上给对方看，但是在眼下这个旧金山，我们能做的只有努力活下去。

第三章 网络零工把我们变得一文不值

我对科技工作者既羡慕又可怜。他们的薪水一点也不差，他们的福利直追酒神巴克斯。这个产业就像入侵地球的外星人，吞噬着他们所能接触到的一切。它的存在是放射性的，所产生的辐射已经扩散到了全世界，令所有形式的有机生命窒息。而在这群外星侵略者母舰的温暖怀抱里，这些无人机一般的从业者享受着舒适、刺激和富足。

一家公司的人力资源员工向我解释了这场员工福利战争究竟为何愈演愈烈。这场科技公司之间的人才竞赛已经进入了不断升级、以牙还牙的白热化阶段。比如，目前已经有公司将牛排晚餐直接送到员工的办公桌上，还提供免费洗衣、免费自行车及维修、免费礼宾等服务，当然还有免费酒水。这位负责招聘的人力资源员工跟我说："员工固然能获得价值每块 20 美元的免费牛排，但他们为此而多付出的工作时间能为雇主多创造 200 美元的价值。"因此，这些看似奢侈的福利只是一种引诱程序员的套路。各大科技公司对于高产出程序员的需求都很大，但是又都不愿意提供更高的薪水，而提供这些福利的根本目的就是能像使用奴隶一样驱使雇员加班加点地干活。

但我那些在科技公司实习的室友似乎对此都很满意，至少一开始时是这样的。“他们说的关于谷歌的一切都是真的。”一个在谷歌总部实习的室友在入职培训结束后告诉我，“20 个咖啡厅，一间健身房——应有尽有。”每个工作日的清晨，他就和附近的谷歌员工一起，刷身份证，登上停在巴特站附近的班车，然后坐车 35 英里来到山景城。他们的工作时间从搭上这辆配有无线网的班车就开始了，然后一直工作到晚上 8 点才离开单位。在食堂吃完饭之后，会有另一辆班车载他们回家。在硅谷的大公司中，这是一套标准流程。即便是那些在索玛仓库的破旧房间里办公的创业公司也提供免费餐饮。

“全是福利，伙计！”另一位室友不在谷歌，虽然他上班第一天晚上 10 点才回到家，但仍然兴奋不已，“我一直干到 9 点，因为如果你加班，单位就提供免费晚餐……而且还报销回家的车费。”于是这就成了他的日常惯例，而他从未质疑过这件事的合理性。仔细想想，他这一代人都是这样的，从不质疑。

这种环境下，要忍受虚假是一切的先决条件。你仅仅拥有技能、投入时间、完成工作是不够的，你还必须对工作充满激情，否则就该去找下一份工作了。有些专业比其他专业更受欢迎。拥有人文学科学位的人，很容易进入营销部门，但是程序员想混进一家公司就比较难了。

在一个阳光明媚的日子，我沿着海滨公路来到了位于 27 号码头的活动中心，参加了每周一次的开发者论坛（大家都这么叫它）的招聘会，这种招聘会基本上每周一次，而且到处都是幻灯片和小组讨论。在这里，你会发现雇主都非常急切地希望招聘新员工，这看起来简直不可思议。要知道，在2010年的美国，除了硅谷，唯一一个同样一直在招聘的地方就是各地的陆军征兵中心。成百上千的人涌入这里寻找更好的工作，但是各公司还是招不到足够的"Java传奇、Python大神、Hadoop英雄"[①]，看到招聘大厅里熙熙攘攘的人群，虽然我感觉有些兴奋，但这些荒唐的职务头衔还是让我有一种深入骨髓的不安感。

西海岸的科技从业者正在将自己这个群体逐渐异化，与他们的邻居和当地居民保持距离。这种差异化已经从习惯和风俗扩展到了语言。他们用了这么花里胡哨的说法，就是为了避免被贴上"工人"的标签。为了避免这种他们眼中的"污名化"行径，他们管自己叫什么都行。如此一来，只有在名片上印着摇滚巨星或忍者，或是有强烈的浪漫、勇敢和个人主义的头衔时，他们才敢面对镜中的自己。为了逃避现实，他们只愿意接受镜中看到一切。可实际上，除了无人机，镜子里什么也没有。

开发者论坛的官方语言是由一大堆计算机专业黑话组成的。日程表上填满了各种活动，中间还夹杂着很多标题板。其中一块写着，"使用Sprockets整合Browserify和Gulp"。另一块写着，"企业应用并不像你想的那么无聊"（这点实在不敢苟同）。大家说的内容我能听懂的还不到一半，但不要紧，因为我发现了很多新鲜有趣的东西。整个活动沿着码头展开，巨幅地毯一直铺到了水

① Java是一种计算机编程语言，Python是一种计算机程序设计语言，Hadoop是一个分布式系统基础架构。——编者注

边。举办方还在冰凉的水泥地上安装了帐篷和便携加热器。我就一路走过去，经过一张张桌子、一块块展板，收集了各种各样的小册子，学到了很多新的术语。我感觉非常充实而且刺激，这种体验类似于买一条新牛仔裤：

> 我觉得，物联网、大数据、机器学习、键值存储、本地票务体验、集成平台服务，都非常有意思。

在开发者论坛上，我意识到一个很重要的事实：在科技界，虚张声势的不止我一个。所有人都在吹牛，即便是那些广受欢迎的技术人才。实际上有许多开发人员跟我一样，并不是真正的程序员，出身可谓五花八门。这让我相当震惊。尤其是当工作涉及繁重的编程时，许多所谓的技术“忍者”并不是黑带。实际上，建设网站和编写应用程序中大多数的复杂且分散的任务已经分解成若干步骤，并且被自动化了，因此一个程序员不再需要对软件机制有全面，甚至基础的知识。这就导致程序员的工作很难成为一门手艺。应用程序是在一条装配流水线上完成的。具体来说，应用程序是由现成的“开源”组件构建而成的。“忍者”最需要掌握的计算机命令恐怕就是复制和粘贴。许多热门的创业公司都是把别人写好的代码修修补补，再用虚拟的胶带和铁丝拼凑起来的。

总之，有点知识固然有用，但是什么也不会照样能走得很远。

有一次，开发者论坛会后派对是在码头附近的酒吧举办的。在那里，我认识了一位相当自信的职业女性。她本来在得克萨斯州给一些小的创业企业打工，现在搬到了湾区，加入了一家大企业。然后，她的事业发生了惊人的转变。她一接手新工作就发现自己对用户界面这个领域非常感兴趣。“用户界面，就是一切。”她说。尽管她毫无技术背景，但这家大公司还是让她领导一个由高度专业化的软件工程师组成的团队。所以，她对下属整天在做什么知之甚少。当然，这都是“故意”的。“我的角色就是这样傻。我根本不知道这些东西怎么运转，而如果我不能在 4 秒内理解这个东西怎么使用，那这个产品就不合格。”她说。显然，她对自己这份愚蠢的工作很有激情。

科技公司普遍熟练掌握并热衷于运用各种管理策略，在其内部各部门之间制造不和与不安。最常见的策略是“末位淘汰”。这一策略能使同一部门的同事之间以及不同部门之间保持相互竞争的态势，尤其是在业绩评估期间，为了避免因为排名过低被解雇，所有人都会疯狂工作。因为软件工程师的工作往往无法独立完成，也不能按各自的能力进行评估，所以各家公司无论大小都采用了“敏捷开发”的办法，这就给那些一筹莫展的经理提供了一种约束和控制软件工程师的方法。而那些更新潮、更灵活的创业公司虽然向员工承诺，会为工作提供乐趣和弹性，但他们往往会采用一些更可鄙的手段来对自身利益加以补偿，从歧视性雇用到普遍的暗扣工资。硅谷的公司对利润总是处在极度的渴望中，而且这些公司掌握着最先进的生产力工具和管理策略，这就迫使雇员不断压榨自己，同时还得保持微笑，直到油尽灯枯。

被困在这个仓鼠笼子里受折磨的不光是科技公司的员工。那些名义上的公司老板，为了保住自己的饭碗，即风投资本家的利益，只能在这个圈套中画地为牢，比谁陷得都深。

创业公司总是会对应聘者承诺，他们在这里将会享受独立和财务自由。但其实即便是大多数创业公司的“首席执行官”，也很少能实现这两者之一，因为他们背后的投资者通常会从该公司建立伊始就插手管理，直到资金退出。有一次，我碰巧跟一个愤世嫉俗的风投资本家一起喝啤酒，酒酣兴浓时，我随口问他：“创业公司的建立者算是资本还是劳动力呢？”“这得看情况。”他回答，“马克·扎克伯格就算资本。但每出现一个扎克伯格，就会有 100 个创始人被他们自己建立的企业炒掉。这些人就不属于资本，他们是劳动力。”实际上这些创始人都是理想的劳动力，而且从来不会团结起来闹事。他们像狗一样拼命工作，直到发财。但大多数人始终没有发财，通常就住在类似部队营房的房间里，也不比我住的地方舒服多少。但不知道为什么，我总感觉他们还算是这套系统里最划算的部分。

我发现，大多数初创公司的创始人只会在醉酒或者匿名的情况下，才会就自己的糟糕处境说实话。即便是在黑客新闻（Hacker news）这样一个狂热的新闻和讨论网站上，你也很容易从人们表面的热情上看出虚假的端倪。以用户在该网站上提出的问题为例，我们就能窥见这群硅谷淘金者承受了何等压力和焦虑。

我应该假装自己的创业已经成功了吗？

如果我感觉拼不动了，我该怎么办？

你在一个失败的创业上“浪费”了多少年？

我的创业失败了，欠了 9 000 美元，需要在 12 天内还完绝大部分。

我用信用卡给我的创业融资，现在创业失败了，我被起诉了。

创业之后你是不是很难找到工作？

到底“真实的生活经历”是什么？我怎么才能获得它？

我是不是应该参军？

还是说我应该流浪一段时间？还有其他建议吗？

如何对抗沮丧？

人为什么要活下去？

我们能不能众筹一个心理医师，让他给黑客们进行诊疗？

阿德里安，就是我之前在派对上认识的，用亮黄色皮套装着苹果手机的家伙，他的公司就是模仿高朋来运营的。发生在他身上的故事可以说同样发生在了 95% 的创业者身上。尽管阿德里安看起来有点呆，甚至可笑，但其实他身上也有让人感觉悲伤的一面。后来我们混熟了，他就把一切都跟我讲了。从社区大学毕业后，阿德里安曾在零售连锁店和餐厅做了很多年的经理。现在这份工作的压力相当大，作为创始人，他周末不休假，每天工作时间不低于12小时，从不让同事忌妒和鄙视，因为这些同事也都是他的朋友。但他总是觉得自己处在崩溃的边缘。至于钱，他做首席执行官挣的钱比在普通公司上班挣的还少。他没有医疗保险，连奥巴马医保都没有。他住的公寓也糟透了。他连篇累牍的悲惨境遇我就不赘述了。当然，阿德里安也收获了很多：他拉到了投资！他筹集了几百万美元！他走在一条光明而伟大的道路上！他简直是创业者的楷模！

“我要是能从头再来，”他跟我说着，肩膀也耷拉下来，“我肯定会去当公务员。”

我真希望当时自己能跟他讲，不要紧的，你现在也可以再选一次。但这话我没说出口。最后我只是祝他好运。大约一年后，正在写本书时，我决定去看看阿德里安在干什么。

但我了解到的情况并不太好。

阿德里安在一篇充满感情的博客文章中讲述了他的创业公司失败之后的故事。他负债累累，连房租都交不上。大约在我认识他的三个月后，阿德里安到一家连锁药店买了几大瓶强效止痛药，回到公寓，吞下了一大把药片，等着死神降临。巧合的是，阿德里安在网上看到的自杀信息是假的。他并没有毫无痛苦地陷入致命的昏迷，而是在公寓地板上痛苦地打了12小时的滚，时而昏迷，时而清醒。终于把自己折腾吐了之后，他爬到手机边上拨打了911。救护车来了。在医院里，他又遭受了一通折磨。医生和护士先探查了他的喉管，然后清洗了他的内脏，把他救活了。阿德里安很幸运，这番折腾下来他居然把两个肾都保住了，可是他的下一站是精神病区。在那里，他和其他没有被镇静剂麻醉的病人一起玩着缺块的拼图。后来当我再和阿德里安讨论创业公司的企业文化时，他的态度已经是非常厌恶了，他说他从这段经历中明白了一个道理：公司并不在乎它里面的人。但他很高兴自己还活着，现在在一家不大不小的连锁餐厅做领班。

像阿德里安这样的人有很多，他们最可悲的一点就是，遭了这么多罪并不是因为他们野心太大，他们只是践行了这个社会（指美国）灌输给他们的想法。贝拉克·奥巴马执政时期，美国政府大力支持硅谷的"学习写代码"运动—— 一个政府创造就业的计划。当时，美国传统的就业市场仍未从 2008 年经济危机后复苏，而掌握编程技能就成为实现美国人在接下来的几十年里保持繁荣和稳定的可靠办法。编程确保了他们想要获得的一切——漂亮房子、新车、大信用额度、大屏电视、各种新奇的玩意儿、吃得起各种药，以及安稳地退休。

但为什么又有这么多已经在硅谷成功了的程序员争先恐后地把自己变成创业公司的创始人呢？创业虽然不需要很多钱，但创始人的社会地位也不会有很明显的提升，除非这家创业公司能吸引大量的投资和媒体报道。但程序员依然乐此不疲，因为他们很清楚，通往财富的阶梯正在熊熊燃烧，即将瓦解。

随着全球范围内编程课程的普及，这一技能的价值迅速下降，而且随着人工智能技术的提升，计算机将承担更多编写程序的日常工作，高薪编程工作很快也会灰飞烟灭。程序员也知道，要想成为老板，最快的方法就是找到一个尚未自动化的新领域。科技行业的每一次大动作都旨在推动下一轮大规模投资的出现，此前他们的目标就是“共享经济”。此类动作都暗含着大规模的社会转型计划，这种转型总是朝着对投资者和高管有利的方向发展。

2008 年金融危机爆发后的 7 年里，1 600 万人离开了美国以寻找工作。硅谷利用这一契机，为这个国家提供了无数个基于互联网的个体劳动岗位。由华尔街支持的科技创业公司纷纷涌入，为失业大军提供了无数点击按钮就能赚钱的方法。彭博新闻称之为“盒装的创业精神”。急需现金？请申请 P2P（点对点）贷款，或者发起众筹。需要工作？那不妨考虑自由职业，比如在 TaskRabbit（零工服务平台）上接订单，或者在 YouTube（优兔）上做视频播客。朝九晚五的工作，以及相关的福利和加班都可能会暂时从人们的视野中逐渐消退。取而代之的是各种源自网络的自由职业。在互联网上，生存变得像电子游戏，所有人通过点击按钮来获得即时的满足感与微薄的回报。

现在有超过三分之一的美国人是自由职业者，也就是说，他们的生计取决于上级的心情。因为这些人已经被迫成了一个个小企业家。人们所熟悉的社会福利、公共教育和劳动形式都已经瓦解，由此产生了所谓的“50 美分经济”，这种体系下每个人只有两种选择：“要么发财，要么死在发财的路上。”小布什总统称之为“所有权社会”。奥巴马总统则深受硅谷的捐助者影响，提出了“创业美国”计划。而历史上最幸运的赢家——特朗普领导着一个由“失败者”组成的国家。在最新版的美国梦中，如果你还没有成为亿万富翁，那是你努力得还不够。

众所周知，没有什么地方比地下室更适合我展开一段新的征程，成为零工经济的一部分。毕竟除了努力往上爬，我无路可走。目前，有一种名为“土耳其机器人”（Mechanical Turk）的居家工作，大致相当于在公司邮件收发室上班。这是由亚马逊运营的一种人工服务，价值 1 360 亿美元，由杰夫·贝佐斯控制。所谓的土耳其机器人就是一条由成千上万个具体的“人工智能任务”组成的数字化流水线。按照设计，每个任务可在几秒内完成，为此资方只需支付几毛钱。根据调研结果，很多从事这个工作的人每周工作 30 小时以上，平均时薪低于 2 美元。可是这些工人却被视为一个个经营着小企业的个体户。通常，此类工作是由社会科学家发布的，他们希望削减大样本调查的费用。但也有一些贪婪的企业，根据自身需要雇用成百上千的“土耳其机器人”，而不提供全职或兼职的岗位。这类企业的诀窍就在于，将必要的工作分解为一系列离散且微小的任务，这些任务非常适合亚马逊这种电商平台结构。最容易的工作解决方案往往是基于互联网的 B2B（企业对企业）服务，如名为“搜索引擎优化”的营销方案，或者是批量数据处理。更有甚者会将这种模式用于造假，比如制造各种诱人点击的假新闻网站，它们的利润就来自出售点击量给在线广告代理和雇用“土耳其机器人”之间的差值。

高速、高效、吃苦耐劳，基本上就是把自己变成机器人。这几点当然也是土耳其机器人服务的精髓。服务中的绝大多数工作都极其单调。

- 点击具体的谷歌搜索结果。

  报酬：0.05 美元。
- 查看一张收据的图片并辨识收据的事项。

  报酬：0.01 美元。

有一些工作内容就需要稍微发挥一点创造力。

- 使用不少于十个词来描述一张图片。

  报酬：0.01 美元。
- 为下属内容写五个备选头条。

  报酬：0.05 美元。

我以前做新闻编辑的时候，做同样的工作，报酬要高得多，但我的工作很看重质量。而“土耳其机器人”的工作只看重数量。这倒不是说此类工作都毫无特点，它们实际上是多种多样的。

- 教一台电脑理解家庭的含义。

  报酬：0.65 美元。
- 给约会软件里的个人照片打分。

  报酬：0.03 美元。

· 标出带有攻击性的图片内容。

报酬：0.01 美元。

土耳其机器人的出现让人非常不安，由此人们看到了互联网经济肮脏而阴暗的一面。尤其是，有许多网站会使用此类服务对网站内容进行审查。很多人在签约之后才发现自己糊里糊涂地成了儿童色情的接收者。人们通常认为，廉价的劳动力市场是实现自由市场的理想工具。而现在，这种模式创造了一种怪异的数字垃圾拾荒者亚文化。他们这些审核者每天在精神上承受着巨大的恐惧，身体上又因为重复而单调的劳动出现各种毛病。

这种工作显然不适合我。我试着申请了一下，但是被亚马逊算法拒绝了。“资质审查标准是公司所有的，因此我们不能透露拒绝你的原因。”他们的电子邮件是这样答复的。这样的回答令人不禁怀念旧时拥挤的工会雇用大厅，哪怕是有一条失业热线也好。

在面临终身失业的情况下，人们找到了一些更有趣的方法挣钱谋生。说到这里，我必须提一下 Twitch.tv（实时流媒体视频平台）。这个网站迎合游戏玩家的需要，允许他们向世界各地的观众播放他们玩游戏的画面，让一部分玩家得以通过爱好赚钱。当亚马逊以 9.7 亿美元在 2015 年收购 Twitch 时，该网站坐拥 6 000 万用户，是 NBC（美国全国广播公司）《周日橄榄球之夜》节目观众数量的三倍。这些用户中大约有 1.1 万是 Twitch 的官方合作伙伴。通过大量的直播，发展主播的粉丝数量，这些用户也赚了一点钱。可能人们不能理解为什么有人会喜欢看别人玩游戏，更不能理解为什么会有公司请人玩游戏。实际上，Twitch 构成了当前美国企业试图掌控的一种新媒体类型的一部分。是 Twitch 创造了这个类型，但人们对它知之甚少。Twitch 的合作用户其实是沾了营销部门的光。Twitch 的市场营销部正在进行一种前所未有的努力，影响范围之广超乎想象。他的最终目的是跨越传统营销模式，制造一批年轻受众更容易接受的网红明星，再把这些网红作为广告的新载体。我玩了几天游戏，试图了解这个领域，但很快就发现我已经不再年轻了。

当今，电子游戏不再被主流社会排斥而边缘化，它已经成为数十亿人日常生活中不可或缺的一部分。在软件业更是如此，电子游戏就是他们的业余生活。这些游戏通过各种游戏环节设计教给他们获取、成就和竞争。因此，硅谷乐于将人们生活的各方面都“游戏化”也就不足为奇了。各家公司花费了数亿美元在“企业游戏化”（enterprise gamification）的“试验品”（funsultants）上，用“有趣的”巴甫洛夫式的奖惩来回报员工薪水微薄的工作。根据未来学家雷·库兹韦尔的说法，“很快我们就看不到工作和娱乐之间区别了”。如果你觉得这句话和现实还差得太多，那你不妨想想脸书是怎么把社交游戏化的。

在直播这个领域，最成功的是一位 YouTube 主播。对他来说，工作和娱乐、真实和虚假都已经融合在一起。他的网红生涯从他为自己选择艺名直到参政，都充满了疑点。他的艺名为屁弟派（PewDiePie），这名字看起来就够奇怪了，读起来更奇怪，他通常要用一种拖长、尖细的声音念出来：屁——弟——派！”他住在英国的布莱顿，真名是菲利克斯·谢尔贝格。他住的地方跟我以前住的差不多，只是房子的条件要好得多。屁弟派的YouTube频道已经收获了约100亿点击量和4 000万订阅，而且数字还在不断增长。他的工作就是对着摄像机玩游戏，在铲除虚拟怪物的同时，不停地发出尖叫声、咒骂声和奇怪的吐槽声，以此取悦那些年轻的粉丝——“兄弟军团”（bro army）。

在大多数视频的结尾，屁弟派都会朝着镜头挥拳，这就是他的经典动作“拳头兄弟”。在数百万的青少年玩家眼中，屁弟派就像他们梦想拥有的一个哥哥。他棱角分明的瑞典容貌，暗示他过去在一支三流男团的职业生涯。他漂亮的意大利女友甜心玛西亚（Cutie Pie Marzia）也是YouTube上的网红。粉丝们推崇的不光是他们的容貌和生活方式。屁弟派还是一个存在主义者，他总是不停抱怨存在是多么空虚，这引起了他那些青少年粉丝的共鸣。正如他所说：“我就是觉得很空虚，懂吗？这都可以当推特的标签用了。”

当一家瑞典报纸报道屁弟派年收入高达700万美元时，他对那些忌妒他的黑粉做出了防御性回应。

> 他们以为我整天就是傻坐着，对着屏幕大喊大叫。虽然这是真的，但我带给大家的绝不只是如此，还有很多其他的东西……你们怎么想真的无所谓，生活本来就

是不公平的，这就是现实。你觉得有些人很有趣，于是就一遍遍地打开他们的视频。我就是靠有趣挣钱的。

屁弟派的收入依赖于电子游戏产业的发展，该产业的年销售额已经增长到610亿美元。虽然他看起来像是个广告代言人，但他已经不再接受一般的赞助，这意味着他数百万美元的收入完全来自谷歌给他的广告费分成。当然，有些赞助商的钱他也接受，其中就包括迪士尼，毕竟价码太高了，不容错过。

应该接受哪些赞助需要仔细筛选，而这就是屁弟派的弱点。他不知道如何面对批评，于是变得越发偏执。2016年12月，他宣布他在YouTube上的赞助商正密谋把他从第一名的位置上拉下来，用"真正的癌症患者"——一位印度裔女性取代他。"就因为我是白人，所以我就不能做这种评论了？我根本不觉得这是个问题。"屁弟派在一个视频中激动地向他的"兄弟军团"嚷嚷道。有些倾向，平时我们很难察觉，可是一旦被压制，就变得清晰起来。屁弟派喜欢将《德意志高于一切》中的万字符图像和音频片段点缀到他的游戏评论中。在一段视频中，他把头发染成淡金色并对着镜头行礼。2017年1月，他发布了一段视频，两名赤裸上身的印度男子举着横幅，上面写着"犹太人都该死"。屁弟派说这只是一个玩笑，但迪士尼立即取消了对他的赞助，YouTube也把他从"优先"广告计划中踢了出去。这些事影响了他的收入，可是屁弟派的兄弟军团依然对其忠心耿耿，他发布的每条新视频仍能获得几百万的点击量。

那段“犹太人都该死”的视频并非屁弟派在网上偶然发布的。实际上，是他通过一家名叫 Fiverr（任务众包平台）的网站雇用了这些印度人，让他们举着印有屁弟派编辑的语句的横幅，录一段视频出来。说到这里，我就有必要介绍一下 Fiverr，分享经济的新贵。这家网站其实是一个自由职业者发布服务的平台，无论是画插图还是翻译，价格全部只有 5 美元。这家网站是两个以色列程序员 2010 年创立的，在 5 年内筹集了超过 5 000 万美元的投资，年收入为 1 500 万美元。硅谷的投资者对这两位创始人赞不绝口，称他们拥有“难以置信的远见卓识”，并对该公司给全球市场带来的“流动性、速度和参与度”惊叹不已。

这两位创始人表示，通过颠覆服务行业，Fiverr 市值将很快突破 10 亿美元大关。该公司首席执行官米查·考夫曼说：“我们并不想奴役任何人。”

当然不会。

在 Fiverr 出现之前，网上就已经有很多类似的自由职业服务平台了。Fiverr 唯一的创新之处，即固定费用模式。这一特点造成了经济学家所谓的“人为稀缺性”。具体来说，这既不是商品也不是服务的稀缺性，而是现金的稀缺性。这就类似于自由主义者钟爱的“单一税率”，只不过 Fiverr 提供的是“单一工资”。工作 15 分钟，你赚 5 美元。工作两个小时，你还是只赚 5 美元。这样做的后果是双重的：一方面，质量会下降；但另一方面，劳动力成本也被下降了。而且，它的破坏性不局限于那些在网站上提供服务的人，而是整个服务行业。

Fiverr 的模式，从设计上来说，为投资者提供了一个赢利的窗口期。因为对服务的供应方来说，能产生经济效益的服务往往是重复且容易解构的。而这些服务，也恰恰就是在不久的将来最有可能会被自动化取代的。无论是 Fiverr，还是其他共享经济服务，它们本质上都和定时炸弹非常接近，但是对它们的股东来说又非常合适。因为股东在这一过程的每个阶段中都能获利。随着技术的不断进步，这类平台的用户，以及那些工人，将承受最大的损失。

值得注意的是，人们为什么愿意花 5 美元——确切来说，是扣除服务费后的 3.92 美元。在 Fiverr 上，你能看到许多定制网站开发的广告，还有很多人提供应急的标识设计、校对或简历编辑。而我打算在廉价咨询这一奇怪的领域站稳脚跟。有成千上万的人愿意向陌生人支付 5 美元，以换取一些建议，帮他们解决那些太难、压力太大或太琐碎，以至于无法独立完成的工作。

Fiverr 的服务条款明确禁止广告里出现"胡言乱语"和"不酷的东西"，但这个网站却容忍"亚马逊代写机"这样的广告，或者是"在社交网络上骗赞"的工具，再有就是"有利可图的外汇作弊策略"——这样明显的一个骗局，Fiverr 还曾一度将其标记为"推荐"。当我涉足这个网站时，实际上我就进入了道德模糊的领域。我根本搞不清楚什么算酷，什么算不酷，但是 Fiverr 做到了。在这家网站，对于不酷的惩罚是永久被禁，我可不敢承受这种"终身放逐"。

我有条不紊地浏览了其他人提供的各种服务。我当然明白，在服务介绍里过度承诺是要付出代价的。但对这个网站的服务供应商来说，可能没有什么事能真正算得上生死攸关。于是我看到了这么一项服务。

仅需 5 美元，我就能教你如何做出生死攸关的重大决定。

这项服务的供应商位列 Fiverr 认证的“顶级卖家”。他声称自己炒过贵金属。

还有一种类型的服务非常红火，那就是提供超能力。各种先知、通灵者、萨满——都齐聚在 Fiverr 这个平台上。只需要花 5 美元，一位声称自己是“天生圣洁女祭司”的斯洛文尼亚妇女就能为你施展“强大的金钱咒语，让你一夜暴富。”“一夜暴富”只要 5 美元？那算我一个！

这位圣洁的女祭司得到了 219 位顾客高达 4.9 星的评价。而对每个给出满意评价的用户，她也都回赠了一个五星买家好评。有时她甚至提供免费的后续咨询。有一个顾客写道：“我用了金属探测器，但什么也没找到。”圣洁女祭司回答说：“钻石和红宝石一般都在地下比较深的地方。”

难怪她的服务好评如潮。她这人看起来也顺眼，皮肤雪白，一对大眼睛圆圆的，睫毛修长，有一头乌黑的秀发，还涂着红嘴唇。她都可以当个模特了。事实上，她可能还真是！我在一个哥特时尚网站上找到了同一个头像。当然，更有可能的是，这位圣洁的女祭司是个盗用了模特肖像的骗子。

还有许多服务跟生物自然类的话题相关。

> 仅需5美元，我就能教你如何对抗致命传染病——埃博拉病毒。

据我所知，目前人类尚未研发出对抗埃博拉病毒的疫苗。但我凭什么去质疑一个五星卖家呢？难道他那2 679位顾客都错了？我还看到另一个拿这种致命病毒做买卖的。这位卖家承诺，他能使用非处方药“轻松在家治疗”埃博拉。他在广告里写道：“在非洲，人们就是这样解决埃博拉的。”世界卫生组织，你们必须要注意了！

然而，在Fiverr，并不是万事顺遂。在该网站的讨论版上，你能看到大量卖家的抱怨和批评，从充斥着骗子导致不公平竞争，到网站官方克扣收益，再到平台规则反复无常、销售收入过于微薄、没完没了地加班。这些人都近乎绝望了。Fiverr官方甚至会给员工发电子邮件，指导他们避免抑郁，以提高生产率。全职在Fiverr上提供服务，不光会影响人的心理健康，也会造成生理上的伤害。许多人在Fiverr上如同奴隶般地工作一段时间后，很快发胖了。“我深有同感！所以我这个周末买了紧身裤，运动时可以穿。”另一位评论者很快就发现了商机。“如果有人感兴趣，”他写道，“我可以提供仅需5美元的线上健身教练服务。”

Fiverr的广告向我们展示了一个新模范工人的形象：一个肥

胖而沮丧的骗子，在虚拟市场设计者的怂恿下，对抗着他的同行，在广告中，你会看到一位面容憔悴、头发蓬乱、眼窝深陷的模特。“你午餐只喝一杯咖啡。你决定在自己的路上坚持到底。放弃是你对抗一切的解药。”广告如是说。“但是，你是个实干家。”广告这样总结道。当忙碌成为一种身份象征时，自然就会有人美化筋疲力尽。

这个市场的繁荣就是为了制造一种值得信赖的假象……客户想要什么都能得到。而这一切的背后都是为了实现 Fiverr 这家公司的赢利计划。

有一位名叫罗达·李的中年妇女，她也在 Fiverr 上提供服务，高产且好评度高。罗达是一位兼职大学英语教师，同时也是一位“训练有素的专业演员”，她有一套令人印象深刻的自制宣传片。她有一条准则——“拒绝交友网站或成人网站”，其他一切都可以接受。相较于写好的剧本，罗达更喜欢即兴发挥，这给她的谈吐增添了一种自然的感觉，但她的忠实粉丝很快就意识到，藏在她那一大堆假名背后的，是纯粹的商业利益。

> 嗨，我叫约瑟芬，我想分享一下我使用硅胶乳房的经验……
>
> 嗨，我叫艾琳，我很高兴能和大家分享我生了两个孩子后，是怎么用复合球减肥成功的……
>
> 嗨，我叫妮拉，我想提供一些非常积极的想法……
>
> 嗨，我叫安娜，是的，照片里的真的是我本人……

她的客户通常都会被打动。“她的话是多么真实可信啊！”一个网友这样写道。另一位网友则称赞她：“这绝对是真实的、来自个人的感受……绝对不可能是什么公司的托。”显然不是。我在YouTube上也找到了她，在一段视频里，她讲了结局完满的神奇故事。她声称，自己的丈夫从伊拉克回国后情绪一直非常不稳定，很暴躁，而一种每瓶79美元、可治疗“所有形式的上瘾”的植物提取维生素，治愈了她丈夫。这真的是神乎其技了！

我也决定在Fiverr上试试身手。在这个平台上开店很容易。我上传了一张微笑的照片，写了一段吸引人的自我简介。

> 我是一个正在起步的企业家，在全世界寻找各种机会，决心通过大胆且具有颠覆性的创意和技术来改变一切。在大公司和小型初创公司我都有过工作经历。我也有十多年平台写手、作家、编辑和访谈专家的工作经验。

“访谈专家”这个词是我造的。我感觉这听起来挺前卫的，不过也像“多平台”这个词一样可怕。

下一步是我需要从标题开始创建一个服务项目。该网站提醒我：“请做出明智的选择。”我写的服务介绍不能超过80个字，而且必须以“我会”为开头。我很清楚自己乐意做什么，又不乐意什么，但是我究竟能做什么呢？我的大脑陷入了一片空白，创作也停滞了。

我会……替你回复邮件？

糟透了。我连自己收到的邮件都不想回复，怎么可能会帮别人回复呢？

我会……帮你接电话？

跟前一个点子的问题一样。我一点儿也不想在一片虚无中听着通话彩铃，等着发财。

也许我需要改变一下策略。我擅长什么呢？我是一名记者，但我也可以说，我是一个掘墓人，在10年的掘墓生涯中赢得了大家的尊敬。我也曾短暂而痛苦地在一家公司做了一段时间的经理。我想到了！就写跟经理相关的服务！大众总是嚷嚷着要求明智的领导和强硬的手腕。我可以帮人做决定。

我会……当你的老板。

“太短。”系统提示。

我会……告诉你该干什么。

“完美。”系统提示。

但这还不够，我需要提供更专业的服务。我肯定还是掌握了一些有用的技能吧？我想了想。嗯，以前我经常给人写评论。于是我就想到提供图书推荐服务。当然，人们在亚马逊上免费向其他人推荐图书，但我的服务是高端定制的。而且，我还可以利用这个机会推荐大家去买我自己的书。

但系统拒绝了我的第一个广告。因为广告描述中同一个词语出现得过于频繁。

于是我翻出了同义词词典，重新写了一遍。这一次系统没再为难我，通过的版本内容如下。

> 书店可能让你望而却步，各种书评又往往误人子弟。也许你只是没有找到一个合适的起点开始阅读。不用担心！与其他书评人不同，我是真的在字面意义上读书破万卷。

但我不想孤注一掷，于是我又发布了第二条服务，跟前一条想法基本一致。

> 我会教你如何投票。

选举往往会产生很多问题，主要问题在于，面对那张又长又令人费解的票纸上的一大堆候选人，你到底应该投给谁？

过去十几年里我是一个活跃的选民……对于如何评估候选人及其优缺点，我的经验相当丰富。

想要让投票变得更轻松吗？只需 5 美元，我会帮你。

填写选票……

别犹豫！参与民主，就在今天！

现在我只需要往椅背上一靠，等着数钱了。

几天过去了，我没有收到任何信息。系统的“分析”揭示了一个悲伤的事实。

点击　4

订单　0

取消　0

一个取消都没有！客户满意度 100%！这件事够我吹一阵了。

但显然我的方法有问题，我需要专家的建议，或者找一个导师。也许在 Fiverr 上我就能轻松找到。

我在一个叫“在 Fiverr 上挣钱”的网站（makefiverrmoney.com）上找到了科里·费雷拉。他建这个网站来推销自己的电子书《Fiverr 的成功》。电子书售价 17 美元。如果你肯再花 50 美元，科里就能提供给你 100 个点子、30 段视频课程、一本有声书和一段网络研讨会的录音。因为我们名字一样，我对他还有点好感，于是我给科里发了封电子邮件，请求用 Skype 和他聊聊。他同意了。然后我请教他发财的秘密，当然，这是免费的。

科里来自多伦多，今年快 30 岁了。从 16 岁开始他就学会了在网上赚钱。当时他为父亲的一个朋友建了一个网站，赚了 100 美元。虽然在 Fiverr 上干活收益率低，但科里认为这是一个发展客户的好机会。一开始，他只提供一些简单的服务，比如将一个网站从一台服务器转移到另一台，同时还向他在 Fiverr 上的客户推销其他收费更高的服务。这一策略还真的奏效了。接下来，他开始模仿 Fiverr 上的其他顶级卖家，以此不断扩展业务范围，其中就包括重复发布广告信息，这在"技术上"违背了服务条款。他过去非常推崇薄利多销，单日服务次数一度达到了 30。科里说，实际上他的核心业务已经是销售而不是服务了。

"就为了挣 4 美元，入驻者付出的太多了。"科里说。的确如此。

科里加入 Fiverr 的时间点可以说是"恰到好处"——比我早了 3 年。"当我刚来到 Fiverr 的时候，"他说，"广告语还是'你愿意为 5 美元做什么？'现在官方广告已经不提这个了。"科里注意到，当作为一个面向全职自由职业者和创业者提供点子的平台出名后，Fiverr 就开始蚕食供应商的收入——迫使服务的供应商降低费率，以保持平台的竞争力。例如，科里习惯的网络文案收费标准是每个字大约 1 美分，而 Fiverr 将价格直接减半，压到了每个字 0.5 美分。随着时间的推移，他在该网站的总收入也减半了。"我挣的钱不如以前多了。"科里告诉我，"有一段时间，我每个月在 Fiverr 上能赚 4 000 美元。它成了我的全职工作。当时我经常不得不推掉一些网页设计工作。而现在，我在 Fiverr 上挣的钱只有以前的一半。"

眼看着 Fiverr 上的钱越来越难挣，科里有了个新点子。他不再卖服务和产品，转而去卖“方法”。他的灵感来自《笔记本电脑百万富翁》（*The Laptop Millionaire*）这本书，该书讲述了一个流浪汉通过网络发财的故事。他从中学到了一点诀窍，那就是制造“信息产品”。于是，科里写了那本《Fiverr 的成功》，卖了数百本。他说，很多买家来自菲律宾和印度等地，Fiverr 上的买卖就是他们的全职工作。在那些地方，5 美元可不是一笔小数目。这本书也让科里成功完成了职业上的转变，将他从繁重的网页设计工作中逐渐解放出来，将更多的时间用于寻找互联网营销领域的冷核聚变。“被动收入”指代各种可以让人们什么都不用干就能挣钱的技术。有些方法可以轻松做到这一点，但是也有很大的局限，比如靠投资和储蓄的复利生活。而其他的方法——科里的方法不在其中——往往非常复杂，要么行不通，要么违法，比如传销和通过垃圾邮件程序进行信用卡诈骗。不过比起继承信托基金之类的方法，这类骗局的门槛要低得多。不论如何，“被动收入”对人的吸引力是不言而喻的。“当我们用时间换钱的时候，总是会有各种限制，你懂吗？”科里说。哦，我早就知道了。

即便 Fiverr 不成功，也总还会有其他的浪潮。“Fiverr 就如同一个新的易趣（eBay）。”他说。他接下来这句题外话格外引我深思。“我还记得易趣刚成立的时候。我还挺年轻的。那时我已经在挣钱了。所有人都在谈论如何在易趣上挣钱。我记得当时有人告诉我，‘在淘金热期间，你应该卖铁锹。’这就是我在 Fiverr 上做的事。”他说。

在加拿大人科里带我进行了一番互联网怀旧之旅后，我忽然明白了如同神谕的道理：与其自己动手挖金子，不如把铁锹卖给那些以为挖出金子就能发财的傻瓜。一个人在Fiverr上发布广告，这件事本身就足以说明这个人不太聪明。然而，向这个平台上所有渴望一夜暴富的人兜售手册，就等于在淘金热期间卖铁锹的商人。我马上意识到，我在爱彼迎上的房东就是个卖铁锹的，还有那家把服务器租给我用的网站托管公司。再者，所有与创业相关的颁奖典礼、黑客新闻，它们都在宣扬同一种理想——个人的自我实现。我们这些想创业的人并不是企业家，只不过是铁锹商人眼里的傻瓜罢了。这群人比那些自认为头盖骨硬到能撞破南墙的“创新者”聪明多了，因为后者什么活都没干，却把钱都留下了。科技行业里，卖铁锹并不是挣钱的唯一途径，但在硅谷它就是。

第四章　把毒品卖给孩子

我是一个商业白痴。如果销售的内容不是直观的产品或服务，而是一种方法，对我来说这本身就极具启发性。这大概类似于“授人以鱼不如授人以渔”。过去卖鱼的人，现在转行教人钓鱼了。如果学生没钱付学费，老师可以给他们贷款，但永远不会指出池子里的鱼早被前人钓光了。这门生意太精明了！在一个资本主义高度发达的社会，提供给穷人的工作越来越少，可供创业的路也越走越少，这时候还有什么比虚假的希望更容易贩卖？而卖家自然就无处不在了。

一天下午，我收到了一封热情洋溢的邮件，邀请我参与一个创业计划。

您好！佩恩先生，

我叫阿伦。最近我有一个创业的想法：一个让普通民众为新闻、体育赛事、时尚活动等各类事件提供照片的应用程序……鉴于您曾经在类似的机构工作过，我诚挚地邀请您作为共同创始人同我一道为之努力。

期待您的回复。

阿伦·科恩

我完全不认识这个人。虽然我对此很谨慎，但这封邮件还是勾起了我的好奇心。于是我马上在网上搜索这个阿伦。他在领英的简历上写道，他曾在以色列军事处 8200 部门工作。这个部门大致相当于美国国家国安局，是个神秘、审慎且在邮件监控方面雄心勃勃的安全机关。从这里走出来很多科技界的创业者。

阿伦看起来很年轻，但其实比我大。照片里，他并没有看向镜头，戴着一顶直边软呢帽。他这种搭配表现出他对于科技沙文主义的偏好。在关于他的介绍里，阿伦表示他对比特币非常感兴趣。但我并不打算因为这些观察而直接拒绝这家伙，毕竟他在选择合伙人方面还是有些眼光的。于是我回复他：

阿伦：

谢谢你联系我，并邀请我共同创业。既然你已经对这个领域做了一些研究，你肯定知道，在这个领域创业，还是很有挑战性的……你有相关的工作经验吗？你有多少启动资金？

科里

阿伦回复得很快。他说，他曾和其他人共同创办一家“为移动产业提供增值服务的公司”。无论他们经营得如何，最终这家公司落入了“坏人”之手。“那个邪恶的家伙偷走了我300万美元，那可是我全部的积蓄。”阿伦写道。有过这些惨痛的经历后，阿伦决定重出江湖。

你认为要创办这家公司，预算多少钱比较合适？请注意，投入公司的专业技能将主要通过赠予股份的方式来获得回报。

哈！看来阿伦还真有运营科技公司的经验：他不想付钱给员工。

我知道，人越是贪财越容易上当受骗。我不禁好奇，阿伦的300 万美元是怎么被骗走的。我想听听那个“坏人”是怎么讲述这个故事的。于是我又在网上找了找，发现阿伦的名字出现在一个奇怪的网站。这个网站有许多女性穿着内衣的照片，大多很模糊，而且看不到脸。这些照片的标题都是希伯来语，我只能借助谷歌翻译。

这是一个成人内容直播网站——“以色列首家！”所以拉我入伙的这个家伙其实是个在网上拉皮条的。同时，他也是兜售创业方法的科技创业者，类似于在淘金热时贩卖铁锹的商人。虽然我没想明白阿伦和这些事有怎样的关联，不过我能感觉到这个人非常狡猾。他这套把戏实际上是在模仿那些更为成功的互联网创业者。显然，跟阿伦合伙做生意很不明智，但我却从他身上学到点东西。

我又点开了一个注册在阿伦名下的网站。这是一个保加利亚网站。点开的一瞬间，我的屏幕就被各种乱七八糟、闪个没完的弹窗广告填满了。其中一条写着：“快来成为百万富翁。这是一条私人邀请，让你每天挣 1 620.90 美元，真实可信！”这倒是引起了我的注意。

这个网站放了好几段吹牛的视频作为证据，而且内容大致相同。这些最近秒变百万富翁的家伙兴奋地向大家介绍自己的经验。“你好……我是靠自己的努力成为百万富翁的。”“我是一个白手起家的百万富翁。”“我使用这个网站有一段时间了，我估计到现在有七个月了。我已经成功致富了，靠自己成了百万富翁。”视频中那张模糊的脸上洋溢着满足和幸福。我忽然感觉这个女人看起来和听起来都有点熟悉。她叫什么来着？安娜？约瑟芬？都不对，她叫罗达！是Fiverr上的那个家伙！“我叫苏珊，”罗达说，“我是一个全职妈妈，同时我也是一个百万富翁。”这简直有点不可思议了，互联网的世界怎么会这么小呢？

这些吵闹的视频结束后，还有一个声音在继续讲。这是一个男性的声音，他声称自己是这个互联网财富奇迹的缔造者。他说自己为亿万富翁编写了一个强大的对冲基金交易程序，而后他被解雇了。为了报复，他决定将这个秘密程序公布于众……但接下来他说了什么我就不知道了，因为我不小心把这个窗口关了。

那一天，住在我机器里的病毒显灵了。我的网页浏览器在我关闭网站之后马上又打开了一个类似的网页。这个网页一打开也是各种视频，向你证明他们发财了。其中一个人说：“去年我破产了，房子都没了。2014 年，我发财了，成了一个百万富翁。”怎么发财的呢？又出现了一个沉稳的男性声音：“恭喜你，你也要成为百万富翁了，你只需要再点击几次鼠标。”这听起来太诱人了。我这辈子点了那么多次鼠标了，怎么就没看见有人给我发钱呢。“今天你就可以免费加入我们的百万富翁社团。你没听错，真的免费。百分之百免费。不骗你……不信你看，这网页上哪有购买的按钮。”我认真看了看屏幕，确实，这家伙到现在还没撒谎。

> 我们不是那些互联网上的骗子，天天想着骗你这样的老实人，捞一笔快钱就跑。那么我是谁？我叫布拉德·马歇尔，我也是一个百万富翁。

布拉德想让我明白，他是与众不同的。“我不是你经常见到的那种骗人的百万富翁。”他郑重地承诺。

“除了百万富翁，我还是一个神秘俱乐部——百万富翁社团——的会员。”他接着说。

> 谁也不知道这个神秘的社团，更不知道我们使用的系统。这就是为什么我们能长盛不衰。你是第一个被我们从外部世界邀请到社团中的人。

这个线上广告带着一种半推半就的超现实感。我是怎么来到这个网站的？现在几点了？这个布拉德是认真的吗？还是说这又是一个从 Fiverr 上找来的演员？他发誓没有劫持我的网页浏览器，他声称这个秘密社团所采用的系统是“百分之百符合法律和道德的”。他说：“我们的软件确实可以创造财富。对此，我们也没什么好隐瞒的。”他不停地重复：“我们没有隐瞒什么。”既然如此，那这个社团又有什么秘密可言呢？不过这个男人讲话的语气非常坚定，而听众也顾不上细想。

接下来，布拉德飞快地演示了百万富翁社团的软件是如何操作的。“只需要跟我做这么几个简单的步骤。首先，把250美元存入账户……现在我们再来看看会发生什么。只需要几分钟，账户的余额就从250美元变成了5 365美元。这一切就在我们说话的这点工夫里发生了。”他说，“就是这么简单。”我简直有点被搞糊涂了，而且布拉德的声音听起来非常有说服力。紧接着，他发来了一份电子表格。“现在，请让我开诚布公地跟你讲清楚：我非常关心你，并真诚地邀请你加入这个俱乐部。”布拉德说。这真是非常体贴！也许这个布拉德就是阿伦。

现在，我和布拉德已经建立了一定的感情。他忽然提醒我：“还记得我一开始说的你可以免费加入吗？很抱歉，这一点我撒了谎。你必须缴纳5万美元。”他说。

> 不过你也不用惊慌……只要用了我们给你的系统，你每年都能挣上好几百万美元……你不需要了解交易的细节……这款软件会帮你把一切都打点好。

布拉德向我保证说，那微薄的5万美元投资将很快回本，甚至还不等我反应过来，我每个月就能跟他一样挣30万美元了。他还说，百万富翁社团的软件太强了，以至于美国那些最大的银行的交易员都想买断这个软件的使用权，但他拒绝了他们。“这款软件太强大了，不能让坏人掌握这股力量。”他解释说。这一点我完全同意，在钱这件事上，富人确实不可信。

我感觉自己就快知道阿伦是怎么被骗的了。我在谷歌的搜索栏输入：“百万富翁社团是骗局吗？”然后点击了搜索按钮。搜索结果显示，有一些顾客非常满意，表示这不是骗局。但绝大多数人表示这就是一个骗局——他们那个软件远不如这套骗人的法子挣钱。然后，我又在 YouTube 上找到了一个视频，一个名叫史蒂夫·多迪尔的男人用一口听了就让人感觉非常放松的英国口音，详细讲解了百万富翁社团是怎么骗钱的，还拿其他网上的赚钱骗局与之比较。“这类网站中的 95% 都设计得很蹩脚，或者说完全是个骗局。”史蒂夫说，“很多人中了圈套，不停地在此类产品中投入金钱，最终一分钱也没赚到，都破产了。”接下来，史蒂夫又开始介绍自己的营销系统，他将其命名为“即时发薪日网络”（Instant Payday Network）。“如果你想寻找一种真正合法而且创新的赚钱方法，却不来看看这个，你就是真傻了。你只需要点击下面的链接，填写电子表格，然后就可以观看一段 35 分钟的视频。”他说，“你要是真想赚钱，这就是你的起点。”

我严厉地回绝了阿伦的创业邀请，他就这样灰溜溜地消失了。不论他是不是真心想跟我合作创业，他肯定参与了网络诈骗。即便他上当受骗的事是真的，而且他也不是一个网络皮条客，我也一点都不同情他。任何骗局都需要极其贪婪的受害者，在这个意义上，没有人是无辜的。阿伦的罪责就来源于他赤裸裸的贪婪。而且，我很怀疑，他所谓的创业计划也只是一个比百万富翁社团更复杂的骗局罢了。如果阿伦这么一个低级的诈骗犯都能利用互联网和一大套心理操控技巧大发横财或者输个精光，那还有什么能阻挡那些大公司呢？它们只需要足够的预算、野心和操控人心的技巧就够了。

有段时间这件事在我脑子里挥之不去，但生活还要继续，我又参加了一个科技从业者的派对，就这样我遇到了赛勒斯和乔。这两人刚大学毕业没几年，他们都曾在一家位于金融中心的主营科技营销的公司里打杂。他们基本上跟这家公司光鲜的一面毫无关联。他们的工作是引导年轻人。按他们自己的话讲，这份工作其实就是为各种公司提供电子邮箱的列表，好让这些公司发送各种垃圾邮件，其中的内容是各种坑骗对方的提议，比如给大学生提供贷款，让他们去读一些一文不值的野鸡大学。

“我的上司全都坏透了。”乔说，“我的副总说：‘如果你了解毒品行业，那你就能明白科技行业了。’这就是个骗局。你必须想办法说服人们。”

赛勒斯纠正了一下乔转述副总的那句话，“他的原话是，‘互联网营销就好比把毒品卖给孩子。’”

“对，他就是这么说的。”乔说着，点了点头。

推销毒品听起来比推销铁锹赚钱更多。

我新认识的这两位朋友不只是重复他们老板对客户的轻蔑态度，同时也描述了科技公司是如何吸引并留住客户的。他们俩的工作不仅仅是识别出潜在的客户，然后用垃圾邮件对他们狂轰滥炸，实际上他们需要把复杂的心理操纵技巧与借助计算机实现的大规模半自动计算相结合。

想明白这一点之后，我对于此前在雷德伍德城福克斯剧院举办的创业者年会有了更深刻的理解。在大礼堂，毕业于斯坦福大学的创业者尼尔·埃亚尔用他的书迷住了几百个人。其内容主要是，如何构建易上瘾的产品，以及如何培养营销人员操纵潜意识的能力。

埃亚尔说："我们能掌握这一切都要感谢 B.F. 斯金纳的研究。"斯金纳最知名的研究成果就是通过动物的条件反射实验，否定了自由意志和人类高贵。他曾经在书中写道："真正的问题不在于机器是否思考，而是人类是否思考。"斯金纳怪异的理论启发了安东尼·伯吉斯，于是他的《发条橙》中描写了各种对人进行心理折磨的场景。而在这个礼堂，斯金纳却被视为英雄。通过创造性地运用神经科学和进化心理学的最新研究成果，创业公司的营销部门把用户成功转变成实验室里的小白鼠，让他们的行为越来越容易预测。"我们现在知道的是，人类大脑中的伏隔核并不提供快乐。"埃亚尔说。他继续说，诱导用户的关键是在于让人产生"与欲望有关的压力"，然后强化人们获得"预期中的回报"。这种紧张"经常用于各种培养用户习惯的技术"。他说，脸书在这方面可谓炉火纯青。扎克伯格通过对用户在脸书上收到的"新闻推送"进行选择性编辑来操纵用户的情绪早就是众所周知的秘密实验了。而且他还将面临国会的听证会，因为有人怀疑他使用这种方式干预了2016年的大选。但是创业者大会的参与者对于这项技术的应用前景并不感兴趣，他们更关心的是如何吸引路上的行人，以及如何把这项技术投入使用。

埃亚尔提出了几类虚拟的网络创意，可以用于换取人们的金钱和注意力。他管其中一种叫作“部落奖励”。具体来说，“使感觉良好的事物多来自他人”，比如点赞。另一类他称为“狩猎奖励”，主要包括“找寻资源”，比如食物，以及那些“在现代社会，人们需要花钱购买的东西”。埃亚尔说。老虎机就是营销者利用消费者本能产生上瘾般症状的典型案例。Zynga这类游戏公司就精于运用这种巴普洛夫式的条件反射，把这套手段运用到了一个前所未有的高度。它的游戏给玩家带来极度的兴奋，然后这些玩家就心甘情愿地掏钱了。这就好像是看一部悬疑片，电影演到一半忽然暂停了，谜底即将揭晓，但是你必须付费才能看完全片。

我也没有资格评价埃亚尔关于神经科学的这番演讲，但是这类“流行科学”在我听来就像一个大讲废话的电喇叭。但无论他的理论是否成立，听到有人为了牟利会如此渴望操纵别人的行为，我感到非常不安。硅谷就用这些创新让世界变得更美好吗？只要出价够高，有人会拒绝使用这类工具吗？

“最后，还有一件事我想在这里讨论一下：操纵消费者行为的道德问题。”埃亚尔继续说，“我知道你们这阵不安的笑声是因为什么……我知道你们有些人会想：‘这样做合适吗？’如果你这么想了，那就对了。”埃亚尔承认数字产品可能会成为“21世纪的香烟”，但他非常乐观地认为，这些让人上瘾的产品都可以用于“好”的目的，还可以“帮助人们生活得更健康，更快乐，更高效”。

埃亚尔放了一张圣雄甘地的照片放在幻灯片里，由此对自己的观点进行了包装，尽管在我看来，墨西哥的毒枭华金·古兹曼可能更适合他的幻灯片。“我希望大家能够推动变革，把这个世界建设成你想看到的样子。”他以这句话做结尾，然后沐浴在了掌声中。

尽管埃亚尔的这番讲话缺乏新意而且服务自己的意味很浓，但这是我第一次从硅谷的演说家口中听到“道德”这个词。科技行业的大多数人都认为他们的工作是符合道德的，因为他们为消费者提供了更多的选择，换言之，就是自由。新技术本身就说明这个世界在进步，其本质就是好的。而任何对于科技行业的行为或动机的批评都会威胁自由和进步。这种态度在科技媒体上表现得最直接，它们就是整个行业的宣传机器。

所谓科技媒体，就是一堆高度雷同、互相吹捧的博客，以及夸大其词的广告。这类媒体没能力也没意愿真正去了解科技。我在硅谷的那段时间，这些媒体向大众发布的几千条与科技相关的资讯，大致相当于一本书。我在 Urban Outfitters（居家文化品牌）里标着“把事情搞定”（Get Shit Done）的书架上就找到这样一本书。它的著作权属于一家名叫“创业维他命”（Startup Vitamins）的公司。该公司的业务主要是销售励志海报。看这本书的时候，我发现它写满了科技媒体在科技产业爆炸时期写下的那些乏味而空洞的口号。这本书开篇就是一句口号："少开会，多干活。只要热情还在，你就不会败。"这本书的其他部分都是些可有可无的吹嘘，或者陈词滥调，大多来自比尔·盖茨之类的亿万富翁："20 多岁的时候，我没有休过一天假。"要不就是特斯拉的埃隆·马斯克："什么乐观啊，悲观啊，去他的；我们就是要把这件事办成。"在个别情况下，科技媒体——无论是只关注科技行业的商业媒体，还是大众传媒中的科技板块，都会变成硅谷营销机器的一部分。

同格雷格·帕斯卡尔·扎卡里谈了这个问题之后，我对于科技媒体的历史也有了一定的了解。在科技行业的赢利能力逐渐变强的过程中，这位先生一直在对这个行业进行报道。但格雷格也表示，科技媒体行业的道德约束越来越少了。20 世纪 80 年代，他在《圣何塞水星报》上报道硅谷的新闻。1989—2002 年，他在《华尔街日报》工作。这期间，他赶上了互联网的诞生、通货膨胀，以及互联网泡沫的崩溃。当格雷格涉足该领域时，报道科技行业的只有少数几本商业杂志和一些电子爱好者的网站。变化开始于 20 世纪 80 年代，由于各行业的蓬勃发展，主流媒体扩大了报道的覆盖范围，金融业和工业的相关报道变多了。"那时候，商业编辑通常都是体育记者，一个个都烂醉如泥，根本没法写文章。我不是开玩笑。"格雷格说，"他们基本上是直接让各家公司自己去写，然后交差。"

到了 20 世纪 90 年代中期，随着网景（Netscape）的市值突破 30 亿美元，互联网经济的第一波爆发性增长开始了。那些已经出名的记者开始想方设法挤进这股新科技的浪潮。其中就包括格雷格在《华尔街日报》的同事，沃尔特·莫斯伯格。当时他主要负责报道美国政府，但很快他开辟了一个新领域，把自己转变为电子设备和软件的评论员。在他的科技评论专栏大受欢迎的同时，主流媒体和科技公司之间的关系在道德上的标准更低了。到了 2000 年，科技媒体完全被科技行业接管了，相关报道只有两种类型。要么是知名的获奖记者报道乔布斯一类的人物，就和报道摇滚明星一样，要么就是过去的商业记者，已经随着食物链的变化往上爬，但是从未接受过科技报道的相关训练。

而且，大多数科技记者都明白，想快速而又轻松地从科技公司挣大钱，最简单的办法就是乖乖听话。“他们面临的诱惑在于，只要听话做事，不要惹麻烦，就有机会一年挣上 50 万美元。”格雷格说，“就说迈克尔·莫里茨吧。他本来只是个硅谷的记者，现在是世界级富豪了。”莫里茨和格雷格在差不多同一时期开始报道科技行业，在 80 年代早期，他为乔布斯写了一篇很重要的报道，刊登在《时代》周刊上，题为“小王国”（The Little Kingdom）。莫里茨充分利用他的记者身份，同红杉资本展开合作，最终在谷歌的董事会谋得一席之地，个人净资产超过 30 亿美元。

自从 2002 年格雷格离开媒体行业后，传统媒体的力量开始因为科技公司的崛起不断被削弱。因为像脸书这样受众群体巨大的社交媒体，可以从根本上瓦解由纸媒和广播传媒构成的分销合作关系。传统的媒体公司还发现，即便他们在社交媒体上投入越来越多的时间和精力，依然很难得到人们的关注。最终，为了适应脸书和推特这类平台，传统媒体甚至改变了自己的风格，于是我们就看到了各种各样令人厌恶的标题党，比如“你无法相信接下来发生了什么”。最终，传统媒体的新闻不再发布在自己的网站上，而是通过脸书给出的专用账户直接发布在脸书上。这种安排实际上意味着媒体公司雇用编辑，给脸书供稿。而脸书却可以把广告收入的大部分留给自己，同时独自掌控所有的用户数据。更重要的是，这种模式极大地加强了脸书对编辑的影响力。“《纽约时报》要怎么报道脸书呢？毕竟脸书已经是《纽约时报》的主要收入来源了——它已经对美国证券交易委员会承认这件事了。”格雷格说。很快，越来越多的科技行业投资者将会通过出资的方式把媒体变成自己的喉舌。面对有风投支持的新媒体高薪挖人，传统媒体束手无策。而类似 BuzzFeed（新闻聚合网站）这类新媒体并不鼓励内部有不同的声音。在招聘时，该公司就强调员工“不要愤世嫉俗”，并且大力支持“软广告”——将广告包装成新闻。在这一波“数字优先”浪潮下诞生的新媒体，都非常关注各种指标和引导流量。它们正在把新闻变成科技公司商品目录的一种新产品。“雅虎组建新闻编辑室的时候，已经没人报道雅虎了。因为这就好比说‘嘿，雅虎能给我比现在高一倍的工资。我是一个有原则的人，但我不喜欢自我毁灭’”。格雷格说。

新的科技媒体给新闻编辑带来一股新的风气。挑战权威已经过气了，现在流行的是谄媚。在硅谷，一直如此。一位科技博客的作家向我描述了他所面对的压力，一种间接但是相关的压力：少数最知名的记者拥有采访绝大多数公司的渠道。这些公司不同于政府机构，它们不需要按照法律公开各种记录，也不需要向选民负责。私营企业可以决定发言人是谁，对媒体说什么，在什么条件下说。而科技媒体更关心的是如何抢先披露下一代苹果手机，而不是苹果公司的雇用管理办法和全球布局是如何避税的。总之，记者更倾向于同科技行业的公关维持好关系，因为后者总是乐于为他们在酒吧的消费埋单。

在创业企业的大会上，我见识了不少科技媒体的谄媚行为。几个经验丰富的记者和编辑坐在台上，认真负责地向一屋子的创始人和投资者讲解，该如何推动创业公司的发展。他们应该明白，这是公关而不是记者职责。茶歇时，在大厅外，我遇到了刚才在台上的一位记者。之前，他是《华尔街日报》的记者，后来去 CNET 当了编辑。CNET 在哥伦比亚广播公司旗下，是一个成熟的大型科技网站。谈话时，我批评了脸书通过推送新闻操纵用户的做法。而他本人的反应和他的公司如出一辙，采用了典型的循环论证，试图去除道德判断的必要性。“决定脸书新闻推送的，是你自己浏览网页时的偏好。”他说，“如果你不喜欢你在脸书上看到的推送，那问题出在你自己身上。”他这是瞎扯，因为建构这套内容选择算法的工程师本身就带有很多偏见。但是在级别比较高的科技记者眼中，尽管没人知道这群程序员在种族、阶级和性别上是否存在偏见，但是你没有理由质疑脸书的政治中立，更没有理由去怀疑他们会对这款每天有几十亿人从中获取资讯的媒体产生怎样的影响。

偶尔，我们也能在科技媒体中看到一些特例，它们不愿按科技行业写好的剧本表演。这类特立独行的媒体经常要面对科技行业的敌视，因为在科技从业者眼中，这就是些爱管闲事的家伙，而科技行业完全可以自我监督。我也遇到过一些认为叶夫根尼·莫罗佐夫的尖锐批评廉价且肮脏，的记者一说到这个名字，他们就满脸鄙夷。在他们看来，除了为科技行业摇旗呐喊，任何言论都非常可疑。在我认识的每个对科技行业表示质疑的记者口中，我都能听到几个编辑对他们施压的故事，有的巧妙，有的卑鄙。而科技企业的公关通常会请记者笔下留情，不然就威胁要把他们拉进黑名单。在其他领域的传媒界，这种事确实发生过，但不同的是，在科技行业，公关的这种做法不会被视为无耻，反而被看成理所应当的。因为这些年我写了不少批评，于是总是害怕硅谷的人会拒绝接受我的采访，不跟我讲话。实际上，是我想多了，我并没有因此遇到什么困难。而且，科技公司的员工很少有热心读者，很多人连雇用自己的公司都不关注。但是，如果硅谷有权势的人对关于自己的报道不满，那么他通常会逼迫文章的作者赔钱。这一点在胡克·霍根打赢了和高客传媒（Gawker Media）的官司之后就非常明确了。打官司的钱是亿万富翁彼得·泰尔出的，他一直认为高客传媒是一个“恐怖主义”组织。尽管东海岸的媒体识破了泰尔的诡计——破坏言论自由，但硅谷的诸多玩家，甚至科技传媒界的某些人都站到了泰尔这一边。因为他们相信，就如维诺德·科斯拉所说的那样：“应该给记者一些教训了。”他们得逞了。高客传媒申请破产之后，一家规模更大的传媒公司买下并整合了高客传媒的资产，并立即关闭了高客传媒的旗舰网站——Gawker.com，因为他们害怕会有更多官司找上门来。

科技媒体处于尴尬的境地，因为它和科技产业已经不只是共生关系了，它实际上已经是这个产业的一部分。随着媒体和商业的逐渐数字化，每家公司都试着以某种方式把自己转变成科技公司。而整个硅谷成了一个互联网企业的创业孵化器，这些公司的动力都来源于“眼球”。现在，整个科技行业的财富和命运都依赖于人类变幻莫测的注意力。广告宣传就是一切。

科技公司只要获得了一个观众，就有了一个销售产品或者理念的机会。在人们有意或无意地通过电脑和智能手机浏览网页时，科技公司就可以获取无数离散的个人用户数据了。这些信息的价值在于它们揭示了用户的个人消费习惯和偏好。将数据整合之后，得出的结论就更加精确了，这就是所谓的大数据。人们可以用它预测政治局势、市场趋势，甚至公众的情绪。正如《孙子兵法》所说：“知彼知己，百战不殆。”这话在商业界同样适用。人们看视频、点击链接、填写表格，而高科技公司不断地把这些劳动转化为它们的利润。完成这些劳动的人以为自己是客户，其实他们是免费劳工。人们目光汇集的地方就会产生钱，这个过程确实神秘，但也不是难以理解，只是解释起来复杂，人们失去了了解的兴趣。

为了掌握这个过程，我花了两天时间参加了各种“广告：科技”大会。在位于旧金山市中心的莫斯克尼会议中心，成千上万的广告业大鳄从各地赶来参加这场盛会。在展会大厅，小贩在兜售各种不受监管的膳食补充剂，旁边狡猾的参展商则向顾客出售“付款即到货”的网络流量。我忽然明白，倘若没有眼前猖獗而不受监管的欺诈，整个数字媒体行业早就崩溃了。

因为数字广告的买家变聪明了，欺诈成了那一年的热门话题。在网络商业化 20 多年后，终于有一个贸易组织资助了一项关于互联网欺诈的研究。研究表明，每年负责市场营销的人会因为各种诈骗损失 63 亿美元，而其中大部分是被有组织的网络犯罪骗了。大体上，这些人通过利用机器人冒充顾客来点击广告，以此骗取企业的广告预算。这些骗子之所以能分走广告商的一杯羹，是因为这些广告最终投放的网站在他们手里。骗子甚至可以将广告收入再定向，将网页内容的合法刊登者的收入转移到自己的虚假网站上，这个过程被称为“注入”。他们也可以通过自动的黑客工具生成虚假的按钮来劫持用户的浏览器。大会上的几位专家跟我说，诈骗给整个行业带来的损失远不止数十亿美元，真实的数字要比这个高好几倍。

换言之，线上广告业的基础就是注意力经济。实际上，注意力经济推动了各种投机涌向数字传媒，无论是谷歌这样的庞然大物，还是薄利多销的邮件营销。以谷歌为例，广告买家需要在表格中填写他们想与之关联的搜索关键词。比如说，Irish Spring（香皂品牌）可以付钱买下香皂这个词，用户输入之后就会看到它的广告。脸书的模式稍有不同，广告买家可以指定广告所能投放的特定人群。比如，家庭年收入超过 8 万美元的孕妇；再比如，在俄亥俄州克利夫兰市区里，有学士学位并且开二手车的人。这种精准投放就是这类数字广告的核心。但在大会的谈话过程中，我逐渐明白了，这根本就是瞎扯。过去，人们总说花在纸媒和广播上的广告预算有一半是浪费了的，不过谁也说不清是哪一半，但无论如何，这类广告面向所有人，算是做到了广而告之。按理说，线上广告可以避免这种浪费，因为厂商可以借助网络轻松地调查自己的用户群，同时广告商也能搞清楚看了广告的人最后到底有没有购买产品。然而，实际上，新的数据收集工具并不像人们设想的那样完善，广告预算的一半总还是会被浪费掉。

虽然这个欺诈机制是复杂而且有一定技术含量的，但归根到底，购买线上广告的公司认为它们付的钱对应着有多少潜在客户会看到它们的信息，但实际上大多数广告并未对消费者产生真正有效的影响。事实上，它们花钱买下的广告只有自动化的电脑程序，或者海外的低薪工人会点击。这些程序和工人抬高了成本，制造了一个虚假的“印象”——每时每刻都有人在点击这些广告，无论是谷歌、脸书，还是任何一家提供网络广告服务的公司，都是如此。

大会上每个人都想谈谈欺诈这件事，但很少有人想讨论欺诈到底包含了什么。正如大会的名字所揭示的——“广告：科技”，通过欺诈所得的利益实际上被科技业和广告业一起瓜分了。况且，欺诈的受害者也并不总是值得同情的。它们通常是百事可乐或宝洁这类大公司。即便整个市场每年的损失累计起来能达到60亿美元，而且还在逐年增长，这些公司也很难注意到每季度巨大的营销预算中损失的那几百万美元。受益于欺诈的不只是广告公司和脸书、谷歌之类的科技巨头，无论观看和点击广告的是程序还是真人，这些公司都能从每一笔广告的销售收入、曝光度和点击中抽成。投资这些科技公司的华尔街公司和国际资本公司也能从各家公司的广告预算中获利。如果线上广告骗局像我在这场大会上了解的那样普遍，那么所有基于广告销售的互联网企业——尤其是谷歌和脸书——的总收入都因为虚假的交易而过分膨胀了，这对股市来说意义重大。几个百分点的差别就决定了一个季度是赢利还是增长严重放缓，后者足以摧毁市场对这只股票的信心。不过并没有迹象表明谷歌或脸书积极参与了广告流量欺诈或其他欺诈行为，而且这两家公司还对平台的非法使用进行了相当多的内部监管。但是科技公司和它们的投资者以及合作伙伴，对于加大监管力度、打击广告流量欺诈或是更邪恶的骗局没什么兴趣。2017年，人们在YouTube儿童版上发现了数以百万个针对儿童的邪恶视频就很能说明问题。谷歌承诺将重视这一问题。然而，各种廉价而又令人作呕的病毒营销广告一次次向人们揭露了互联网媒体行业是多么依赖灰色地带和黑市交易。近年来上网的人都见到了不少虚假新闻和色情弹窗。这类内容大多来自Outbrain（网络内容推荐引擎）和Taboola（内容推荐平台）之类的公司，它们向用户提供名人偷窥秀，还为任何问题提供一个“怪异的解决方案”。就是这类营销公司支撑起了整个互联网。没有任何力量驱使它们去关注新媒体的质量和诚信。线上广告的垄断者，如谷歌和脸书，已经到了“大而不倒”的境地。它们对于其他媒体的命运非常重要，所以没有人想大声疾呼，指出欺诈的问题，因为谁也不想引发一场大滑坡把自己也埋进去。

类似的情况在经济界的其他领域也会出现，同垄断广告业的霸主合作的公司大多不愿意揭露问题。因此，各行业虽然彼此相去甚远，但是因为同样依赖线上广告，所以也不得不成为这个金字塔系统的一部分，维持该系统的运转。但我意识到，对于“出版方”——现在不光指媒体机构，也包括各种经营网站、播客或是有社交功能的网页——严格遵守法律并坚持道德准则，基本上等于商业自杀。“如果你把平台上的所有‘僵尸流量’清理，那你的点击率就会下滑。”White Ops（网络广告及作弊技术提供商）的首席执行官迈克尔·蒂法尼说。他负责领导该公司对于网络广告商欺诈行为的研究。他的意思很简单，“拒绝欺诈，你公司报表上的数字就会变得很难看”。

而倘若这世界上有什么是各种企业文化都不能容忍的，那就是报表的数字很难看。

“这一切就一个目的，让报表变得好看。”喝酒的时候，一位对此颇为不满的社交媒体营销专家跟我说，“可以说，目前存在一个致力美化报表的行业。”为了说明这一点，他用《卫报》现已不复存在的“合作伙伴”程序举了个例子。该程序准许大型的机构广告商向报纸支付巨额资金，以换取在该网站上发布“软文”的权利，也就是过去行业里所谓的“赞助商”。为了“美化报表”，客户会向脸书付钱，好把流量引向软文。表面上，流量来自各种“有机的”推广链接，潜在的客户偶然被软文吸引，要么是被欲望驱使，要么是做出了理性选择，总之他们点击、阅读、喜欢或分享了这篇文章，由此软文就得到了推广。然而，这位专家朋友指出，有大量的付费流量来自遥远的低收入国家，不丹就是其中之一。

所以新型数字媒体的主要业务，就是说服其他公司在它的网站上发软文，这些媒体再通过科技公司购买虚假流量，然后广告商就可以跟客户说，“看，我们在《卫报》发了篇文章”。我这位从事营销工作的愤世嫉俗的朋友如是说。这些为了美化报表而采用的虚假手段，都是给公司内部使用的，是为了向上级证明营销部门的预算没有浪费。

但是，没人真的会去读那些线上的垃圾文章，这不是明摆着的吗？只要报表上的指标足够好看，就没人关心真相。

也许我们能给这一切找出一个社会经济学的解释，也就是为什么各种创业企业云集大会，比如“广告：科技”，或者说从我来到加利福尼亚州见到的所有公共领域，都如此坚决而且令人难以忍受地昂扬向上。这是因为，整个系统就要求人们保持积极乐观。因为对他们来说，如果报表的数据变差，就等于接受一种悲观的情绪，这是整个系统无法理解的。人们天真地认为，科技行业就是一个永动机，带领人类不断攀登。这种不可动摇的乐观主义在整个产业洋溢，感染着其中的每个人。

在苹果全球开发者大会上，我认识了一个澳大利亚人。他自掏腰包，花了好几千美元飞过来，注册并参加他所谓的这场“大会”。

“这值得吗？你从中获得了什么呢？”我问。

“你在说什么呢？”澳大利亚人叹了口气说，“这可是全球开发者大会！”

在另一场科技行业大会上，我认识了两位创业者。他们合伙在孟菲斯经营一家设计工作室。他们是买票进场的，每张 225 美元。门票费用再加上从田纳西州赶到硅谷来的旅费，支出远超预期。但他们认为这钱花得值，哪怕只是来感受一下氛围，让自己体会那种激情。人们过于执着于“生产性的”活动还有各种“鼓劲的”讲话，所以各种怀疑的想法根本没法进入人们的脑子。这种无处不在的乐观主义简直令我感到窒息。我忍受折磨，努力发掘真相——除了虚情假意的孤立，还能找到些实实在在的内容。劳伦斯，那位酷爱抽大麻的罗德西亚企业家朋友，有相当长一段时间没有联系我了。我大概需要一位新的导师了。

第五章　这就叫资本主义

我遇到这个家伙的时间比较奇怪。当时我正在旧金山郊区的一片山谷里，离我在爱彼迎上租的房子相当远，得开上几小时车才能回去。我困在了一个会议派对上，脑中想的都是，谁再给我递名片，我就用他自己的领带把他活活勒死。我走到一个看起来跟我一样对这一切感到厌倦的人身边，想趁机清净一下。他独自坐在一张小桌旁，满面倦容，留着胡子，身穿米色西装和格子毛衣。我搬来一把椅子坐在了他旁边。“我正在度假。”长胡子的男人愤愤不平地说。然而，他一整天都泡在会场，一场会议都没错过。说罢他喝了一口玻璃杯里蜂蜜色的啤酒。他叫加齐·本·奥斯曼。在沙特一家规模很大的私募基金担任战略主管，该基金投资于世界各地的科技公司，还设立了一只“符合伊斯兰教规”的基金，以资助沙特国内的初创企业（有些是由女性运营的）。

加齐有很多耸肩的方式，每种都有着区别于另一种的微妙含义。从他的肢体语言来看，他对硅谷的观点与我此前遇到的投资者、匠人和奋斗者都截然不同。硅谷是“最残酷的资本主义机器”，他说，“强者更强，弱者都会被压垮。典型的达尔文主义”。

加齐在硅谷换了几次工作之后才逐渐觉醒，变得愤世嫉俗。虽然学校把他培养成了一个工程师，但是他进入了科技行业，从事金融。一开始，他做分析师，然后成了投资经理，不断跳槽，直到现在他的沙特阿拉伯雇主聘他担任该公司在硅谷的代表。这个行业到处是 20 岁出头的年轻人，与他们相比，加齐绝对算得上白发苍苍的老前辈了。在他的职业生涯中，他已经经历了好几轮兴衰。丰富的经验赋予了他更强的洞察力。在我眼中，加齐如同黑暗旷野中的先知，不断给我讲述他预见的未来，逐渐老去。能认识这样的人我非常高兴，因为他证实了我一直以来的担忧。

作为风险投资家，他可能对于技术的商业应用有些偏见，但是他的愤怒完全出于公义。他自己也曾是工程师，所以他依然相信进步和创新的力量——硅谷人的座右铭。然而，他并不因为盲从而对硅谷科技业的一些规律和模式熟视无睹。

按照加齐的说法，每一次科技热潮都始于一个常量和一个变量。常量就是大量的投资，忽然之间融资就容易了，无论这钱是来自政府的补贴，还是来自天真的投资者。变量就是硅谷想要出售的东西。20 世纪 90 年代初，硬件行业蓬勃发展。IBM（国际商业机器公司）和苹果通过生产大量的个人电脑和配件，将军方资助的计算机研究商业化。“当时，硅谷还很小。”加齐说，“大家几乎完全专注于技术，很少考虑营销。”随后，20 世纪 90 年代末，又出现了另一波浪潮，这一次是将政府资助的研究机构的成果商业化，最终产物就是互联网。但这一次不同，因为华尔街也参与进来了。

“突然之间，硅谷尝到了大把钞票涌进来的滋味。”加齐说。某些风投基金，如凯鹏华盈和红杉资本，规模迅速扩大，实力更强了——在 2000 年泡沫破裂后尤甚。这次经济崩溃摧垮了科技行业中的正当竞争。就在工业衰退导致无数人失业的同时，幸存的企业迅速占据了更多的市场份额。这种模式由来已久，正如我接下来要揭示的，整个科技行业从源头上就是如此。

现在到处自吹自擂的那群互联网先辈可以说相当聪明。因为按照美国人的习惯，无论此前他们干了什么违法的事，只要他们富有了，这些原罪也就一笔勾销了。以温顿・G. 瑟夫的职业生涯为例，他开发了至今仍在使用的互联网“包”协议。20 世纪 60 年代末，瑟夫在加利福尼亚州大学洛杉矶分校读研。通过一位高中校友的关系，他参与了一个五角大楼资助的项目，名为“阿帕网络”（ARPANET），它就是当今互联网的前身。早在 1982 年，瑟夫就随着资金一起进入了私营领域。当时美国微波通信公司（MCI Communications）聘请他游说此前公共部门的同事，使得该公司史无前例地接入了公共互联网，并借此一举超过了所有潜在的对手。在此之前，互联网一直是“学术和研究活动”的专用网络，一切商用都是禁止的。随着时间的推移，军方将互联网的控制权交给了美国国家科学基金会，而该基金会的网络部门主管斯蒂芬・S. 沃尔夫试图将互联网私有化。通过他主导的“幕后交易”，互联网的管理权最终被一个由微波通信和 IBM 主导的财团掌握了（瑟夫也在 IBM 工作）。沃尔夫此举等于是把无价的公共资产拱手送给了私营企业，而这一决定完全是他单方面做出的，没有征求任何人的意见。后来，联邦政府的监察长发现了这个问题，即互联网早期的私有化过程中存在明显的利益冲突，而沃尔夫的部门“没有试图在这一过程中维持竞争”。调查人员抱怨说，“缺乏相关文件”迫使他们“通过采访重新找出沃尔夫做出这一决定的理由”，不出所料，最终调查结果是“疏漏”。沃尔夫狡猾地为自己辩护，称这是为了防止联邦公开档案法被滥用。不久之后，沃尔夫跟随瑟夫一起加入了总部位于圣何塞的思科。思科是一家硬件公司，市值490亿美元，是当今世界上最大的互联网基础设施供应商。

没有任何政客或官员因为这次偷窃受到惩罚。不但如此，在比尔·克林顿和阿尔·戈尔这两位好朋友的帮助下，电信业还把这一盗窃合法化了。他们这一行为引起很多争议。当沃尔夫还在政府任职时，就有人提出他的政策会催生出一批过于强大的垄断公司。对此，沃尔夫嗤之以鼻。“电信公司可能会占据主导地位吗？当然存在这样的危险。”沃尔夫说，“但请记住，如果他们采用非法手段扩大市场份额，我们也有对应的法律制止他们。我不相信他们能知法犯法，并逃之夭夭。”那么，事后的惩罚出现了吗？在美国？在硅谷？根本没有！

可以说，是克林顿和戈尔推动的私有化导致20世纪90年代的互联网泡沫和随后发生的泡沫破灭。消息灵通的内部人士再一次杀出一条血路，站得更高更稳了。在泡沫的膨胀期，加齐是一名投资分析师，但直到泡沫破裂，他的前东家才把他提拔到风险投资部门。这意味着他错过了一次赚大钱的机会。2005年，市场又迎来了一次大泡沫，这一次是由脸书等社交媒体公司推动的。此前的互联网泡沫只持续了5年。而当我遇到加齐时，随着谷歌

2004 年上市，社交媒体带来的泡沫已经持续了 10 多年。就跟加齐第一次来到硅谷时一样，有些事情并未改变，依旧是从前的模式：政府补贴的研究、廉价劳动力，再加上罗纳德·里根时代遗留下来的监管制度——允许企业将经营成本转嫁给客户、员工、纳税人和生态系统。

但是有些事情已经改变了，加齐说。硅谷更加动荡，更加无情，对初创企业家的鲜血更加贪婪。他告诉我："这台机器现在非常高效，每天都高速运转。在其中奋斗的人要么被碾碎，要么越陷越深，直到迎来打通各种门道的某个瞬间。"我不知道他这句话是警告还是引诱。不过，我能理解他所描述的这种类似于眩晕的感觉。因为我在硅谷遇到的很多人都认为，成功可能会忽然降临到任何一个人身上，而与此同时，谁也禁不起任何意外，一次失败就足以破产，让我们被碾碎。在硅谷，你要么大获全胜，要么一败涂地，不存在其他可能。加齐所描述的硅谷，可怕而又绚烂。一切都闪闪发光、急速运转，洋溢着幸福和快乐，却又残忍无情。财富的轮盘越转越快，硅谷这台内部早已腐烂的机器已经过载了。"你描述的硅谷跟拉斯维加斯一样。"我说。"这就是拉斯维加斯，只不过这里的人都在记牌。"他回答说。但这么说也并不准确，因为记牌的玩家有时比庄家的赢面大。在硅谷，庄家的赢面往往更大，这里的博彩委员会里都是赌场老板亲自挑选的人。

尽管硅谷大亨与拉斯维加斯狡猾的赌博业巨头非常相似，但不同的是，前者在更大程度上打破了旧有的法律制度，所以他们的合法性更强。实际上，他们成功的秘诀就是明火执仗。

仔细了解一下硅谷最大赢家的发家史，我们就可以证明这一点。在科技浪潮的第一阶段，谷歌“借用”了斯坦福大学的计算资源。有时，为了“抓取”和“缓存”（即复制和粘贴）网页，谷歌要占用斯坦福大学一半的网络带宽，而它并没有许可，更没有为网页的版权付费。因为谷歌的创始人是在校的研究生，谷歌就这样用着来源可疑的网络资源作为它运营的基础，向各种诸如兜售“一夜暴富”方法的骗子、邮购处方药的经销商等不靠谱的公司出售广告。2004 年谷歌上市前，该公司已经向员工发行了价值 8 000 万美元的股票期权。这完全违反美国证券交易委员会对于企业注册和信息披露的要求。谷歌也没有向潜在的新投资者披露这一安排，在一份和解协议中，它承诺未来会采取行动。就这样，谷歌“毫发无损”地绕过了法律监管。欧盟委员会 2017 年公布了一项调查多年的结果。该调查表明，谷歌操纵了搜索引擎给出的结果，却坚称搜索的结果在算法上是纯粹的。最终，气愤的联邦贸易委员会展开了一项调查，并出具了一份详细描述谷歌如何操纵搜索结果的报告。根据这份报告，委员会“建议监督机构应采取行动。然而，委员会中政府任命的官员和谷歌达成了一个交易”。（新的条款要求谷歌为其他网站提供更多选择，准许这些网站拒绝向谷歌提供部分有版权的内容。然而，与此同时，这些新增条款却准许谷歌继续进行其最受争议同时也是盈利最多的业务，即提供搜索结果竞价排名服务。）谷歌在这些年蓬勃发展，而其账面却在收缩——小到百慕大的一个信箱就足够容纳它。每年，谷歌通过一系列复杂的操作，借助多个跨大西洋皮包公司转移年利润 140 亿美元，借此每年避税约 20 亿美元。当被问及这一问题时，谷歌董事长埃里克·施密特表示："这就叫资本主义。"谷歌给试图超越它，并同样无视规则的脸书设置了一个相当高的行业标杆。后者价值 2 750 亿美元，是谷歌在互联网 2.0 时代的表亲。

马克·扎克伯格在脸书创立的初期多次违犯黑客法，犯有刑事罪。《哈佛深红报》报道，他从哈佛的网站上窃取学生照片，非法侵入多个电子邮件账户，并破坏一家与之竞争的初创公司。随着脸书收集了数百万乃至数十亿人的数据，它以一种令人厌恶的方式将这些信息"货币化"了。举例来说，2015 年，该公司开始向银行和保险公司出售其客户数据，这些公司可以借此拒绝向穷人、少数族裔和残疾人提供服务。还有一次，脸书无视联邦法律，秘密进行了行为实验，而未求得被实验者的"知情同意"。直到这一研究成果刊登在一份研究期刊上，人们才注意到这一点。你猜脸书还会不会再这么干？

根据多家媒体和希塔·普拉巴卡尔（Hitha Prabhakar）在《数十亿美元的黑市》（*Black Market Billions*）一书中所揭露的，价值 2 590 亿美元的"万有商店"——亚马逊，通过"灰色市场"获利颇丰，也就是利用"电子保护"，贩售假货和赃物。此外，亚马逊还面临违犯劳动法的指控。在格子间里工作的亚马逊员工大多忍受着仓库般糟糕的室温。面对如此恶劣的工作环境，亚马逊的解决方案是把救护车停在办公室外面，再聘足够的私人护理人员，等着一批批的员工由于中暑或过劳而昏倒。

在德国，亚马逊通过一个与新纳粹主义有诸多联系的机构雇用了很多黑衣保安，如同现代版的“平克顿”[①]（Pinkertons），对仓库工人进行监管。直到2017年春天，亚马逊的创始人杰夫·贝佐斯仍拒绝缴纳总额为数亿美元的销售税，从而导致州政府和地方政府捉襟见肘。与此同时，杰夫还动用了大量资金打压竞争对手。

eBay 这个骗子天堂的模式在亚马逊身上得到了延续。Craigslist 通过给性交易和带有歧视性的租房服务打广告而获利（尽管一位法官认为该网站并没有责任）。与海外博彩合作的 PayPal（在线支付服务商）则反对政府将其作为银行进行监管，并摆脱了多项洗钱指控。网飞和如今的多数大公司一样，面临着反垄断指控，但这些官司它都打赢了，甚至在被指控违犯《美国残疾人保护法》的案子中，网飞都胜诉了。（一家上诉法院裁定，《美国残疾人保护法》不适用于网飞。）领英——在被微软于 2016 年以创纪录的 260 亿美元收购后——发起了令人厌恶的垃圾邮件攻势，极大地推动了其客户的增长，而且只花了 1 300 万美元就轻松了结了集体诉讼。猫途鹰因发布误导消费者的广告而受到了联合国的制裁。通过把员工都列为独立承包商，该公司摆脱了这项指控。高朋则打赢了多场消费者保护诉讼案。这种知法犯法的传统在千

---

① 平克顿是世界上最早的私人侦探，在 19 世纪给美国西部的农场主提供私人安保工作。——译者注

禧年后的第二拨独角兽企业也得到了延续。2004 年或 2005 年，这股劲头变得势不可当。优步 2010 年在无执照的情况下推出了出租车服务。这件事也再一次证明，所谓的少数人改变世界，只不过是利用他们的各种人脉，用数十亿美元的资金，来践踏相关法规——践踏所有出租车公司在提交了各种保险后才获得的运营执照。

最初，该公司以优步出租的名义运营出租车业务，强调“一键式”服务，雇用的都是“有执照的职业司机”——这一套说辞误导性极强，因为该公司本身没有执照，只不过是雇用了一些自己有车的人。通过将司机划定为“独立承包商”而非雇员，优步摆脱了最低工资法、工资税、健康保险和其他各种义务。这家厚颜无耻的创业公司在早期的几轮融资中筹到了 5 000 万美元，然后向州监管机构施压，并干预州政府的官员选举，直到最终它的服务实现了合法化。根据优步“先违法赚钱，再用钱铺路”的策略，在谷歌的帮助下，优步又通过融资筹集了 2 580 万美元。这一次，它的目标是打破交规，让自动驾驶汽车上路。这笔资金极大地推动了优步在全球扩张的步伐。该公司的联合创始人兼首席执行官特拉维斯·卡兰尼克是小说家艾茵·兰德的超级粉丝，不得不说，他简直是在模仿兰德笔下那些极端自私的反英雄角色。

优步试图通过讨好政客来化解人们对它的抵制。这一招屡试不爽。在俄勒冈州的波特兰市，优步雇用了一位在当地颇有权势的政治顾问。这位顾问曾协助市长、重要的市议员以及许多州的政客竞选。市议员和市长违背了市政府的游说规定——在顾问家中秘密会见了优步的代表后，你猜怎么着，波特兰市立马对优步敞开了大门。与此同时，优步还利用一种名为“灰球”（Greyball）的特殊软件绕过了波特兰的监管机构。该软件帮助优步司机，在当地出租车检查员试图拦下他们时预警并避开检查。类似的策略很快随着优步的步伐传遍全美国，走向世界。为了助推在全球的扩张，优步聘请了大卫·普劳夫。此人曾管理过奥巴马 2008 年的总统竞选团队，并曾在白宫担任公共事务主管。一年后，普劳夫加入了优步董事会，而在谷歌长期担任公关主管的雷切尔·惠特斯通接替了他。此人是一名保守党政治掮客，与英国前首相戴维·卡梅伦私交甚密。巧合的是，英国是继美国之后第一个将优步合法化的国家。

利用掮客进行游说还只是优步扩张策略的一部分。除此之外，优步还有很多策略——比如秘密跟踪可疑的记者，挖掘知名评论家及其家人的私生活。优步在世界各地违犯了无数法律，以至于有人在维基百科上建了一个页面专门记录它们。

优步根本就不在乎法律。这就是该公司如此成功的奥秘。

大多数人认为“网络犯罪”的形式无非就是信用卡诈骗、盗用他人身份、销赃和贩卖假货。确实，这些都是价值几十亿美元、散布全球的大买卖。但是，对那些为非作歹的网络创业公司来说，最大的回报来自非法买卖的“合法经营”。现有的经验告诉我们，它们有很多方法可以实现这一点。

雄心勃勃的创业公司想要快速做大，首选的方法就是行贿。

面对法律和监管审查，最好的辩护策略就是扔给对方一个金额巨大的银行账户。正如优步所展示的，过去种种的不法行为都能通过游说政客将惩罚最小化。第二选择就是在法律最复杂、最模糊的领域开展业务。因为在这些领域犯法，通常不会引来当局和监管机构的严格审查。当然，对于法律部门，创业公司绝不能吝惜金钱！第三种方法就是关注那些由于种种原因而很难执行的法律，这样一来创业公司就可以保持合法性。例如，敌对国家的法律。这就是“ZunZuneo”的策略。ZunZuneo 是一家类似推特的社交媒体，现已停止运营。2010 年，该公司与美国国际开发署秘密签约，目标是削弱古巴卡斯特罗政府的威信。正如 2014 年美联社在关于 ZunZuneo 的一篇报道中所写的那样，该公司的创始人得到了美国的暗中支持，利用位于西班牙、英国和开曼群岛的空壳公司维持运营。这就使该公司免受古巴当局和欧洲互联网监管机构的监督。

法学教授 A. 迈克尔·弗鲁姆金是最早公开表示互联网有助于企业规避监管的人之一。在 1996 年的哈佛研讨会上，他发表了一篇关于互联网的论文，他写道：“互联网的跨国性质使企业有可能进行监管套利。”所谓的监管套利指的就是利用政府对互联网的监管漏洞非法赚钱。风险投资家马克·安德森在 20 世纪 90 年代初以网景联合创始人的身份发了大财。他在 2014 年接受彭博新闻采访时透露，监管套利是他的投资公司安德森 – 霍洛维茨的关键策略。安德森热切地表示，科技初创企业可以“重塑整个商业和金融体系”。他还表示：“在我看来，最关键的就是拆解银行的业务。”

> 其实监管套利无处不在。如果监管机构打算加强对银行的监管，那么各种非银行实体就会涌现出来，去做银行做不了的事。对银行的监管反而为监管套利提供了机会。眼下，消费贷款这项业务就正在远离银行。

那么，“拆解银行的业务”到底指的是什么呢？

安德森的意思是，将传统银行接受监管的服务，如面向个人的现金贷款，变为线上服务。不同之处在于，法律中的判例经常不适用于互联网，而且监管机构也往往能力有限。借此，创业公司可以为消费者提供虚假的低价，为投资者提供更高的利润。这是因为它们和线下的那些竞争对手不同，它们不需要遵守各种规章制度——而保护投资者和消费者的正是这些规章制度。在互联网时代来临前，“无节制的”贷款一般叫作高利贷或诈骗。但传统的实体高利贷者并不像现在的风投公司和互联网企业那样享有不受监管的优势。在华尔街名誉扫地之后，关注科技行业的风投公司成功地将费用和利率颇高的“点对点”贷款和小额贷款包装成了区别于传统银行的、高尚而人道的替代品。这类初创公司带来的唯一创新可能就是让人们多了一种走进陷阱的可能。

这些在科技产业建立的帝国中大获成功的牛仔，为后来的创业者树立了明确的榜样。后来出现的黑客新闻和产品搜索等网站为了扩大知名度和拉到投资，对于“监管套利”的想法毫不掩饰。只是简单搜索了一下，我就找到了几十家类似的创业公司，它们的创始人都是知法犯法，或者已被警告过。以 Bitcoin Fax 传真公司为例，该公司允许客户“在世界任何地方发送传真，无须注册”，并接受比特币支付。马上有评论者表示，在暗网上，如丝路（Silk Road）这种涉及毒品和儿童色情等“高度违法”的交易网站都是这一服务的潜在客户。再比如，另一家名叫 Burner 的创业公司开发了一款提供无限临时电话号码的应用程序。一个网民表示，这公司简直是在“举着一块 10 英尺高的牌子，上面写着‘司法部，快来抓我呀！’”。（后来该公司修改了服务条款，明确表示将遵守执法部门对信息的要求，并将保留用户的电话记录和短信的副本。）还有一些创业公司，如 Fleetzen、Ghostruck 和 Wagon，都推出了“优步货运”服务，即通过该程序，人们可以像打出租车一样临时雇用无保险的业余卡车。“载荷大小、货物的损伤和损失、人身伤害都没有保险。这么干早晚得出事。”一个网民是这样评论 Fleetzen 的。而另一个网民反驳他道：“这是一个巨大的机遇。”显然，优步对于进军卡车运输业早有计划。

通常，人们觉得搞非法的买卖自然是越隐秘越好。但始于 2005 年的科技创业浪潮改变了这一切。初创企业的创业者在向投资者介绍自己的“阴谋诡计”时都是开诚布公的，因为投资者都希望自己能在下一次大规模抢劫中分得一杯羹。如果创始人遇到了麻烦，投资者也会动用自己的资金、手段和人脉对抗法律。这套机制运行得天衣无缝，可谓完美犯罪。

2013年，初创企业Zenefits（为中小企业提供免费的一站式人力资源管理服务）的创始人帕克·康拉德在一场气氛热烈的现场投资推介会上承诺："要把保险和人力资源这两大行业的水搅浑。""如果你是保险经纪人，"康拉德解释说，"我们就要喝你的奶昔。"他这句话是从电影《血色将至》中，丹尼尔·戴–刘易斯扮演的无情的石油商人那里借用的。电影里，这个角色在谋杀商业对手前说出了这句台词。投资者对此都很感兴趣。正如康拉德的解释，保险经纪人帮助公司为员工选择保险政策，再从保险公司的佣金中取走一部分作为"回扣"，这当然是违法的。（但他始终没有解释这为什么违法。这是因为保险经纪人如果和保险公司沆瀣一气，经纪人很有可能会给顾客选择更贵的方案，最终吃亏的是付保费的人。）然而，Zenefits发现了一个监管漏洞。在康拉德看来，对一个保险经纪人来说，向客户提供免费的软件和服务（正如Zenefits所做的）并不违法。此时，经纪人再从保险公司拿回扣就不一定违法了。这是因为在他看来，Zenefits的客户并没有付钱，因此，Zenefits严格来说不算是保险经纪人，所以该公司从保险公司那里拿到的报酬也是合法的……或者说这都是康拉德的一厢情愿。在大多数州，大多数保险监管机构都没有注意到Zenefits如何绕过了该行业的消费者保护法规。好在犹他州的监管者还是注意到了，并以违法为由禁止该公司涉足保险业。

在一次录音采访中，康拉德回忆此事时说："我感觉自己的肚子被人猛打了一拳。突然间，政府跳出来了，告诉我们不许再运营这项业务了。这完全在意料之外。"康拉德的美梦就这样破碎了。“当时，我们还只是一家很小的创业公司。你懂的，我们没有干任何坏事，也没有违法，可现实就是这么残酷。”他说，“我当时想，‘哦，可能我们真是遇到大麻烦了。’”后来，在国际创新峰会——聚集了世界上利润最高的创业公司的大会上，康拉德为自己失败的创业做了一番辩护，当然，这已经于事无补了。

但哪里有资金，哪里就有希望。在收到了 8 400 万美元的融资后，Zenefits 在投资人的指导下，与犹他州的政府一起演了一出好戏。首先，该公司发起了一项请愿活动，一时间在科技界引起了广泛的关注。随后，该公司在犹他州雇用了“一些人”，按康拉德所说：“在某种程度上帮助我们走出了困境，向外界介绍我们，使我们免于立法机构的起诉。”这些人中至少有五位说客，包括前盐湖城副市长（也是许多议员的好友），犹他州最大的政治筹款委员会前主席以及犹他州共和党前执行董事。

在成功打退犹他州令人厌烦的监管之后，Zenefits 在 2015 年以 45 亿美元的估值跻身于独角兽企业之列。据报道，该公司的管理层斥重金举办了各种激励员工的狂欢派对。这些庆祝活动即便以硅谷的标准来看，都算得上过分放荡了（据说，该公司在解雇近一半员工之前，曾要求员工不要在办公室里乱扔烟头和使用过的避孕套）。在其他州的监管机构陆续施压后，康拉德于 2016 年辞去了首席执行官一职。他的继任者大卫·萨克斯声称“内部调查显示，公司在操作中存在一些缺陷”——当然这些缺陷就是监管机构指出的非法操作。萨克斯随后表示，Zenefits 将更名为“合规公司”（the Compliance Company），并将利用其经验帮助客户免受监管机构的调查，以避免由此浪费的时间和金钱。考虑到该公司此前的种种劣迹，对外传达的信息可以说是非常讽刺了。

通过研究成功的科技企业，我终于克服各种委婉语和术语共同营造的模糊和阻碍，对于这些创业者和风险投资家的日常工作有了充分的了解。创业者负责想出各种违法的门道，而投资者负责评估这些门道，如果是"钱途"一片大好的，他们就给创业者提供资金。这些家伙就如同在淘金热中售卖铁锹的商人，他们发财的秘密不在于创意和科技，而在于违法。

监管漏洞和矿脉一样也会有枯竭的时候，于是，合作大会出现了——一种宣称能为创业者和政府官员"建立有价值的新关系"的活动。我就参加了一个名为"小企业创新研究"的项目。该项目由国会于 1982 年创立，表面上是为了资助小企业进行最先进的科学和技术研究——尽管申请者通常希望借此与洛克希德或博思艾伦等大型政府承包商合作。后来，该项目发展成了一个 25 亿美元的风投基金，其中大约一半由国防部掌握，旨在支持那些被私营风投基金认为"风险太大"的初创企业。近年来，军方拨款资助了各种怪异的科技创新，比如"能量自律战术机器人"（Energetically Autonomous Tactical Robot），一种极其诡异的军事装备。开发者表示，这种机器人可以从"生物质"和"其他有机物"中提取能量来为自身的电池充电——比如植物，当然如果任务有需要的话，人也行。这个机器人由此得名。该基金的资助计划中还有其他几个成功案例，包括"Biogen"，来自一家价值 100 亿美元的制药公司，以及"iRobot"，来自鲁姆巴吸尘器的制造商。

合作大会上主要讨论的是小企业如何获得政府对创新的资助。大会的主持人是一个八面玲珑的家伙，戴着一块亮闪闪的金表。他叫埃里克·阿道夫，在这个项目中度过了他的整个职业生涯。他的公司叫“政府提议解决方案”（Government Proposal Solutions）。他一度破产，“身无分文”，然而在第一次尝试后，他就拿到了政府的创新资助。“那之前我对此一无所知。”他回忆道，“当时我很绝望，面对现实我屈服了，但最终我赢了。”当时，他与一家名为“GRiD Computers”的公司合作，获得了美国国家航空航天局的资助，并最终开发出一款早期的触屏平板电脑。第一次成功后，他不断拿到政府的资助。国会也不断增加提供给该项目的资金，阿道夫因此发了财。“我的公司从0增长到了1亿美元。”他说，“我的首席技术官和我打赌看谁能拿下更多政府资助。我太喜欢这东西了，离为它疯狂也不远了。”现在，他自己发了财，也想向大家分享这个诀窍。

阿道夫的策略突出自我，否定团队。“是机器在决定什么项目能胜出。”他解释说，“如果你漏了一页，或者没有按照说明做，那你就倒霉了。”他还尝试着换位思考，从把持财政大权的官僚的角度看问题，一字一句，鹦鹉学舌地答应官员的任何要求。每当政府提出刁钻的要求、可能会使他失去资格时，他总能找到变通的办法。“我掌握了游戏规则，”他说，“争取每个政府资助的时候，我的团队都会有一个博士。官员看了就会想：‘既然有个博士在，他们肯定还是比较靠谱的。’”接下来，他说，通常这个博士就是个随便拉来的路人，带出去吃几个甜甜圈就行了。所有人听完都笑了。“现在政府都要对申请者进行审计调查了。”他阴沉地说，“以前不是这样的。唉，后面我又遇到了一位风险投资家，他说我们早就错过这班车了。想尽办法拿政府补贴已经成了一些公司的商业模式。”他还说：“但政府已经反应过来了。”难怪阿道夫开始到处宣讲他的诀窍——因为这一套早就过时了！

在大会每个休息时段，我都会跟加齐一边喝酒一边分享我的新发现，并收获他愤世嫉俗的评论。不过，我还有很多东西要学。

我认真地听着加齐讲话，手里的啤酒杯都捂热了。他说的话很有深意：“投资人就跟绵羊一样。”

“为什么这么说？”我问。

加齐问我有没有在那天的会上见到风险投资组的讨论。我确实看到了。那是一场极其乏味的演讲比赛，总共来了三个初创企业，六个投资人。主持人问：“那么，你会给这个项目投钱吗？”一位女投资人回答说：“我会先看看别人的反应。”“她是不想第一个下注。”加齐说。

加齐解释说，即便手下有一大群受过高等教育的分析师供其驱策，大多数风投公司实际上仍然没有能力去评估在硅谷寻求资金的创业公司的技术价值。但是它们只需要押中一次大宝——选中一家独角兽企业，投资人就会声名鹊起。但对应的投资风险也有几十亿美元，辛苦建立起来的职业生涯也很可能毁于一旦。这就助长了风投公司“快速失败”的风气——根据刻板印象和幻灯片上的信息，迅速做出判断。这也导致它们越来越依赖熟悉的思维和模式。“在风投公司，我们每年会看到 400 笔交易。也就是每天一次，判断的依据顶多就是几张幻灯片。”这也在一定程度上解释了，为什么有这么多看起来非常平庸的创业公司。因为它们赢得投资者信心的办法既不是提供新产品，也不是变革旧模式，而是用既标准化而又容易打动人的幻灯片来俘获这些持有 MBA（工商管理硕士）证书的“绵羊”。

我很难相信一个公司最核心的要素——比如设计、程序或者工程技术水平从来不在投资者关心的要素之中。

“那么软件工程从来都不是风投的参考要素吗？”我问。

加齐摇了摇头。有没有收益，有没有顾客，都不重要。实际上，在硅谷，最不重要的就是技术创新，营销才是人们最关注的，也是高于一切的。科技产业实际提供的产品——电脑和软件——远不如销售产品和股票所需的技巧重要。风投公司的投资组合都是些靠吹牛拉投资的公司，它们根本谈不上未来。这些公司只有极少数真正做到了创新，因为通过实现技术进步来获得利润，远不如设局骗钱或者寻找监管漏洞来钱快。绝大多数拿到风投融资的公司都昙花一现，或者顶多维持几年极低的利润率，比如说一个百分点，然后垮掉。这倒不一定是个大问题，至少投资者不太担心。加齐解释说，60% 的风投基金的盈利通常来自其总投资的 10%，剩下的 90%“通通都是垃圾”。因此，投资人最终总是稳赚不赔的，难受的是创业者。即便他们拿到了风投基金的融资，也注定完蛋。2012 年，哈佛商学院研究了 2 000 个风投支持的创业公司，其中95%都倒闭了。“你只是很少听到这些失败。”加齐说。

确实如此，科技行业的人都把过去的失败视为现在成功的序幕。但其实大多数失败是彻底的，而东山再起远没有人们想的那么简单。结合哈佛的研究数据来看，如果95%的初创公司失败了，那就意味着只有5%的公司进入了大家的视野。这就意味着，硅谷在媒体中的形象与现实几乎毫不相关。可我活在现实中。现实就是，几乎每个人都像我一样是失败者，都在试图突破。

加齐跟我说，他很同情那些“初来乍到”的创业者。这群人在精英阶层中缺少人脉，却又笃信精英主义、机会、合作和极客之间的同志情谊这一套鬼扯。根据加齐的观察，只有一个因素决定创业者跻身于那5%的赢家之列。“这完全取决于你认识谁。”他说，“去斯坦福上学吧，然后如果你碰巧有个主意，即便很烂，你也会得到融资的。”

《华尔街日报》报道过这样一家公司，称其为“由斯坦福推动的初创企业的缩影”。指该公司在各个方面都体现出了硅谷精英阶层的虚伪，从它辉煌的开端到可耻的垮台。这家名为Clinkle的开发移动支付应用公司在敲定每款产品前，总会先征求投资人的支持。按该公司创始人卢卡斯·杜普兰的话来说，Clinkle是“一场推动人类进步的运动”，但其实谁也搞不清楚这个公司到底是做什么的。当时杜普兰年仅19岁，就读于斯坦福大学计算机科学专业，为人虚荣，爱炫耀，很难与之相处。当然，罗列杜普兰有哪些缺点无关紧要，因为重要的是，他的学术顾问是斯坦福大学校长、谷歌董事会成员约翰·亨尼西。与亨尼西一道，还有几位斯坦福的教授也支持了杜普兰创业。《华尔街日报》表示，这是该院系史上“最大规模的出走”。共有10多名学生放弃学业，加入这家初创企业。杜普兰租了一栋房子，作为公司的总部兼宿舍，资金来自他的父母和一家风投公司——高原资本。

在斯坦福领导层自身的威望和权力的支持下，Clinkle筹集了2 500万美元的种子资金，用于开发某种移动支付程序。在高客网硅谷闲话（Valleywag）这个版块和其他网站上，人们抱着理所当然的怀疑和幸灾乐祸的心态，记录下了这笔巨款如何在意料之中被挥霍的全过程。倒是也有不少爱拍马屁的人站出来为该公司辩护。但其实在杜普兰攥着大把钞票模仿“吹牛老爹”（P. Diddy）的照片在网上流传之前，不少员工就已经对该公司感到失望而纷纷辞职了。紧随其后的是大规模裁员。惊慌失措的投资人赶忙派了一群经验丰富的经理控制局面，类似于“监护人”。而派来的其中一人在24小时内就火线辞职了。债务严重逾期且开销远超出预算的Clinkle，最终推出了一项数字支付服务，旋即又将主营业务变成了一种老式彩票的数字版。最终，Clinkle成了一个笑话，而杜普兰名誉扫地。但这件事真正的责任，在于斯坦福大学的管理层和硅谷羊群般的风投公司。在我看来，他们所做的就是利用相对不成熟的学生，试图将他们的精力投入毫无意义、行不通或者自己也没有把握的项目，借此赚一笔快钱。而这群退学的创业家也不过是一群心急的懒汉，别人递来一把铁锹，他们就赶忙给自己挖坑埋了。

类似于这样任人唯亲的糟糕案例还有一个，就是斯坦福大学在硅谷创造的血液检测公司 Theranos。这是一家医疗初创公司，提供一种神奇的低成本血液检测服务。其创始人伊丽莎白·霍姆斯也是在斯坦福大学读了一半就退学了，然后把大家狠狠涮了一通。她经常穿着黑色高领套头衫，不禁让人联想到乔布斯。霍姆斯算是硅谷包装出来的另一个神童。她成功将亨利·基辛格等人拉入了血液检测的董事会，并成为世上最年轻的女性亿万富翁。与 Clinkle 不同的是，血液检测得到了媒体的一致吹捧。肯·奥莱塔在《纽约客》上撰文介绍了该公司，称霍姆斯将打造一个“没有人不得不过早说再见的世界”。而且，奥莱塔盛赞这位女企业家，称她有斯巴达勇士般不可动摇的决心。血液检测和霍姆斯一路走来，迎接他们的都是鲜花与掌声，直到《华尔街日报》上的一系列调查文章揭露了真相——该公司的血液检测机，不仅毫无用处，而且监管机构威胁将要禁止霍姆斯从事医疗行业。然而，联邦政府最终还是放了血液检测一马，代价是该公司未来两年内不得参与血液检测业务。面对股东的诉讼，该公司使用霍姆斯持有的部分股份补偿了股东。这一做法实际上扩大了股东在这场骗局中的损失。若从资本的逻辑看待这个结果，那么即便是血液检测这样声名狼藉的公司，也可以称作成绩斐然。

我有个朋友曾在一家大型养老基金工作，负责评估对科技公司的投资。他曾向我解释他们老板的心态。他说，一项新技术是否有效并不重要。重要的是，其他投资人认为这技术可行。只要大家都相信，那么这种信心就可以带动公司增值，而不管它的实际价值是否真的有所提升。“这一切最重要的就是买进和卖出。”我的朋友说。关键在于掌握出手的时机。这时候，内部消息就非常重要了。

加齐所描述的就是一套以投资人为核心的制度。它没有固定的形态，总是变化，但其本质就是一种不断绝其他各种途径的、森严的等级制。当然，这与硅谷的对外形象大相径庭。在外界眼中，硅谷是极客精诚合作的精英集体。他们理想崇高，高度自律，完全凌驾于琐碎的人际关系之上。而实际上，这套等级制的目标是使其内部的人士相对安全，免受外部威胁，如小股东的反抗和政府的监管。这套制度所做的不只是挑选赢家，也创造赢家。“这就是为什么红杉资本和安德森能屡战屡胜。因为最好的创意总是先被呈现到它们眼前，而其他人只能盲目大意地尾随其后。”加齐说。

加齐说到这儿时停下来喝了一大口酒。他是想让我明白，科技行业其实并没有承受起起落落的周期带来的动荡。实际上，科技行业高度依赖这种周期性。外界看到的都是发财致富的赢家，对他们奇迹般的胜利惊叹不已，而外界对硅谷的认识也就止于此了。可是，正如加齐所观察到的，倘若没有更多的输家，这个体系就没法持续为自身筹集资金。对于了解资本主义理论和实际的人来说，这似乎是老生常谈。但在当下，加齐的观点不仅知者甚少，甚至被硅谷视为异端邪说。硅谷无处不在的豪言壮语和昂扬斗志，都来自那些鼓吹自由市场和双赢局面的经济学家所描绘的幻想。人们用利他主义和进步主义把这些幻想精心装扮了一番。无论如何，倘若人们理解了加齐的观点，意识到经济这块蛋糕无论怎么切分，总量总还是一定的，那么硅谷的这些企业就会崩溃。可人们并不想看到真相，毕竟硅谷的企业让无数人暴富，还赋予了更多人发财的希望。

加齐预感转折点要来了。投机者正在变得越发紧张，容易赚的钱也逐渐枯竭。只有那些面对眼前的繁华，内心极其冷漠、不抱任何幻想的人，以及那些人脉广而且信息灵通的人，才会知道接下来将发生什么。然而，加齐的许多同事和朋友还是沉醉其中，无法自拔。其中一位最近跟加齐分享了他的公司对形势的分析："我们认为这个泡沫不会结束。"加齐说："泡沫就是泡沫，根据定义它就是暂时的。"任何波动，从联邦预算的削减到学生贷款的危机，都有可能引发下一轮经济萧条。加齐说，无论如何，最终我们都只会看到那个熟悉的结果：员工被辞退，用户收到简明扼要的关闭通知，以及为保全创始人和投资者面子所做的低价收购。"这场景我已经见识三次了，人们能做的就是收拾东西，然后滚蛋。"加齐说。到2015年底，就像加齐所说的那样，初创公司上市已经很罕见了，最聪明的独角兽公司都在囤积现金，而不是把钱浪费在广告宣传和租用邮轮搞派对上。

"无论何时，只要你听到人们说'没事的，一切正常，不会崩溃的'——那事情就要完蛋了。"加齐说。

他的末日预言证实了我的推测，但也让我非常焦虑。正如我所怀疑的那样，硅谷是个彻头彻尾的骗局。我之所以感到焦虑，是因为我来得太晚了。然而，现在的情况还谈不上完全令人绝望，我的命运还可能有变数——因为我还有北方佬的勇气、下层人的胆识和不可动摇的信心，这三者在我心中混合后，我感觉自己仍然天下无敌。

第六章　失败

我已经受够了游走在硅谷的边缘。我要冲进战场，大声宣讲我的创业方案。我要听到投资人对我说：“太酷了！你简直是个耀眼的新星！这张 500 万美元的支票你拿好，等这钱花完了随时找我要。”简单来说，我渴望金钱和荣耀。

当然，我还想要些别的。我想放把火，把这一切烧光。我想羞辱这些贪财的傻子。我想补偿自己这段时间忍受的种种无聊，从酒吧到俱乐部，再到一场又一场大会，从一场毫无意义的产品 A 发布会，再到一个可悲的社交派对 B。我想发财，并打垮那些富豪。我想把马蜂窝捅破，把蜂蜜吃光。但我最想做的还是证明我比这些走了狗屎运的技术员更强，为了证明这一点，我需要设个局，让他们给我付钱，好让我证明他们是如何欺骗并操纵了他人。我现在需要一个点子。它必须是有点傻或者不太合法的那种。它必须提供一个有风险的计划，同时却有赢利的潜质，这样硅谷的那些风投公司就会很难抵挡它的诱惑。

只要是这样的点子都行，但可惜我想了半天，一个也没想出来。于是，我打算看看那些已经成功的点子，抄一个过来。有时候，庸人和天才之间只差了一点点。既然推特非常受欢迎……那么，“Tweakr”怎么样？一个专供冰毒爱好者使用的推特？这可不行！要承担的法律责任太多了。

据 Vice（异视异色）报道，Tumblr（汤博乐）早就成为技术狂人分享自己偏执妄想的网站了，你经常能看到这种标题的帖子，“冰毒狂欢后我身上起麻疹了，我好痒啊”。那么，“Stonerr”怎么样？一个专为大麻爱好者提供的推特？多余。“推特这家公司的管理可以说是……非常糟糕，可能它的办公室里就有人在抽大麻。”彼得·泰尔在电视上说过一次。一个为没有朋友的人准备的脸书怎么样？我可以称之为“Strangebook”？但是它很难和 RentAFriend.com（租用朋友网站）相抗衡，后者宣称自己拥有 50 万用户。一个专为动物提供的脸书？既然大家都喜欢上传自己宠物的照片，那干脆让宠物自己上传照片怎么样？我又来晚了一步。分享宠物照片的网站早已多如牛毛，比如“MySocialPetwork.com”“Petwink”“Petbu”。“Petbu”还承诺用户“让你的宠物出名”。我需要想出一些与已经成功的案例不同但又有些微差异的点子。

我决定看看科技媒体，寻找一下灵感。我习惯性地打开黑客新闻。这个主页的用户都认为自己是世上最聪明的家伙。很快，我找到了该网站创始人保罗·格雷厄姆的一篇文章，题为“创业之前”（Before the Startup）。

这个标题倒是契合我当时的处境。这篇文章改编自格雷厄姆为其商业伙伴萨姆·奥尔特曼在斯坦福大学的创业课程做的一场客座演讲。格雷厄姆说：“创业的目标不是成为创业专家，而是成为客户的专家，成为解决问题的专家。”而我什么专家都不是，按照格雷厄姆的说法，我比那些创业专家还略胜一筹。“然而在现实中，诈唬确实可以在一定程度上帮你拉到投资。”格雷厄姆还说道，“如果你演技高超，你至少可以拿到一轮甚至两轮融资。”一两轮融资还满足不了我吗？不，这就足够了。看完这个讲座的视频，我颇受鼓舞。

当我明白自己并不真的必须有点子之后，我对自己的创业前景更乐观了。2012 年，黑客新闻背后的投资基金 Y 孵化器（Y Combinator）在一篇帖子中宣布，它将开始接受所有团队的融资申请，连自己的初创公司要干什么都没想好的团队也可以申请。“所以，如果在过去你创业的唯一障碍是缺一个点子，”投资者写道，“那么现在什么也拦不住你创业了。”我知道风投公司以撒钱果断而著称，但当我得知，科技界最负盛名的投资者正在把数百万美元的资金输送给那些脑子空白一片就跑去参加融资面试的创业者时，我还是大吃一惊。这些投资人到底在乎什么呢？显然不是钱。风投公司其实都在管理着一个巨大的资金池。也就是说，投资人背后还有投资人。风投背后的投资人往往是大学和各种基金会——比如幕后大玩家斯坦福大学，当然，还有各种养老基金。

这些终极投资人还是关注投资收益的，所以风投公司还是要摆出一副认真负责的样子出来。因此，在 Y 孵化器的帖子中，该公司为其宽松的投资标准给出了一个根本站不住脚的理由。

> 很多初创公司在获得我们的认可后，完全改变了他们此前的想法，而且其中有不少公司在这之后成长迅速……我们这么做的另一个原因是，根据我们的经验，那些自认为无法想出好的创业点子的聪明人往往低估了自己的能力。实际上，几乎每个聪明人都能想出一个好点子。

不可思议，现在技术已经如此先进，我不但连自己的创业公司要干什么都不用想了，甚至连名字也不用起——我只需按一下按钮就能生成一个。居然存在为其他创业公司起名字的创业公司，比如“whatthefuckshouldInamemystartup.com”（我该给自己的创业公司起个什么名），在这里我就看到了很多建议，比如“DownLaunch”“GrowthBoost”“SnapSlice”“Spotlr”“Starterfyer”。这些名字都不错，但是不符合我的需求，可我也说不清楚我的需求到底是什么。

慎重考虑后，我选择了“Monkeywrench. International”（活口扳手国际公司）。这个名字简洁有力，而且在吉祥物方面，这个名字给了我很多可选方案。最重要的是，每个喜欢自己动手的人都知道，一个可靠的活口扳手是工具箱中最常用的。为了让我的形象更接近一名技术专家和创业者，我又花了几个小时建了个小网站。网站的风格非常符合2015年的流行风尚——配色大胆、装饰简洁。靠在椅子上，我欣赏起自己的作品来。这就是技术创业者说的“最为基本可行的产品”。欢迎来到我们的网站

Monkeywrench. International！

接下来我面临的挑战是用一个简洁有力且容易让人记住的口号来向大家介绍这家公司，尽管该公司什么也不提供。

这时我想起了以前读过的关于安德森－霍洛维茨基金的文章。我感觉这类公司和我的创业公司很像，因为它们都不创造任何价值。在文章中，安德森－霍洛维茨基金的座右铭是来自托洛茨基的一句晦涩而陈旧的口号："永远革命。"这句口号被人从几乎已经被遗忘的阶级斗争史中挖了出来，在资本主义统治的新时代重新提了出来。受启发后，我想到了一句口号："颠覆不是请客吃饭。"

颠覆就是一切。一家科技公司的价值是由其潜在的颠覆性决定的。如果你的创业理念不具有颠覆性，那你还是赶紧滚回大一新生的宿舍，换到英文专业去吧。一家具有"颠覆性"的公司有可能颠覆整个行业，就好像中世纪的手工抄写被活字印刷颠覆，步兵冲锋被机枪颠覆，传统知识媒介被谷歌颠覆，凡此种种，不胜枚举。直到 1997 年才有人从这些繁杂但明显的历史案例中抽离出一条商业法则。这就是哈佛商学院一位教授提出的"颠覆性创新理论"，一个极具欺骗性的理论。另一位哈佛学子——马克·扎克伯格，将颠覆视为指导脸书的准则，他对员工下达的命令就是"快速行动和打破一切"。后来，科技从业者剥去了这个观点的所有包装，只留下一句简短的口号——"颠覆狗屎"。我需要看起来就像是那种要颠覆狗屎的人。我穿上了一件亮黄色的

T 恤，上面用黑体大字写着，“启动 X 计划的时候到了！”当然，这里的“X”指的是比特币。我的名片也需要彰显颠覆性。但我预算有限，为了省钱，我决定自制名片。在亚马逊上买了些反光的银色卡片后，我把文字印了上去，然后用美工刀把卡片切成了一个一个的小正方形，每张卡片上只有一行字——我的新邮箱地址“futurebillionaire@aol.com”。最后，我在特伦百货特卖场买了一件价值 26 美元的天蓝色外套，完成了对我个人的包装。

登场亮相的准备基本做好了，现在就差那个难以捉摸的点子。也许我过于吹毛求疵，忘记了以量取胜。终于还是互联网再一次帮助了我。很快我就找到了一大堆创业点子生成器。其中我最喜欢的是 ItsThisForThat.com。登录这个网站，每次点击刷新按钮，它就会给出一个新的想法。

- 为宠物准备的神经网络智能装备！
- 为刑满释放人员准备的可穿戴电脑！
- 一个类似鲜花零售的网店，贩卖医用大麻！
- 一个提供成人舞蹈表演的照片分享应用！
- 一个面向网红的手机服务网站（Foursquare）！
- 为社会边缘人准备的社交游戏！

这个网站每分钟都能给出好几个值得一看的点子，但是它们都有一个致命的问题——尽管这些点子看起来荒诞不经，但其实都已经有人用过了。比如：

- 宠物神经网络？ No More Woof就是一款可以分析狗的脑电波并将其想法翻译为英语的应用程序。
- 为刑满释放人员准备的可穿戴设备？“3M有前科者GPS追踪系统”使警察可以随时随地通过可穿戴设备有效地追踪刑满释放人员。
- 合法贩卖医用大麻的网店？ 由彼得·泰尔支持的创业公司Eaze可以根据用户需要，提供“简单、快速、专业的大麻交易服务”。
- 一款提供成人舞蹈表演的应用程序？那就是Snapchat。
- 一个面向网红的Foursquare？那是Instagram。
- 为社会边缘人准备的社交游戏？那是Foursquare。

还是老话说得对，“太阳底下没有新鲜事”。

当我沿着市场街路过一座座财富的堡垒时，我不禁咒骂起自己的坏运气，居然一个像样的点子都找不到。当我快走到优步的总部时，一大排摩托车呼啸而过。不远处，一大队警车沿街停着，边上还停着四辆黑色大巴。一小群防暴警察站在路中央。这么大阵仗是要干什么呢？然后我发现一个男子举着板子，上面写着“UBER APP = INSURANCE GAP”（“优步 = 无保障”）。他来这里是为了参加当天上午早些时候举办的抗议活动。此次抗议是由一两百名持证上岗的出租车司机发起的，旨在引起美国市长会议的注意。那四辆大巴就是市长访问团的车。“他们这次会议就是优步给他们买的单。”出租车司机愤怒地说，“我不介意和优步公平竞争。但是凭什么他们就可以不为执照和保险买单？这又不是什么很难的事，傻子都知道该怎么办，但是优步就是不掏钱。”

面对创业浪潮，出租车司机并不是唯一陷入困境的工人群体。实际上，很多创业公司在宣传时，都自称为“某种优步”，实际上就是“某种廉价劳动力”。它们都压低了各个行业的工资水平。举例来说，优步就使用风投的资金来补贴自己的司机，以此吸引出租车司机，并瓦解对抗优步的阻力。

这位愤怒的出租车司机给了我灵感。

他的问题正是我一直以来在寻找的点子：有没有办法提高劳动力成本呢？这名出租车司机和那天早上抗议的所有人一样，都加入了工会。纵观历史，组织工会是工人缩短工时并提高薪水最可靠的方式。

就是它，我改变世界的点子就是工会。

一个用于组织工会的应用……但是怎么赢利呢？谁会付钱呢？工会？不可能。企业？也不可能。我想出来了：挑动竞争。

具体来说，还是优步给我指明了方向。优步有一套狡猾而卑鄙的伎俩——先是在该公司最大的竞争对手来福车打车软件下几千个订单，然后再全部取消。优步设想的是，来福车的司机会因为订单突然取消而对来福车官方感到不满，然后转而为优步工作。根据 The Verge（科技媒体网站）的披露，优步还执行了一个名为“SLOG”的营销方案，即“长期运营增长”（Supplying Long-term Operations Growth）。该方案的具体操作方法是让优步的秘密招聘人员使用“一次性手机、信用卡和司机工具包”，在来福车上叫车，然后说服司机投靠优步。

“优步对此事不但知情，而且还鼓励这类行为，同时不断向它的客户、媒体和投资者扯谎。”一位知情人向 The Verge 揭露了真相。据报道，优步的高级营销人员在开展“SLOG”行动时，通常先同司机面谈，随后不断向这些司机发送电子邮件，约见面谈，并给出指示。事实上，公众对优步的抗议丝毫没有阻止该公司以 680 亿美元的估值成功上市。这意味着，在投资者眼中，优步的价值直追宝马，而且已经超过了通用汽车、福特和尼桑。虽然面对朱诺（Juno，打车软件）和来福车的猛烈批评，优步无能为力，但这些公司并不能在实质上阻止优步。最终，优步对其他出租车公司展开的破坏性竞争策略大获全胜。或许其他创业公司不采用类似策略的唯一原因就是缺乏相关的专业知识，还有就是爱惜羽毛。但这些障碍对我来说都不是问题。

我的点子极具颠覆性，因为它可能不犯法又很赚钱。我正在试着将一种已被证明可以颠覆企业的方法应用到一个被老牌科技企业严重忽视的市场。

这个想法非常简单，我都纳闷之前怎么没人做过。既然优步从来福车那里挖走司机时采用了工会的策略，那么来福车为什么不通过秘密资助优步的员工工会来报复呢？想想看，任何一家想要超越竞争对手的公司都可以采用这一策略。秘密扶持对手内部的工会，这一做法的商业价值非常直观，特别是考虑到大多数美国公司对短期业绩增长非常关注，这个点子对它们的诱惑力极大。从长远来看，该策略还有可能通过诱导企业资助工会来扭转资本主义的贪婪倾向。

这个点子还有一个巨大的优点，就是不受资金限制，不需要编写一个专门的程序。一切技术细节都可以等我拿到第一轮融资后再解决。眼下，我需要给这个产品起一个名字。我想到的第一个名字是"劳工蜂群"（Laborswarm）。但是很快我就放弃了它，因为它听起来太容易让人想到昆虫了。我需要一个古怪的品牌名称，比如"劳工化"（Laborize）。这个网络域名价格仅 10 美元。我马上买下了它，并着手建立一个时髦的登录页面。首先，我发现了一张工人游行的黑白照片，它很有可能已经不受版权保护了。这张照片是 1937 年在明尼阿波利斯进行的劳动节游行，三年后，这群工人在该市进行了为期三个月的总罢工。在原始图片中处于焦点位置的是一张横幅，上面写着："劳工联合万岁！"（FOR A UNITED LABOR MOVEMENT！）我在临近位置上写了一个新口号："将竞争组织起来"！这样一来，我就传达了本公司的理念。

我用各种描述性的口号填满了公司官网余下的版面，"他们的团结就是你的机会""随时随地工人暴动""作为服务的罢工"。我从历史上各种罢工和骚动的照片中选了几张挂在官网上。我选中的最后一张是 1917 年布尔什维克在圣彼得堡冬宫外聚集的画面。只需点击几下鼠标，我的网站就上线了。眼看着进展神速，我不再担心自己会在一个肮脏的笼子里孤单地死去了。不到一天时间，仅凭智慧和苹果笔记本，我就构建出了一个伟大的创业公司。它还是优步的掘墓人、加入百万富翁社团的黄金入场券、发起革命的引擎——“劳工化”！

我的创业计划来自加齐的理论，现在我起步了，当然希望获得他这个愤世嫉俗者的认可。我知道他是肯定不会投资的，但我还想听听他的建议。他倒是很乐意了解一下，于是我就给他来了一番创业演说。然后我问他：“你觉得这个东西能唬住那些风投公司吗？”

加齐听了大笑不止，眼泪都笑出来了。“他们肯定会觉得你是在恶搞。”他说，“他们会觉得：‘这家伙想揭露我们其实一直在支持的事。’”

该怎么说呢，加齐的想法既对又不对。

我一点也不喜欢向别人宣讲自己的想法。征求投资者意见的每一秒都让我感到厌烦，不过在放弃之前我还是打算试一下。大多数情况下，我害怕自己一分钱都挣不到。即便是在我最乐观的时候，谁要真给我一张支票我都会吓傻。假定我真的拿这笔钱建立了一个罪大恶极的创业公司，然后有人找我麻烦了，比如美国司法部。然后会怎么样呢？到时候我就说，这就是个玩笑！哈哈！即便我能金蝉脱壳，投资人仍可以声称我欺骗了他们。到时候我还得把钱还给他们，并且希望他们幽默感比较强。为应对此类情景，就跟那些科技界的前辈大佬一样，我也准备了借口。如果“劳工化”的用户或客户惹了麻烦，我就可以说责任得他们自己承担，我只负责提供平台。而且我肯定会禁止在该平台上进行任何非法行动，同时鼓励用户举报非法操作。这就跟 Craigslist 的运营手法一样，在免除了自身责任的同时，又从他人的非法行为中赚取了利润。无论如何，我还是在想，自己到底怎样才能免于被起诉？毕竟我对于相关的法律几乎一无所知。

考虑到这个犯罪计划如此简陋，我想不太可能有正经投资人会加入这个计划。绝大多数听完创业演说的人都面露难色地看着我，并出于礼貌讲一些鼓励我的话。比如我在创业论坛的讨论小组中遇到了一位斯坦福大学的学者，这位强烈拥护自由主义的经济学家跟我说，这个方案非常有趣，“有可能行得通”。但现在回想起来，我明白了，自己误会了加利福尼亚州的文化。在这里，人们都是笑着拒绝别人的。毕竟，祝某人好运是一回事，但开支票就是另一回事了。

想到各种半成品的初创公司都拿到了资金，我估计自己获得一个跟投资人开会的机会应该也不难。可我发送了一大堆邮件后，回复却寥寥无几，搞不好我假扮尼日利亚王子[①]收到的回复都比现在多。在邮件中，我已经试过各种风格了——聪明、有趣、谄媚、堆砌流行语和人名。但回复量还是不见起色，于是我加强了推广力度，两次冒险闯入市中心的风投总部，试着混进去。每一次，我都给前台接待员递过去一张“镜面”名片，请她转交给之前收到邮件的投资人。有一位女士对我的大胆行动表示赞赏，这多少给了我一些安慰——毕竟终于有人回应了我的

① 假扮尼日利亚王子是外国流行的一种邮件诈骗。——译者注

行动。

眼见投资人没有回复我，我只得再一次升级了我的行动，这一次我打算直接去“劫道”。凭什么我就不能在街上撞见个投资人呢？我的目标是一家叫 Runway 的创业公司孵化器。该公司位于市场街上推特总部所在的那栋楼。就在我遇到斯坦福经济学者的那次论坛上，我偶然发现了一份该公司的公告。上面写着凯尔・安德森跟Greylock Partners（格雷洛克合伙公司）约谈的时间。我在日历上标注好那一天，赶在当天跑了过去。我很幸运，到那栋楼的时候正赶上保安换班。趁着保安忙着跟朋友煲电话粥，我轻松地绕了过去。上楼之后，我只看到一排排空空如也的桌子。别说凯尔，一个人也没有。我逛来逛去终于遇到了一个人，赶忙问他凯尔在哪儿。

“今天很多人没来。”他说，“他们昨晚都去庆祝勇士队的胜利了。”于是，我给凯尔发了封邮件，跟他说，即便他周五下午没有赴约，但我还是乐于接受他的投资。然而，他并没有回复我。

换个环境，我的运气能好点吗？比如一个私密而且欢快的派对？于是，根据线报，我决定前往今晚在沙岭路门罗公园举办的劲爆派对——“美洲狮之夜”。后来我了解到，这是瑰丽酒店的一个传统，毕竟这里的业主就是斯坦福大学。这个派对的历史可以追溯到 2009 年，因为公众指责有人在派对上进行性交易而被迫中断过几次。

最后出现在派对上的人岁数都太大，不太像是奔着“美洲狮之夜”来的。同时，我也意识到，所谓的派对之夜的美好场景基本上是虚构的。实际上，“美洲狮之夜”是对传统的英国式夜店的缅怀，同时又混入了纽约肉库区那些大学生天鹅绒俱乐部的华丽风格，再加上硅谷所有社交活动普遍存在的切实的尴尬。等我回过神来，我发现自己正在跟一个时尚设计师聊天。她刚刚把男友甩了，“他天天就知道捣鼓那个狗屁创业公司。”她说，“他们那家公司的商标特别难看，而且根本就没有利润。”这就是硅谷，每个人都是评论家。在最后一班回旧金山的车发车前，我终于在吧台碰到了一个风投公司的人。他点了点头，目光呆滞地听完了我的演说。尽管他只有 30 多岁，但在这位现在从事风投的前工程师身上，你已经感觉不到什么干劲了。“可以说现在创业和你能不能想出一个好点子已经没什么关系了。”他说，“倒是其他因素比较关键。”比如品牌、机遇和人际关系，当然了，还和狗屎运有关。就这样，我忽然意识到，自己跑来参加“美洲狮之夜”注定一无所获。

最终，我屈服了，决定采用最后一种办法——跟那些刚到硅谷的土老帽创业者一样：花钱买机会向投资者做演讲。在外人看来，这种做法可能有些奇怪，甚至本末倒置。毕竟，创业公司一旦成功，投资人赚得最多。这么看来，应该是投资人花钱去听创业人的演讲，而不是相反。

当然，这个反直觉的惯例是有市场基础的。点子谁都有，但手里的钱多到可以烧的人很少。这种失衡，在繁荣时期尤为严重。各类中介机构在这种环境下繁荣起来，他们有近乎无穷的创业候选人。在加利福尼亚州，向演员和艺术家收取手续费，并提供中介服务的“演员工坊”是违法的。可类似的机构却在科技行业发展得蒸蒸日上。这类中介中最出名的，就是哈佛天使投资俱乐部的成员、计算机历史博物馆的受托人、必百瑞律师事务所的合伙人——风投工作组。值得一提的是，必百瑞成立于 19 世纪 60 年代，是在加利福尼亚州淘金热时期发展起来的。

风投工作组为创业者提供向投资人演讲的机会，售价每两分钟 105 美元。除了演讲，他们还为客户提供来自投资人的八分钟提问和“反馈”。我突然意识到，要是有一天我厌倦了创业，我也可以挂上一块投资人的招牌，听别人给我演讲，每小时收 630 美元。至于眼下，我需要找找看哪里能买到便宜点的入场券。

很多这类收费演讲都采用了比赛的形式，定期在湾区举办。最后，我花了 29.7 美元买了张入场券，以及一张“创业周末”的参赛券。这项活动是在谷歌和奥巴马政府的共同支持下举办的。参加者需要在为期三天的比赛中构思、设计并向一个评委小组演讲。无论输赢，我估摸着，就冲着赛事主办方为大家提供的薄底比萨和啤酒自助，我应该亏不了。

活动的举办地叫“Galvanize”，一个矫揉造作、过分精致的创业园区。每个座位月租 550 美元，而独立办公桌月租 750 美元。Galvanize 自诩为“科技行业的大门”，实际上它的对面是一片满是泥泞的建筑工地，四周环绕铁丝网，住在这附近的都是些流浪汉。到了之后，我决定在附近逛逛。走着走着，我面前的一个大纸箱子忽然抖动起来，然后箱子里伸出一只靴子，接着是一双腿，最后爬出来一个男人。他慢条斯理地把纸箱子压平，然后把他的家当全装到一个袋子里。因为被我搅了清梦，他慢慢朝我走了过来。我给了他几美元作为他创业的种子基金，然后转身走进创业园区。

进入活动会场，在报到注册的桌子上，我找到一张注册表、一组空白的名签，还有一支记号笔。“创业周末”建议参赛者使用三种头衔来介绍自己：设计师、黑客或说客。于是，我在自己的名签上写下了：科里·佩恩，说客。随后，排在我身后的三个西装革履的男人，一起喊了声“Husslahs！”，然后分别拿了一支记号笔。显然这不是他们第一次参赛了。我还没来得及跟他们打招呼，这个“Husslahs”团队就四散开来跟人闲谈去了。在这类比赛中，参赛者通常会利用闲谈的时间来找人组队。而说客的主要工作是向掌握实际技能的人（设计者和黑客）解释我们的创业方案，说服尽可能多的人加入进来。组队之后，我们将制作一个幻灯片，力求在周末结束前形成一个可以运转起来的原型公司。比赛中提出的创业方案理论上取决于团队的构成，但实际上大家都是事先把方案准备好了才来的。我打算跟“Husslahs”忽略的那些参赛者谈谈。于是我找到了这么几个人：一个20岁的计算机系大学生，性格内向，家住亚拉巴马州塔斯卡卢萨，这次来主要是为了参观旧金山；一位来自印度浦那的安卓开发者，总是一副忧心忡忡的样子；还有一位来自南佛罗里达的餐馆老板，他是被朋友拉来的。如果队友就只有这几个人，我们绝对会成为“败犬团队”（Team Underdog），那就更妙了。

排队领取比萨和啤酒的人越来越多。座椅也慢慢坐满了，全都朝向讲台，组成一个半圆。一个大胡子嬉皮士主持人跳了出来，试图引起大家的注意。

“嘿，大家都准备好了吗？”主持人喊道。

“喔！”台下众人回应道。弗兰克就是今天活动的主持人，虽然他本人更喜欢被称为“协调人”。他朝着众人说：“创业周末旨在为创业者的生活带来变革。这是一场席卷全球的运动。”然后我就没有再听下去了，只等他赶紧把废话念完了事。据他说，还有七八组人此时也在开展同样的活动：构想、建设，并向投资人介绍一家完全由陌生人组队成立的科技创业公司。

此次“创业周末”有一个主题：网络科技移民。严格来说，我的创业计划和移民无关，不过我觉得我可以蒙混过关。总的来说，外包、贸易和海外劳工都是硅谷赢利模式的核心，而此次活动的开场论坛也突出了这几点。发言人中有好几家公司的创始人都是移民，都曾在高盛之类的大企业工作。还有几个专攻移民问题的律师，其中一人谈到了“在法律的边界闯出一条新路”。

这个人是托德·舒尔特，FWD.us 的总裁。该公司是一个“一站式游说组织”，是马克·扎克伯格在其他科技巨头的支持下建立起来的，其他支持者还包括比尔·盖茨和领英的创始人雷德·霍夫曼。凭借 5 000 万美元的启动资金，该机构声名鹊起，打通了华盛顿特区，仅 3 年就在游说上花了近 200 万美元。在 FWD.us 的董事会把创始人乔·格林赶跑之后，舒尔特凭着和扎克伯格在哈佛的交情被任命为总裁。至于此前的创始人乔·格林，他读哈佛时就住在扎克伯格隔壁的宿舍。我发现，这些高层的任命都是这种任人唯亲、树立傀儡的思路。而我在旧金山遇到的傀儡高管里，舒尔特是最让人厌恶的那一类。随他出席此次活动的还有一大群跟班。当主持人介绍到他，并请他上台参加讨论时，他的一个忠实的狗腿子赶忙用手机播放那首 15 年前的嘻哈金曲《谁把那狗放出来》，余下那些跟班就跟着欢呼了起来。

其中一个跟班非常尽职地把舒尔特的照片发到了推特上，还不忘加了条注释——“思想领袖”。

“我本人和 FWD.us 都很关注移民政策的改革。”舒尔特开始说话了。他是唯一一个拿着啤酒瓶子上台的发言者。每次停顿，他都会把瓶口对着观众席歪一下。“我们将建立一个新系统，让更多高科技人才来到美国，”他说完这句话，瓶子就跟着歪了一下。“而不是把 1 100 万的外来人口驱逐出境。”他继续说。“在华盛顿，这是共识。”瓶子又是一歪。

舒尔特就是这副德行，自以为是到无以复加，而他的判断又总是错得离谱。就在他说完这番话几周之后，唐纳德·特朗普拿下了共和党总统候选人的党内提名，而且特朗普在整个竞选活动中除了排外就没讲别的——他承诺将驱逐数以百万计的移民，而他的支持者也都用最为恶毒的种族主义刻板印象，对各种移民群体发起疯狂的攻击。

“顺带一提，”舒尔特继续说，“两党都很欢迎移民。”酒瓶一歪。舒尔特的计划可以说是愤世嫉俗又天真可笑——通过设立高科技移民门槛，在安抚共和党人的同时，拉拢硅谷的政府合同承包商，进而吸引同这些承包商关系密切的民主党人支持他们修改移民法的提案，并建立一种新的签证类型——“创业者签证”。扎克伯格支持的各路团队还同时在游说政府，试图扩大现有的 H–1B 专业工作签证。但那些拿到了 H–1B 签证的幸运儿，将永远生活在不确定性中，承受着科技产业劳动力贩子的剥削。今天跟舒尔特同台的就有这么一个劳动力贩子，他的公司就负责为旧金山的初创企业寻找海外“高级人才”。“托德，你的这个计划……将推动一项了不起的变革。”他热烈地回应道。而他们旁边的另一个企业家，则是 Skype 的前高管，还是风投公司安德里森 – 霍洛维茨在爱沙尼亚的“入驻企业家”。目前他在帕洛阿托创办了一家关于移民的初创公司。他的设计思路非常宏大甚至远超前者。“我们希望，迫使世界上的每个政府通过互相竞争来留住每一个公民。”斯特恩 · 塔姆奇威说。我不禁环顾四周。显然，塔姆奇威这套鬼扯的话把在场的所有人都镇住了。相较于在全世界瓦解民族国家这套雄心勃勃的说辞，他的公司实际的业务领域简直微不足道。这家名为 Teleport 的初创公司负责为流浪全球的“数字游民”提供个性化建议。比如在来到一个全新的城市后你要如何找工作，又应该选择哪个社区来提升生活品质。在他看来，设立向高科技人才倾斜的移民政策，并把无线网络覆盖全国，是每个政府庄严而神圣的义务。在他看来，这是一场全球竞赛，而美国在其中的名次，“照我说，正在迅速下滑”。这一点他倒是说对了，但这绝不是因为美国政府没有支持塔姆奇威这群卑鄙小人，以及他们拥护的那套可笑的自由主义。不过，听完这个将国际秩序重塑为面向各国政府的高档商场的方案后，我不禁担心，我这个自认为惊世骇俗的方案，在今天参会的众人面前可能会显得过于平庸了。

论坛终于结束了，在下个环节开始前我有一段休息时间。等到我把啤酒喝够了，比萨也吃腻了，“协调人”弗兰克又蹦了出来。终于，比赛要开始了。他描述的规则很简单，每人 60 秒演讲时间，所有想发言的人都得来排队。演讲环节之后，在场的观众把票投给自己最喜欢的创意，每人三票。大家可以利用投票的间隔组建团队。我猜那群“Husslahs”肯定会赶在我前面。到下午 2 点 50 分，组队环节就结束了。从现在开始，各支队伍需要在这个周末剩下的时间里进行头脑风暴，编写程序或编辑网站。到了本周日的晚上，大家需要向评委进行展示。最终，只有三支队伍会胜出，他们将收到来自 Galvanize 和活动赞助商的非现金服务，他们的创业公司还会得到免费推广。

想演讲的人非常多，于是我赶紧跑去排队。好在排在我前面的只有几个人。我不想第一个演讲，这倒不是因为我很紧张，而是出于一种策略。整个会场现在还没有安静下来，第一个演讲的人将不得不大喝几声以盖过嘈杂的背景音。而且，我紧张得要死。

第一个上台的是个非常年轻而且腼腆的安卓程序员，他宣讲的程序叫“签证博士”（Visa Doctor）。他的理念可以说相当不明确。“我需要一个后端开发员、一个设计师还有一个增长黑客。我们可以一起构建……”他说完，大家鼓掌。排在我身后的一位女人居然还大喊了一声“耶”。第二个上来的人试图开展一种服务，即让“申请美国公民身份的人”发布他们自己的视频，而“已经验证身份的美国公民”观看并打分，就跟在 YouTube 和 Tinder（手机交友软件）上给宠物视频和约会对象打分一样。如果这个创业计划真的被采纳并实施了，那些最上相的肯定就能成功移民，而丑的肯定会被拒绝。观众对这个创意的反应倒是不错，而接下来的演讲则彻底击败了前两者。演讲者的声音厚重而含混不清。他的程序为申请特定国家公民身份的移民提供同该国公民结婚的中介服务。他称之为“Greender，为绿卡而生的 Tinder”。这话一出口就引起了哄堂大笑。显然，要么是在场的众人谁也不知道这种婚介服务是非法的，要么就是大家都知道。幸运的是，“Greender”之后还有几个人才轮到我。实际上我没怎么听他到底讲了什么，因为我正盯着手机上的记事本，在脑子里排练我的演讲呢。60 秒一晃而过，麦克风递到了我手里。

轮到我上场了。我已经准备好让大家为我的创意而疯狂。谁把狗放出来了？[①] 到底是谁？谁？谁？

“嗨！”我朝观众打了个招呼。此刻，我希望自己这个创意中平庸而犬儒的部分可以掩饰其颠覆性的内核。我的目标是建立一家创业公司，让企业之间的互相残杀听起来正常而又合法，在令人兴奋的同时有利可图。我深吸了一口气，希望观众把注意力都集中到我身上。我把手机收了起来。我不需要再看笔记了。此刻，我把脑中所想的全部倒出来就成功了。

---

① 这句话引用的歌词，是对上文中托德的嘲讽。——译者注

我熟练地把准备好的内容讲出来，听起来就像一个患了多动症的儿童在牙牙学语，或者是一个可卡因摄入过量的反社会疯子，不过这倒是实现了我一直以来的梦想了。我到底说了什么根本不重要。重要的是，我已经努力了，而且大家看起来也都挺喜欢这个点子。无论如何，他们鼓掌了。我想我这番演讲还说得过去。于是我迅速退回观众席，险些忘了把写有我名字的纸贴到投票墙上。

接下来，我就待在一个僻静的角落里看着后面的人一个个上台演讲。有人提出一款把移民自制的食物卖给餐厅的应用程序。这个点子的关键是利用了加利福尼亚州食品检验法中一个颇为隐蔽的漏洞。按他自己的话讲，这个程序“就如同优步或爱彼迎，只不过我们提供的是移民自制的食物”。他之后，又上来一位社会改良家，他想建立一种归工人所有的分享经济合作社，但他对细节的描述非常模糊，我根本没听懂他打算做什么。随后上来的这个家伙可能是喝高了，他要建立的创业公司名叫“新政治系统”（New Political System）。“这款杀手级应用将变革你的政治生活。”就这么一通糊里糊涂的讲话，居然还博得了全场观众的热烈掌声。

投票还没开始我就已经收到了来自23家创业企业的提议。人们还不停地跑来问我演讲的内容，看来我根本不用去拉票了。几位来自奥克兰的网页设计师给我提了些建议，但也有人怀疑我这个项目是否合法。幸运的是，对这类问题我已经想好答案了。“我们将让用户来标记违法的内容。”我说，“就跟Craigslist处理卖淫广告的模式一样。”

“你还可以用比特币支付！”一个闲逛的家伙插了一句。

“说的没错！”我说。大家都很上道，因为在硅谷，功利主义就是一切。因此，也就没人跑来指出我这个设想中明显存在的问题，倒是有很多人想知道我到底要怎样实施这个“犯罪计划”。我完全理解他们的担忧。实际上，我的前辈之一，罗斯·乌布利希就因为运营名为 Silk Road 的毒品黑市而被判处终身监禁。他使用的是五角大楼资助的“Tor network”，也就是众所周知的“暗网”。据说，Silk Road 两年内就完成了 100 万次交易，利润超过 12 亿美元。乌布利希，这个曾经的“鹰级童军”[①]（Eagle Scout），在完成这一切的时候跟我现在的岁数差不多。他在旧金山的格伦公园公共图书馆搭建了 Silk Road 这个网站。我也在那个地方干过活。法庭上，乌布利希痛哭流涕地向众人道歉，并向法官说，“我不是一个以自我为中心的反社会疯子”。但检察官表示，乌布利希曾试图雇用“地狱天使”（Hells Angles）的杀手去干掉勒索威胁过他的毒贩。实际上，无论是乌布利希的同谋还是对手，他们都是联邦政府的卧底探员，这小子早就被重重包围了。而就在联邦政府逮捕他，并将 Silk Road 关掉一个月后，另一个前“鹰级童军”，一个来自得克萨斯州的 26 岁小伙子接替了乌布利希，推出了“Silk Road 2.0”。他叫布雷克·本索尔，住在教会区。两个月后他也被捕，罪名包括“贩毒、洗钱、黑客入侵及出售虚假

① 鹰级童军是美国童子军的最高级别。——译者注

身份证件”。在我写下这段文字的此刻，本索尔正在受审。来自曼哈顿的检察官普里特·巴哈拉拉对所有迫不及待要进入该领域的创业者发表了一份声明：“希望我们所有人都明白这一点，那就是，Silk Road 无论以何种形式存在，它都只能把人引向一个地方，那就是监狱。”

就在我首次登台不到两周后，又出现了一个受 Silk Road 启发而建立起来的创业公司——OpenBazaar（去中心化电商交易平台）。这家公司从联合广场风险投资基金和安德森－霍洛维茨基金等知名风投公司那里拿到了 100 万美元的种子投资。

现实再一次超越了我对黑暗和疯狂的想象。

现在言败还为时尚早。我至少还能给自己再投一票。想到这儿，我就把一张票贴到了我自己的名字后面。贴完之后，我羞愧得满脸通红。我希望能借此鼓励别人也把票投给我。至于剩下的两张票该投给谁我还真没什么主意。按道理讲，我该怎么做呢？我应该把剩下的票也都投给自己吗？那样是不是太庸俗，太缺少合作意识了呢？最后我把其中一票投给了 Greender，那个试图搞绿卡婚姻的应用，因为他们这个主意真的毫不费力就超过了我最疯狂的设想。至于另一票，我没来由地把它投给了“新政治系统”。

计票结束了，不算自己那一张，我一共拿到了 8 票，而我需要再拿到 5 张票才能进入下一轮。唉，在这么一场愚蠢、残暴而又可笑的创意大赛中，我的点子居然都没法脱颖而出。

这之后，在圣何塞又有一场比赛。

而这一次，我得花 30 美元才能在两个投资人面前演讲 90 秒。我从来没听说过他们宣传中提到的投资人和策划人。组织活动的公司叫 Lifograph。在它的官网上，我找到了一段时长一分钟的介绍视频。创业公司的宣传视频里常见的那些要素它一样不落——轻快的吉他配乐、模拟网页浏览的操作，再加上一个通过该产品解决问题的虚拟主角。但这些要素每一样都有点不对劲。比如，旁白的英国腔太浓了，让人听起来很费劲，而且他每一次停顿都断错了句，却始终保持一种让人感到紧张的昂扬语调。“嗨！我是安迪。安迪快没钱花了，于是他决定启动他的科技创业计划！”

Lifograph 自诩为“关于硅谷与科技界的一切公司和个人的百科全书”。但它根本谈不上什么百科全书，顶多就是个一元店的采购员，手里还举着一个“付费演讲”的牌子。它在官网上展示的创业项目包括：一项名为“高速”（Highspeed）的大麻快递应用程序，以及一个“包就业的学位项目”，名为“欧洲领导力大学”（European Leadership University），地点位于土耳其。只要花 70 美元，你的创业公司就可以跟上述优秀企业列在一起，还能得到一份定制的宣传视频。这就免了吧。我看到它们官网上还有很多博客文章，其中得有一半是关于史蒂夫·乔布斯的。其中一篇文章的作者是曼尼·费尔南德斯，一个三流的小投资人。但是如果去圣何塞参加活动，我就得向他演讲。在这篇文章里，曼尼倒是很节约读者的时间，没写什么废话开场白，开门见山地提出一大段充满了同义反复的乔布斯式的建议。

成为领袖

乔布斯大学肄业，但他是一个领袖。他可以将投资人和员工组织起来，创造出令世人惊叹的产品。

领导力是一种需要花时间培养的品质。你必须朝着成为领袖前进，余下众人就会追随你的脚步。

这是什么狗屁建议。

而另一位投资人 / 评委名叫伊斯特万·乔伊纳，是一位计算机科学博士，曾担任谷歌的中层经理，后来转行干风投去了。乔伊纳曾为一家规模为 1 亿美元的不知名的投资基金工作。该基金的所有者正是所谓的“专利流氓”——“InterDigital”。尽管该公司很抗拒这一外号，但它凭借总计两万多项的专利，包括无线通信的基础科技，通过向苹果和三星出售技术使用权，每年都能赚好几亿美元。

当我隔着盛小菜的碟子检查我的演讲大纲时，一阵邪恶而剧烈的头疼伴随着压力开始折磨我。几分钟后，我感觉自己的眼球都快要从眼窝里射出来打在窗户上了。选这么一个时间去圣何塞真是糟透了。在路上，我乘坐的公共汽车驶过一大片空空荡荡的购物中心，又一阵不祥的疼痛向我袭来。

圣何塞郊区的建筑大多是米黄色的。市中心人流密集，受消费主义主导的中端市场一片繁荣。也不知道该市的规划者是怎么想的。他们的规划方案简直是把 20 世纪 90 年代早期流行的那种郊区购物中心扯了下来，然后直接把它沿着城市轻轨的两侧铺在了圣何塞，又添了些符合当代需求的店铺，比如一些高价古着店和一个有助于消解头痛的工艺啤酒坊。活动开始前，我在这个啤酒坊打发了不少时间。圣何塞的街道干净又平坦，就连溜冰的孩子都戴着金表。

这次活动的地点同样选在一个创业孵化器，名叫“Founders Floor”。我以为这里会是又一个时尚简约风格的巨大会场，铺着冰冷坚硬的地砖，管道系统毫无遮蔽，直接裸露在外，但这里毕竟不是旧金山。这栋楼过时得令人窒息，让我感觉身处炼狱。地上铺着薄薄的地毯，低矮的天花板上布满了一闪一闪的荧光灯。这里就像是那种会有人命令我往小杯子里撒尿，或者完成迈尔斯－布里格斯性格测试的地方。整个会场唯一吸引我眼球的装饰是伦纳德·尼莫伊在墙上贴的一张略小于真人大小的贴纸，上面是他朝着大家行瓦肯举手礼[①]（Vulcan salute）。

与其说圣何塞的科技界的书呆子气质不够硬核，倒不如直接说他们有点呆傻。参与这次活动的人都干净利落，他们进入会场没多久就迅速而齐整地落座了。其中不少人穿着的蓝白格子衬衫相似得令人胆寒。我要是在来之前稍微捯饬一下就好了。我真应该好好刮一下胡子，再理个发。这次也是我参加的第一个不提供含酒精饮料的科技界聚会。好在我自己带了一小瓶酒。主办方提供的开胃菜是一盘鸡肉，口感接近橡胶。扑通一声那玩意儿就进垃圾桶里去了，那味道现在想起来都令我作呕。空着肚子的时候

---

① 瓦肯举手礼是《星际迷航》中瓦肯星人打招呼的方式。——译者注

我什么都不想干，但是在投资人座谈的时候，相较于呕吐，我宁愿饿着肚子。

我的座位比较靠后，右边是一个大腹便便的家伙。他现在有一个创业项目，为客户提供垃圾邮件过滤服务。他的秘诀之一就是扫描收到的邮件中是否提到了非洲王室[1]。坐在我左边的是个年轻人。作为一家初创企业的创始人，他被韩国政府派到这里来学习硅谷创业者的演讲技巧。

会场的最前方站着的是Lifograph的创始人德亚·威尔逊。她自称“硅谷小姐”，是一个淡金色头发的政治难民。她是我见过最欢快的罗马尼亚人。离开故乡后，她在加利福尼亚州生活了很久。“让我们开始吧，先来点迷幻乐。”她说罢，音响里就传来了刺耳且阴沉的电子乐。“下次吧，”德亚说，“也许下次我们可以找个乐队来，让大家先跳上一曲。”

“喔呼！”她忽然尖叫了一声，“我们先热身一下。我能听到你们的声音吗？”

观众不温不火地回应了一声：“喔呼。”

“我猜大家还是需要再多来点啤酒，是不是？”德亚说。什么啤酒？

“喔呼！”忽然后排一个家伙大喊了一声。

德亚开始向大家介绍此次活动的赞助人。她提到的第一个家伙是开发手机软件的，他正在寻找新客户。“最近，我很关注利

① 这是为了屏蔽所有跟“尼日利亚王子骗局”相关的垃圾邮件。——译者注

基市场相关应用。”他说，“我找的不是那些价值10亿美元的程序，而是能赚个两三万美元的那种。我知道这钱不算多，但还是值得一做。”

“听起来搞软件开发比创业要挣得多。”德亚评论道。出现了！罗马尼亚式的悲观宿命论！我猜Lifograph没有让德亚挣很多钱，所以她现在就喜欢给别人的发财梦泼冷水。可是硅谷像豌豆浓汤一样黏稠的乐观主义已经强大到连德亚的这一点点嘲讽都显得很过分了。

一个个介绍完活动的赞助人后，德亚向大家介绍了此次活动的投资人兼评委——曼尼和伊斯特万。他们坐在房间的最前端的两把椅子上。伊斯特万有些冷淡，他这人只要一张嘴就很刻薄。而曼尼因为简历比较平庸，他对观众就更热情一点。

“今天有多少人是来找融资的？请举手。”曼尼说。

“所有人。”德亚环视会场后说。

“哇！”曼尼说，“我对今天的活动很兴奋。不过我确实有点累了，但是在创业者的世界中不存在借口。”接着，他讲了一段以炫耀为主的逸事，拐弯抹角地提到了他有套发财秘诀，最后他说：“请在推特上关注我。”然后就轮到此次活动的参与者演讲了。第一个上台的是一个名叫哈罗德的年轻移民。“让我们为哈罗德欢呼！”德亚朝台下的观众喊道。哈罗德试图推出一种单价3美元的一次性充电宝。伊斯特万对他这个点子挺感兴趣，但是建议哈罗德把这个廉价的一次性垃圾产品修改一下，让它看起来再环保一点。

接下来的演讲者想推出一种名叫“制药机器人”(Pharma-Bot)的家电。根据他的介绍，这款产品可以为用户在合适的日期制作处方药。它还有很多功能，比如“制药公司可以通过‘制药机器人’同消费者建立直接的联系”。她说：“给机器人补药的时候，我们也可以同某家特定的药企签约，专供它的产品。”这个设想在我听来就是，借进步便民之名，行抬高药价之实——用高价名牌药挤走廉价大众药。“这个计划能创造几十亿美元的财富！”显然，明眼人都能看出来，这个计划中最大的赢家还是那些制药界的巨头。这个点子在我眼中简直散发着邪恶的气息。我猜，投资人肯定会热捧这个创意，但我猜错了。

曼尼不太喜欢她的演讲，他尤其不满的是这个姑娘没有脱稿，双眼一直没离开自己的笔记。“我最近刚给一个充满激情的企业家开了一张支票。”他说，“有人质疑我这笔投资。但我想说的是，除了市场大、进场早和团队素质过硬，我最看中的就是这个企业家极具传染力的激情，而激情是可以触发移情的。你这么照本宣科是没法展现激情的。”

“咱俩想到一块儿去了。”伊斯特万说。

这之后又上来一个医生，他发明了一种新型的吸气管。据他说，应用这一发明可以极大地降低因外科手术而感染的概率。目前他已经筹到了35万美元，还需要再筹集100万美元，才能确保这套设备顺利通过联邦政府的审核。这显然不是一个快消品。这位医生的演讲很充实，他的产品对应着一个切实可靠的市场。我的意思是，这显然比前面那个“制药机器人”更靠谱。而且显然他也很有激情。在演讲的最后，他说，“凭借这件产品，我们可以拯救许多生命”。

“我们不投资这个领域。”曼尼不咸不淡地评论道。他对这个可以拯救世界的科技产品要说的就这么多。

看到这里，我的头又开始疼了。我饿了。我坐在第六排，倒数第二个演讲。可能我还得再等两个小时才能上台。在那之前让我一直保持清醒实在太难了。大多数演讲都乏善可陈，一路听下来不禁让人兴味索然。伊斯特万和曼尼毙掉了一个又一个点子。我试图根据他们的反应和评论来调整我的演讲稿，迎合他们的偏好。不过很快我就发现这完全是徒劳。这两位评委简直就是对方的复读机，不停地重复着对方的建议。这就意味着，有时他们给出的建议同早些时候给出的自相矛盾。然而，这两个家伙靠着直率的风格和纡尊降贵的姿态愣是撑了下去。

在一位女士介绍完一种帮助父母看住自家孩子的应用程序后，曼尼让台下众人（以年轻单身男性程序员为主）一起举手来向她说明这款程序是没有市场的。在另一位女性演讲完后，他觉得这人话太多了。他说：“投资人喜欢指导创业公司……而你要是老是这么插话进来，根本没法从投资人的建议中学到什么。”而伊斯特万就很喜欢打断别人。有一个家伙在演讲时说了太多的流行词，于是伊斯特万就打断了他。“有谁听懂他这家公司是怎么一回事了吗？”伊斯特万问台下的观众，让他们举手。“显然没几个人，反正我是没听懂。”

没过多久我就发现，这两个投资人给出的建议其实就是在不停地重复几句话——贬低每个创意，让每个演讲者吃瘪下台；强调项目需要有赢利点；必要的时候蒙混过关。

轮到德亚喊我上台的时候，曼尼和伊斯特万已经粉碎了至少两打创业者的梦想了。为了让自己忍受接下来将要发生的一切，我努力让自己相信，我是与众不同、卓尔不群的。因为我能把演讲稿倒背如流，而且经过长时间的观察，这两个评委会对哪些内容大放厥词，又会对哪些内容含糊其辞，我已经了如指掌。我有一个近乎伟大的创想，而我的“请求”却又如此谦卑。该轮到我成功了，就是现在！

90 秒的时间真的是一晃而过，尤其是在你快速地讲了一大串话的时候。这就跟做梦的感觉差不多，唯一的差别是此刻的我衣冠整齐。

嗨，我叫科里。我今天来这里就是为了开启一种新的商业模式。

我不知道大家是不是都读了今天的新闻：在巴黎，大量出租车司机集体抗议优步司机。成千上万辆出租车罢工，令整座城市陷入瘫痪。在抗议过程中，出租司机和优步司机还起了冲突。这很不明智。我估计优步和出租车公司都不希望看到这种事。然而从来福车的视角看，这件事就非常有趣了，甚至有利可图。来福车作壁上观，没有参与抗议和斗殴，其品牌的声望也就没有蒙受任何损失。

我希望幻灯片里燃烧的轮胎和地上的碎玻璃的照片可以抓住大家的注意力。

> 我的目标客户就是这些公司。今天我要介绍的产品就叫作“劳工化”。它提供一种“SAAS”服务，即“罢工服务”（Strikes as a Service）。

观众席中传来几声嗤笑。我试图随便说点什么，蒙混过关。

> 虽然你们有人笑了……但我们为客户提供的是一种独特的竞争优势。在对手的工作场所展开工人运动，可以增加对手的成本，打击对手劳工的积极性，并能分散其管理层的注意力，令其手忙脚乱。

看到曼尼和伊斯特万面无表情，我就又转向了台下。

> 哦，对了，差点忘了说我自己的职业背景。我是一个有科技行业背景的记者。这是我第三次创业。第一次，我失败了。第二次，我曾是管理层的一员，但是公司被收购了。这是我的第三次尝试。

我差点忘了接下来需要说什么。哦，对了：

> 劳动力。在全世界，这是一个价值至少 185 亿美元

的市场。这是 OECD（经济合作与发展组织）的数据。我的目标就是在这个市场中分一杯羹。额……对了，现在需要启动种子轮融资，需要筹集 25 万美元。我们还需要雇用律师、组织者、销售、工程师……

在最后几秒，我已经近乎语无伦次了。好在会场后排的一个人忽然高声发问，他可真是救了我。“你雇用工会的工人吗？”

“不，我们创造工会工人！为竞争对手创造！”我说。

语毕，时间正好结束。等待评委意见的时候，我感觉每秒都仿佛一个小时那么漫长。伊斯特万先开了腔：“在我听来，你所介绍的不是一个产品，而是一种服务。”

“没错，”我说，“罢工服务。”

“然而，这不是一个提供服务的软件，但我猜这就是你所谓的‘SAAS’。无论如何，这个创意很难拿到风投的钱，因为这项服务很难拓展。倘若真的有过的话，风投公司很少会投资给需要投入大量人力的服务类公司。我认为这就是这个计划最大的问题。”

我没有同他争辩，但我很清楚他错了。举例来说，优步肯定是需要大量人力的，而优步却拿到了巨额风投，并借此上市了。怎么没人说优步的业务难以拓展呢？说回来，我发现过了这么久，伊斯特万是第一个给我的创业计划泼冷水的人。

曼尼则在盯着远处的天花板发呆。他一脸困惑，鼓着腮帮子往外吹气。德亚问我：“你正在组织或参与罢工吗？”这时观众席里有人说："真是令人无语。"曼尼终于又上线了。"我认为你所描述的是一个巨大的市场。"他说，"但是，你并没有讲清楚要怎么才能在其中立足。你需要搞明白这个市场到底需要什么。"

我必须承认，他说的有点道理。上述这些事我确实一样都没讲。我应该在演讲中加上几句说明。

"在这一点上我希望你不要糊涂，你自己也说了，这是一个价值好几百亿或几十亿美元的市场，可是橡皮筋、厕纸和瓶子这类产品也都有巨大的市场。问题不在于找到市场，而是如何分一杯羹。"曼尼继续说，"这就像是跑去富国银行，然后跟他们说'哇，这里钱真多。'市场上钱多得是，可你要怎么把它们化为己用呢？从只有一美元起步，你要怎么发展起来？你得把这部分加到演讲里去。"

"对，我忘了讲这部分了。我很希望跟你私下再交流。"我说。

"科里，我也很期待下次再见面。谢谢你。"曼尼说。

"哇！罢工服务。"德亚说，"这个点子真的是与众不同。"

等我走回座位上，下一个人已经开始演讲了。"是不是有人因为无法试用商品，所以拒绝网络购物呢？"他说的内容我几乎完全听不进去。我脑海中只剩下了"哇"和"与众不同"，还有就是我引起了他们的关注。但这些投资人还是连名片盒都不愿意为我打开，更甭提翻开支票簿了。我到底有没有羞辱在场的众人，并维护了自己的正直和尊严呢？并没有。我只是让他们感到一丝不适。或许这在眼下就足够了。

余下的演讲都在一种压抑的氛围中结束了。我甚至不记得谁赢了大奖（价值 130 美元）——“在下一次活动中，获奖者将有一张独立的桌子，用于向大家宣传自己的创业企划。”

“让我们所有人一起大喊一声喔呼！”德亚说。

“喔呼！”众人齐声大喊。

坐在我旁边的那个胖子倒是安慰了我几句。“你讲得很好。虽然我不确定罢工能不能作为一桩买卖，但你的演讲我非常喜欢。”在闲谈的环节，他对我说：“你应该把业务拓展开，比如占领华尔街或者其他什么地方，然后‘抗议一切’，你懂我什么意思吧？”他接下来这条建议颇令我惊讶，但是很真诚。他的话启发了我，也许我应该选择正确的听众——“完完全全的失败者”，失败到无以复加的那种。“人们绝大多数时候总是讲：‘你得自尊自爱，保持自信，’”他冷笑道，“可是，如果一个人既不自尊也不自爱而且毫无自信呢？”

这时忽然走过来一个穿绿色 T 恤的男人，他想就我的创业计划讲几句。“抱歉，你讲话的时候我也跟着笑了。”他说，“因为有那么几秒，我以为你是在讲笑话。但我很快就发现你是认真的。我希望你不要在意。”

“哦，我根本不在意，没事的。”我说。

“你的演讲是今天思路最清晰的。”他说。真可惜这家伙不是评委。

这时候忽然又跑来一个自我感觉过于良好的欧洲创业者。

“每个有风投支持的公司都会恨你的。”他说，“我就绝对不会支持你这个主意。”他解释说，鼓励工会组织会“对经济非常有害……就好像……我不知道该怎么说，反正就是会激化枪支泛滥”。尽管他表达了反对意见，但他还是给了我鼓励。

“你这个主意有点疯狂。”他说，“也许真能做成。”当然能行，我就是这么想的。

“但换了我，我就不会找风投筹资。”他继续说。

“众筹？”我问他。

“实际上，”他说，“你可以去说服工会跟你合作。”

这主意倒不赖。

我应该找个工会讲一下我的创业计划。

首先，我需要把我的演讲传播开。从表面上看，“劳工化”是个有点愤世嫉俗的创业计划，旨在为个人创造财富，也就是我自己。但在更深层次的意义上，这个耸人听闻的计划是为了诱骗资本主义的精英自掘坟墓。我所赌的是，在短期可见的收益和幸灾乐祸这种心理诱惑的驱使下，资本家对“劳工化”的兴趣会大于长期遏制劳工运动的兴趣。我这个创业计划潜力巨大。试想，如果“劳工化”在某个产业中真的发展起来了——让其中一家企业居于统治地位，同时令其对手都深陷提升员工福利和化解员工不满的无尽旋涡中，那么其他产业肯定会群起而效之。很快，所有公司都会发现，除了资助自己竞争对手的工会组织外，它们别无选择——因为它们唯恐对手也会采取同样的策略。如果一切都严格按照理性经济人的路径发展，最终每家公司都会组织起一支工会战斗队。

在旧金山本地的劳工组织里，我没有任何熟人。不过多亏了《旧金山周刊》最近刊登的一篇文章，文中谈到，近期谷歌快递位于山景城的仓库爆发了工会运动。谷歌快递是一家对标亚马逊的物流公司。据报道称，就连工作条件也和亚马逊差不多。领导这次工会运动的是当地的“地方卡车司机工会 853”（Teamsters Local 853）。此前该工会还组织过脸书、苹果和基因泰克的员工班车司机。该工会在当地的领导者罗梅·阿洛伊斯，在接受报纸采访时说：“我们都快成为一个科技业者工会了。”我在网上查了一下这个人，发现他在国际卡车司机兄弟会（The International Brotherhood of Teamsters）中也有颇大影响力。目前，他正在国际卡车司机兄弟会主席詹姆斯·霍法的团队中，参与角逐兄弟会的内部竞选。詹姆斯的父亲也曾是“兄弟会”的主席。我给罗梅打了个电话，跟他约定在圣莱安德罗的工会办公室见面。他多半觉得，我只不过又是一个想通过采访了解他如何组织科技业者工会的记者。在约他见面的时候，我应该是没有提到“劳工化”。如果我提到了，那也一定是我事后记错了。

约定见面那天，阳光充足，很暖和，于是我决定骑车前往卡车司机工会。我把借来的自行车停在圣莱安德罗一个小公园的长椅旁，取出我准备好的午餐便当，顺手打开推特。偶然间我看到一条本地自媒体的新闻推送。突发新闻：旧金山，由保尔运营的科技公司班车在瓦伦西亚大街遭到了卡车司机工会的抗议。

不用说，抗议者肯定就是罗梅的那群手下。这件事他之前提到过。保尔为很多科技公司提供班车服务，每天用大巴把员工从位于市区的宿舍运到位于市郊的办公区。对卡车司机工会而言，保尔就是一个可以随便捏的软柿子。

我骑在路面破碎的街道上，努力避开路上的碎玻璃和货运卡车，进入一片繁忙的工业区。在成片成片的破败仓库之间，我找到了地方卡车司机工会 853 的总部——一栋红砖建筑，看起来就像一个堡垒。我把车锁在外面的铁门旁。在镶嵌着彩色玻璃的大门上，有人用白色大字写上了该工会的几大支柱：酒类批发商、牛奶运输司机和建筑工人。一堵彩色的涂鸦墙上画着罢工的人。我沿着一段狭窄的楼梯走到了二层，进入一间办公室。里面坐着一位穿着风衣的中年女士。她带我走进一间没有开灯的会议室。墙上挂着罗梅的肖像——四四方方的脸，头发卷卷的，西装革履。几分钟后，罗梅来了。他健壮得像一辆卡车。我估计他这副外貌绝对吓坏了不少程序员。可他一开腔就满嘴脏话，让我感觉非常自在。

“你今天早上组织了一次行动？”我问。

“是啊。”他说，“今天早上在旧金山，我们拦住了保尔，具体来说是停下了它的几辆大巴车。我们把车拦在了 24 号街和瓦伦西亚那一站，这样它们就没法开进思科的办公区了。”

为科技公司提供班车服务极大地改善了卡车司机工会的形象。因为跟黑社会有不清不楚的关联，以及频繁出现在公共腐败案件中，这个工会早就恶名远扬了。“多亏我们这些客户都是科技界的巨头，人们又对我们产生了兴趣。”罗梅跟我说，“如果我们只是单纯地提供循环往复的班车服务，而不是给脸书提供服务。又或者只是跑运输，而不是给苹果、易趣、印象笔记、基因泰克、雅虎和 Zynga 拉货，那么压根儿就不会有人关注我们。可是凭着这些客户响当当的名号，国际媒体都争先恐后地报道我们，这真是不可思议。”

关于他们工会的工作，我们大概聊了一小时。我察觉他急于结束这次会面，这意味着我说服他的可能性变小。于是，我开始给他讲起我此前寻找风投的经历。“我不停地向人们宣讲我的创业方案，而且绝大多数人都感觉挺有意思的。”我告诉罗梅。他出于礼貌认真听着，但是脸上的疲倦逐渐显露。“总之，”我总结道，“我的创业方案，就是为客户给其对手公司制造劳资对抗。”

“这完全违法。”罗姆说。

“可爱彼迎也完全违法！”我反驳道。不过这个说法也不准确。就跟“劳工化”一样，爱彼迎的某些方面在特定时点违不违法还有待商榷。不过无论如何，这不是什么好消息。

“对，对，你听我说完。”罗梅说，“旧金山市政府和劳工部是两回事，这两者的执法能力可是天差地别。”我不得不承认，这一点他说的有道理。如果有谁最了解如何对抗联邦政府，那肯定非卡车司机工会的管理层莫属了。而众多科技公司，就连优步也不敢招惹联邦调查局。不过我的设想可能还是让罗梅吃了一惊。“美国不存在真正意义上的工会，因为你我都绝不可能……你懂我的意思吧。”他说到最后都有点结巴了。

罗梅说，工会确实偶尔试过发动公司斗公司，而且有时这些公司也乐于配合工会。但是美国政府对于私营企业和劳工组织的关联，设定了极其严格的法律法规。“你不能向任何一个公司的老板收取费用，并用来开展活动。除非这笔费用是从员工的工资中扣除出来的。”罗梅解释说，“理论上，你只要收费超过 25 美元就会违犯联邦政府的法律。”更可怕的是，司法部的执法者真的会“锱铢必较”，就连最微小的违法行为他们都不放过。显然，这些消息对我的创业计划来说不是什么好兆头。“我猜，我最好还是先找几个好点的律师再说吧。”我说。

“对，对。你要是真搞这个创业项目，肯定会出事的。”罗梅说。

于是我离开了卡车司机工会的红砖堡垒，并再一次刷新了我个人在此次创业过程中的全败纪录。无论是资本家还是劳工代表，他们都彻底拒绝了我的提议。

而就在我跟罗梅见面 6 个月后，联邦政府对卡车司机工会派出的监督小组，指控罗梅收受贿赂并滥用职权。报告揭露了罗梅的种种不端行为，包括他涉嫌操纵工会选举，并利用职权任人唯亲。在罗梅的罪名中，有一条是敲诈。通过卡车司机工会的一份合同，他收取了一个酒精类饮料零售商的礼物——几张 2013 年在新奥尔良举办的“《花花公子》超级碗派对”的入场券。考虑到他犯下了“大量的腐败罪行”，可以说罗梅的政治生涯算是到此为止了。据卡车司机工会民主联合会（Teamsters for a Democratic Union）表示，工会已经委派了一个成员负责改革。就在我写作本书的时候，这个案件的审讯仍在进行，而罗梅已经为自己设立了一个辩护基金。

我坐着湾区捷运来到了弗里蒙特，骑车回到山景城。路上我经过一片发臭的沼泽地，然后沿着湾区大桥一路骑过东帕洛阿托布满裂缝的混凝土路面。接着我又来到嬉皮士的“叶子仙境”——帕洛阿托。在这里我停下来，决定利用这个难得的机会放松一下身心。如果你想看看刚年满 21 岁的科技宅男穿着 T 恤，品着由 40 多岁穿着西服马甲、打着领结的酒保调制的每杯 18 美元的鸡尾酒是一副什么光景，那到帕洛阿托就算来对地方了。我点了一杯 14 美元的味道偏苦的萨泽拉克鸡尾酒，入口却颇为顺滑，这肯定是因为其他东西让我饱尝了苦涩。

孤独而沮丧的我又一次在索玛俱乐部提供的免费酒水中找到了慰藉。今晚为大家买单的这家创业公司，其主要产品是一款用于架构应用程序的软件。在舞池旁边的天鹅绒休息区，桌上摆着一个四子棋板和一堆巨型积木叠叠乐，每块大约 2 英尺长、6 英寸宽。围在边上看的足有几十人。在人群中间，几组人轮流抽出积木，再把整个叠叠乐堆得更高，直到最后积木摆放的结构不可避免地倒塌，散落在深红色的地毯上。

我靠着墙，看着众人沉浸在这个西西弗[①]式的游戏中。我忽然瞧见一个熟悉的棒球帽和压在下面的黑色卷发。那正是我的朋友劳伦斯！我小心翼翼地绕过众人，坐到他旁边。他正在和别人聊天，没有注意到我。“我是个犹太人。我之前说过吗？我妈妈

① 希腊神话中被神罚的国王，每日将巨石从山底推到山顶，而一旦巨石到达顶端，便会自动滚落到山底。

是一个俄罗斯籍犹太人。”跟他聊天的是个一脸冷漠、刚从学校毕业的程序员。

“嘿！劳伦斯。”我说。他转过身来，冲我笑着说：“哥们！”他跟我道歉，说自己不小心弄丢了我的号码。他那部上了岁数的“奥巴马手机”终于寿终正寝了，在那之后他换了个手机。我们为这次再会干了一杯，坐看那些菜鸟在叠叠乐上一显身手。有两个年轻女孩，很谨慎，手也非常稳，将积木塔堆到了一个前所未见的高度。有好几次积木塔似乎马上就要倒塌了，围观的人看了都为她俩捏了把汗，而这两个姑娘在行动时也越发犹豫起来。忽然，一个不耐烦的年轻人从围观的人群中钻了出来。这人很可能是她们的同事。他自告奋勇，加入叠叠乐团队中。就在他接手叠放木块后不久，积木塔就倒了。众人不由得都发出了叹息，可劳伦斯却不为所动。“我觉得他们这种玩法实在太保守了。”他说，“换了我的话，我就先这样，然后再这样摆。”看着劳伦斯比画的样子，我能感觉到，这个男人可能不太了解重力之类的物理法则。

劳伦斯站了起来，急于把他脑中颇为激进的叠叠乐策略付诸行动。他首先将一块积木抽出来，将其较长的那一面朝下堆在了上面，然后又拿起了第二块，准备盖在那上面。然而他的想法却迥异于传统的思路——他把第二块较短的那一面朝下立在了积木塔上面，看起来像一栋摩天大楼。然而，就在劳伦斯试着放上第三块的时候，他这个离经叛道的结构瞬间就垮了。

我问劳伦斯，他之前给我讲过的那个关于“神奇叶子”的游戏开发得怎么样了。他说他目前正在关注一个名叫“冰箱乌托邦”（Fridgetopia）的新项目。这个点子是他在陷入幻觉后想出来的。有一天晚上他打开冰箱，发现里面摆放的瓶子就像列好了队的士兵。在牛奶馊了之后，冰箱里的其他瓶子自行组织起来，并成功发动了革命。随后，一个乌托邦诞生了——冰箱乌托邦。那是一个和平而富足的世界，在那里什么东西都不会腐烂变质，虽然稍微有点冷。

我听得全神贯注。在短短的一分钟里，劳伦斯向我讲述了在这场具有划时代意义的制冷革命发生前，冰箱里存在的各方势力，以及一系列戏剧性的转变是如何最终导致了革命爆发的。我甚至还没反应过来劳伦斯到底讲了什么，他就忽然请我写一本关于冰箱乌托邦的书。“这不会占用你多少时间的。”他说。

在硅谷，大买卖就是这样出现的，就是这么难以预料而且随意——至少我听到的就是这样。我跟劳伦斯说，他这主意听起来不错，值得一试，但眼下我正忙于推动自己的创业（和写书）。好在劳伦斯并不生气或难过。因为他是个非常专业的创业者，他理解我的处境，并优雅地接受了我的答复。“说实话，兄弟，我忘了你叫什么了。”他说，“我总是不太在意人们的名字。不过你很特别，是个精力旺盛的家伙。”

“没关系。”我同他分享了我近期的创业故事，当然情节主要是我遭受的各种挫折。“最近我到处演讲，向投资人介绍我的创业计划，但一无所获。”我说。

“大家都是这样。”劳伦斯说，“我不相信运气或命运这类玄乎的东西。我认为你只需要把心中所想的物化出来，然后将它投入这个世界。”又过了一会儿，他打算前往下一个科技公司主办的免费派对，而那将是他今晚参加的第三场派对。我向他道了晚安。我真是有点力不从心了。我到底在做什么？我究竟是在和谁开玩笑？

第七章　头脑的贵族

我在硅谷四处碰壁，唯一的收获是冷漠和蔑视。这整件事带给我的唯一好处就是，让我停下了创业这件傻事。于是，我就又闲下来了，有充足的时间来调查并思考我所观察到的种种不公。很多问题是科技企业的管理层造成的，因为他们深信，自己那套残暴的牟利模式能让这个世界更美好。停止创业后，我也不再需要坐在一个让人感觉窒息的破会议室里，听一个程序员激情满满地大谈什么销售技巧，以及他关于"反性骚扰"手机应用的宏大计划。这玩意儿就算做出来了，恐怕也只能强调性骚扰的不可避免和无所不在。

对我来说，和硅谷这群乐观到近乎歇斯底里的家伙待在一起真是一种煎熬——这就是为什么我如此珍惜与劳伦斯的相逢。他肯定不是世界上最棒的室友，但他总有一种温和的幽默，而且他怪异的幻想也不对任何人构成威胁。然而，他那套新纪元玄学理论——通过内心的平和达到成功，我一点儿也听不进去。如果有人问我，为什么有人可以享用鱼子酱和香槟，而另外一些人却在街上忍饥挨饿，我更愿意接受工会领导者罗梅的解释：答案不是来自内部，而是来自外部。政治决定这个世界的形态，数码科技的世界当然也不例外。

然而，这么一个简单观察就能得出的结论，在那些正直且公正的工程师的国度，反倒成了异端邪说。劳伦斯相信，物质上的成功正是内心清晰、坚定、充满动力的表现，在这一点上，湾区科技界几乎所有人都和他一样。在硅谷，人们都喜欢这样一个故事：企业家单枪匹马，凭借卓绝的洞察力，如同艾萨克·牛顿和佛陀一样顿悟了至理，并戏剧性地克服了重重艰难险阻，最终大放异彩，取得非凡的成就。在我看来，这就是一个从前在淘金热时期卖铁锹的企业将自己重新包装之后，绞尽脑汁想出的一个东山再起的故事。应该说，代码是纯粹的，而政治是污浊的。罗梅对电脑一窍不通，但他对于科技行业的本质有着比大多数从业者更加清晰的认识。这是因为他从来不回避这些问题——弄清楚是谁，在什么时候，以何种方式，得到了什么。

“有个国会议员大谈共享经济对社会多么好，我们必须让他把话说明白。”在跟我谈话时，罗姆曾经说，“我们听到这番话的反应就是，‘你在瞎说些什么呢？你到底明不明白什么叫共享经济？’”

“你们跟他说了什么？”

“我们跟他说：‘这根本不是什么共享经济——只不过是将雇主本应承担的责任从他们肩上卸了下来，然后把它全部压到了老百姓的背上。’”

罗梅的论断简单明了，连国会议员都能听懂。当然，这种伪善并不仅限于虚假的“共享经济”，整个科技行业概莫如是。同样，美国政治界也充斥着这种对科技公司的盲目赞扬，尤其是民主和共和两党。“民主党在我眼中跟黑手党差不多。”罗梅告诉我。“他们总是向我们收取保护费，但又什么事都不干。可是共和党又天天琢磨着逼迫我们，逼着我们去找民主党寻求保护。”

政客上赶着给企业当牛做马，这一点也不稀奇。因为这些企业全都拥有无与伦比的预算和维持统治性地位的长期战略，而工人相比之下完全处于劣势。工会组织自身就存在结构上的缺陷。政府不愿意看到工会组织做大，但是对各种企业的诈骗行为却总是笑脸相迎——包括眼下的创业泡沫。这一点对科技公司来说尤其如此。它们资金雄厚，而且还握有大量的数据，这就使得它们在政治上占据了天然的优势地位。但同时，它们又有一种技术匠人所独有的偏执心理，总觉得自己挺委屈，是政治斗争的局外人。这种权力和极客相结合的产物非常古怪，而当它与现实接触后，它就变得更加诡异了。

关于这一点，我算是亲眼所见。我参加过一场由汤姆·齐主持的研讨会。此人最近刚辞去在谷歌 X 高层的职务。“入职第一天，”他回忆道，“我只有拉里和谢尔盖留给我的一页文件。上面写着：‘怎样才能让谷歌进入你的大脑？’”

“不要害怕。”他补充道。这就是提示大家该笑了。

齐最近接手了一家初创企业，专注于为“大型组织”带来“彻底的改变”。这是个半保密的项目。“这个项目我已经悄悄做了一阵子了。”他说。虽然他没有透露合伙人的名字，但他说出了这家神秘企业的名字——“工厂”（The Factory）。

“工厂”的灵感来自近期的一篇科学论文。根据这篇论文，

737 个组织控制着全球经济的 80%。它们大多是大型跨国公司，如通用电气、宝洁、索尼、威瑞森、耐克、克里格和富国银行。（当然还有谷歌，出于某种原因，齐故意漏了它。）“如果你想改变世界，最关键的就是改变这些领导人的思维模式。”这就是“工厂”所肩负的神秘使命。

齐描述的并不是普通的领导力培训，更不是类似达沃斯或阿斯彭峰会那种私人飞机扎堆的完美假期。“工厂”只面向那些在全世界拥有巨大影响力的组织，并只对高级副总裁及以上级别的人提供服务。“我们的培训为期两天，节奏高度紧张。第一天早上，我们把大家带到公园，让他们接受军事化的体能训练。”他说，在这个阶段，“往往会有几个人累到吐。这可不是闹着玩儿的”。接着，他向大家介绍了“工厂”在旧金山占地 2.5 万平方英尺的豪宅。他还解释说，设立这个基地的想法来源于佛教中“六根清净”这个概念。他还提到一个叫作“坩埚”（Crucible）的奇怪仪式。长话短说，这其实就是通过摧垮这群上位者的自我，来让他们实现自我突破和重塑。“这是一种全新的颠覆模式——对有影响力的人施加影响，”齐说，“大型科技公司的民粹时代将要结束了。”

且不论“工厂”这个主意是不是很愚蠢，它却代表了硅谷精英羞于承认的世俗欲望。这些人需要一栋满是陌生人的豪宅来畅所欲言。显然，在所有关于“清醒”的资本主义，也就是最近的热词——“使命驱动型公司”，以及那套拯救世界的废话背后，藏着一群阴险的科技从业者和他们近乎无尽的权力欲。想要理解这一点，我就需要更接近科技行业的领袖。所以是时候南下冒险了，离开繁华的城市，奔向郊区的广阔天地。于是，我又得找房子了。在爱彼迎上，综合价格、位置和舒适度这三者，我找到的最佳地点是谷歌总部附近的帐篷花园。

> 喜欢户外睡眠，但又想要有方便的淋浴、早餐，靠近谷歌总部，交通还得便利？
>
> 女王气垫床或超大号玛雅吊床任君挑选。
>
> 还有火堆和无线网络等着你呦！

是的，我找到了一个帐篷。不过现在才 8 月。更重要的是，睡帐篷每晚只需要花 35 美元，况且还有玛雅吊床等着我。于是，我再次搬家，来到了山景城——谷歌总部的所在地，传说中的“硅谷之心”。至少住帐篷里空气比较新鲜，还有人提供早餐！

我离开旧金山的时候差不多是晚上 7 点。第四大街加利福尼亚州火车站附近围了很多人。喧哗声中我听到一名铁路工人在喊：“你喝上两杯没什么，但是喝高了耍酒疯就不行了，我们不可能不管你……你再这样，我们就要报警了……这里还有小孩呢，不要说脏话。”其实他说什么都无济于事。从旧金山往南开的每列火车都在狂欢。车厢里挤满了大喊大叫的程序员小伙子，他们就像拆圣诞礼物似的扯开啤酒箱，把餐桌都变成了扑克牌桌。他们公放的糟糕的流行音乐，从车头到车尾，响彻整列火车。

也许他们很清楚，所谓的报警只是吓唬吓唬他们。有一种略带歧视色彩的双重标准在西海岸相当普遍：通常那些热衷于各大职业体育联盟赛事的下层民众，在比赛结束后跑到车上饮酒是非法的，但这套制度对那些每天往返于市区和郊区的白人程序员却并不适用，他们在加利福尼亚州的火车上可以敞开了喝，至少在晚上 9 点之前都是如此。我乘坐的这列火车慢吞吞的，到山景城的时候都已经晚上 10 点了。当然，与我同车厢的那群人一个个早就喝得酩酊大醉。换乘站的广场上，到处都是这些醉醺醺、满身挂彩的“王子”和“公主”。走进出租车站时，我看见两辆白色的谷歌商务车停在一个十字路口。其中一辆是谷歌的街景拍摄车，另一辆的侧面贴着“自动驾驶汽车”的标签，那一定是辆原型车。我叫了辆普通的出租车，结果迷了路。等我终于到了地方，我的房东珍妮正在昏暗的街道上徘徊，寻找她的猫。这时已经很晚了，她也不再多说什么，直接带我去了帐篷那里。

漆黑的夏夜里，我踮着脚尖走过一地的松果和干枯的松针。科尔曼帐篷跟广告里写的一样，挺宽敞的。透过帐篷的门帘我还看到了一些珍妮在广告里没提到的设施，比如内置的杯托。好在我带了螺丝刀和手电。借着手电射出的亮光，我找到了一根细红线，这就是保障我上网的生命线了。这条细线的另一端插在帐篷外边的一把椅子上，那旁边还有只小蟑螂，正一动不动地站在刺眼的白炽灯光中。通过心灵感应，我向它传递一份和平条约：只要你不把你的朋友叫来，我也就不想方设法弄死你了。我脱下鞋子，摸索着进了帐篷。我的脚陷进了气垫床里。床垫的气不太足，所以这一脚下去，我差点摔了个狗吃屎，但好在我没有把整个帐篷弄塌。

虽然帐篷存在着种种缺点，但在我在加利福尼亚州的这段时间，这个帐篷是我住过最舒适的地方了。这倒不是说这个帐篷的质量有多好，主要是爱彼迎推荐的这个地方确实不错。我睡得很香，直到早上 4 点 51 分大自然把我唤醒。虽然我极力抑制住醒来的冲动，但我还是醒了。

我轻轻地穿过花园，小心地推开玻璃门。一只黑猫从街上跑进来，坐在一旁观察起我来。我蹑手蹑脚地穿过客厅，朝着挂着帘子的浴室走去。突然，一个穿着短裤的大胡子男人从里面冲了出来，吓了我一大跳。我这是撞上贼了？不，他是珍妮的男友，这意味着我才是那个在黑屋子里鬼鬼祟祟的家伙。

我再一次爬回帐篷，突然理解了家犬的痛苦，因为它们每晚都会被主人赶出温暖的房子。但我的处境可能还不如狗，毕竟它们可以毫无羞耻地随地小便。我再次合上眼睛徒劳地寻找睡意，但我听到了珍妮的房间里传来的沙沙声和咳嗽声。这房子的墙壁太薄了，她大概也能听见我的动静。我就这么躺着。太阳升起来的时候，我发现整个社区的动静都能听到。

汽车在发动。

鸟儿在叫。

一只松鼠在拿橡子砸我的帐篷。不然，那就是下雨了。

早上，我看到珍妮在屋子里准备了水果和糕点。她把我介绍给了另一位爱彼迎住户，弗朗西斯——他和那只颇为淘气的猫霍勒斯住在一层公寓的次卧。

“霍勒斯在 YouTube 上很出名吧？”我问。

“我还没想到拿它来挣钱呢。不过，我也快这么干了。”珍妮一边说着，一边在霍勒斯面前晃动着绳子。

尽管珍妮毕业于耶鲁大学法学院，在一家大型集体诉讼公司任全职知识产权律师，并且有好几份自由职业，但她在个人财务方面还是捉襟见肘。最近有位海外投资者买下了她所住的这栋公寓楼，并将租金提高到每月 600 美元。而她的邻居，之前的园丁，在房租上涨的同时直接失业了。另外两个房客的房租涨到了每月 1 000 美元。“在法律上这就叫‘建设性驱逐’。”珍妮说。以前，她想都没想过把后院租给别人搭帐篷这种事。

另一位房客，弗朗西斯，现居室内，是一个来自朴次茅斯的英国人。我去过这个小镇。他在一家初创公司谋得了职位，现在正要搬去伦敦。这家公司负责在科技大会上把网络流投影到墙上。虽然这个工作听起来就挺蠢，但我还是祝贺了他。现在他正在美国度过他的梦幻假期——来硅谷进行“科技朝圣”。到目前为止，弗朗西斯已经参观了史蒂夫·乔布斯的故居、苹果公司联合创始人斯蒂夫·沃兹尼亚克组装第一台苹果电脑的车库、施乐帕克研究中心的实验室（在政府资助下，现代个人电脑的许多功能，比如图形用户界面就是在这里设计出来的）、惠普园区，以及谷歌总部——它离珍妮家只有一步之遥。惊叹于加利福尼亚州在每个干燥的山顶上都有一处金光闪闪的奇迹，弗朗西斯感觉，在加利福尼亚州，天才无处不在。“我在公交车站遇见了一个聋子，”他说，“这个人发明了一种新的纸！”

珍妮对此表示怀疑：“要是他真有这么棒的点子，为什么还要坐公交呢？”

显然她是对的，但这话马上让我想到了一个颇为令人沮丧的问题：我要是真有那么聪明，为什么还要住帐篷呢？那天之后我就再没见过弗朗西斯。我独自踏上自己的朝圣之旅——尽可能深入地了解这个地方的政治。首先，我来到了计算机历史博物馆，花了几个小时参观机器人、火箭和电子游戏等令人惊叹的展品。这些展品全部由微软和谷歌这两家公司赞助提供。而它们两方的展品，也如同它们在国际消费类电子产品博览会上的小组讨论会那样尽量保持距离。我想，也许在室外我能了解更多东西。

我四处闲逛，享受着好天气，想着什么时候能看到那座和我同名的山。我在插满按钉的布告牌上找到了一张传单。它正在为斯坦福大学的一项实验招募具有“健康大脑”的志愿者。传单上所有的便条都已经摘走了。我又朝着谷歌总部走了过去。穿过一条 12 车道宽的大街，走过足有数英亩大的停车场。一路上，一个行人也没有见到。山景城最让人惊讶的地方就在于此。尽管数十亿美元在这里流动，新建筑拔地而起，人口不断增长，但它看起来就像是环球影视的一片外景地，保留着《天才小麻烦》那个时代的汽车友好型的田园风光。我猜这是因为山景城的人们——至少其中的成功人士，喜欢这种风格。

如今，谷歌已经通过 Alphabet（谷歌重组后的“伞形公司”）控股公司进行了重组，成了全球最大、最重要的科技公司：年收入高达 900 亿美元；有员工 7.2 万名，其中包括计算机科学、工程学、商科、心理学和符号学专业的顶尖毕业生；为大约 5 亿谷歌邮箱的用户（包括所有给他们发过邮件的人）设立了一个数据库；记录着无数互联网用户的消费行为数据；还包括一个运行日志，记录了所有谷歌服务用户的操作，尤其是用户的搜索操作。凭借着庞大的网络基础设施，谷歌每秒可以处理 4 万次查询。

尽管谷歌总部声名在外，被大众视为桃源仙境。但实际上，它看起来和任何一个无聊的近郊办公园区没什么两样。游客总是把目光聚焦在糖果色的自行车和配套的户外家具上，比如散布在园区里的遮阳伞。但我知道，真正的故事都隐藏在低矮的办公楼里，在那些黑洞洞的窗户后面。在高墙之内，一项隐秘而野心勃勃、在各个意义上都是世界级规模的邪恶工程正在有条不紊地进行着。我们生命中一切值得热爱的东西——上千年的艺术和文化、自由和惊喜、身体和精神——都正在被数字化。世界上所有可以复制到互联网上的东西都已经在网上了。无疑，互联网是一个谷歌统治的世界。在原生的有机物因得不到关注而逐渐枯萎时，像素化的替代品已经被呈上来了——表面上它们都是免费的，实际却将每个人无价的隐私权和独立自主拱手交给了谷歌。这家公司宣布自己将掌控“全世界的信息”，也就是说，谷歌将控制每一件事。这就好比走进了一家传奇咖啡馆，又有多少人会一开始就想到小费会有多高呢。

在谷歌收集到的信息中，地球的各种自然地理数据算是最有价值的数据之一。谷歌公司那些外表人畜无害的白色小车不停地驰骋在城市和乡村的街道上。截至目前，已经收集了超过 20pb（拍字节）的数码照片——足够把我的笔记本电脑的硬盘装满 4.2 万次。这些照片都用于满足谷歌地图的街景功能。但这辆小车所做的不仅仅是拍照，有一段时间，它还监视了所有它碰巧遇上的一切不受保护的无线网络信息流。谷歌的这一行径被称为“战争驾驶”（war-driving）。谷歌这个庞然大物在追踪个人隐私方面，比历史上任何一个极权主义政府都更有效、更彻底。为达目的，谷歌甚至丢掉了“服务条款”，默认同意这块遮羞布。它的逻辑是，一扇不上锁的门就是在邀请你进屋翻箱倒柜。最终，谷歌被指控违犯联邦窃听法，而且输了民事诉讼。但因为谷歌声称自己收集数据的行为是无意的，所以它并没有受什么影响。

在山景城的河岸散步时，一路上看到了很多高大美丽的古树，上面都用黄色丝带做了标记。这些树都要被挪走，给更花哨的塑料家具腾地。沿着土路，我走上了一条用混凝土铺的“野生动物走廊”。在这条路上，我见到的电动滑板比哺乳动物和鸟类多得多。“野生动物走廊”东边有一个巨型停车场，四周围着混凝土栅栏和带刺的铁丝网。那里面都是联邦政府的大楼，包括 艾姆斯研究中心和一个叫奇点大学的奇怪机构。它并不是一所大学，而更像是由包括谷歌高层在内的一些金融界和科技界知名人士赞助的书呆子审判大会。奇点理论的支持者坚信，未来计算能力将把所有生命、能量和物质吸收并统一到一个全能的宇宙意识中。这在硅谷接近于官方宗教了。科技行业的许多大佬都真心诚意地相信这一学说。这件事我稍后再细说。

就像那些为智能手机、个人电脑和互联网研究提供经费的军事机构一样，这些机构——甚至包括美国国家航空航天局，它们的首要目标都是一样的：将机器的触角延伸到人类活动的所有领域，并保持独立运作，且不对公众负责；将这个至少在名义上还是自由的社会的各种政治和经济决策自动化；哦，当然还要变得比美第奇家族更富有。统治这片土地的科技巨头，正在用一种庄严的神话来扩宽它们在世俗世界的发展蓝图。而奇点就是这样一种神学理论。正如我们在计算机历史博物馆里看到的那样，科技巨头正在书写自己的历史。它们最热衷的话题就是虔诚地对科技进步的崇高曲线进行思考，并赞颂科技行业的先驱——比尔·盖茨、埃隆·马斯克的坚韧不拔。它们根本无暇解决不幸的大多数人所面对的庸俗问题：住房、工资、警察、债务、毒品和疾病。这是一个关于新秩序的美梦，它既新潮又过时，仿佛把封建时代的幻想故事搬到科幻舞台上表演，它看上去就跟美国公路上的任何一块柏油路面一样无聊。

为了更深入地了解硅谷的历史，我骑车去了趟帕洛阿托。在斯坦福大学图书馆主楼登记了访客通行证，然后就一头扎进了书库。我了解到，与这所大学同名的利兰·斯坦福是一个腐败而令人厌恶的家伙，无能而又自以为是。他应当为一场重大的人道主义灾难负责。没人知道在他的领导下修建起来的铁路害死了多少中国劳工，因为营地里的卡车拉出来的只有他们的骸骨。斯坦福大学的创始人兼校长戴维·斯塔尔·乔丹教授过一门关于进化论的必修课。在课上，他曾鼓吹白人至上主义，还编写了一本优生学手册——《国家的血液：通过不健康人群的生存来研究种族衰弱》（*The Blood of the Nation：A Study of The Decay of Races Through the Survival of the Unfit*）。1907 年，在一次对本校学生的演讲中，乔丹描述了他心中理想的人——一个“生而自由，特立独行”的人（当然，这人肯定是盎格鲁 - 撒克逊人）。而这个人在各个方面都符合硅谷企业家所崇拜的英雄主义神话的原型。

斯坦福大学就是要培养这样的人才，因为硅谷的前辈相信，只有这样的人才能统治世界。“民主的终极目标就是为了培养出有头脑的贵族。”乔丹认为平等是愚蠢的。他把贫穷归咎于优生学上的失败。所以想要取得进步，就必须对人类的族群数量进行控制，保护“生而自由的种族”不被有色人种污染。这些想法构成了加利福尼亚州种种残忍而过时的优生学实验的理论基础。而德国纳粹党在掌权后，也把这套理论用到了自己的种族主义和种族灭绝理论上。加利福尼亚州和德国两地的极端优生学运动之间存在着紧密的联系，这种关联持续了整个 20 世纪。举例来说，斯坦福大学的著名化学教授罗伯特・斯温在访问希特勒治下的德国后，滔滔不绝地大谈德国在纳粹统治下取得了“显著的发展和进步”，并夸赞德国人民“和平而自信”。

即便第二次世界大战以后，这一联系依然存在。在纳粹战败几十年后，加利福尼亚州的精英科学家和工程师——比如获得诺贝尔奖的半导体发明者、斯坦福大学教授威廉・肖克利，仍高举着优生学的旗帜，而他也被普遍认为是现代硅谷的创始人。硅谷最早的掌权者之一，奥托・冯・博尔施温，曾是一名野心勃勃且颇有权势的纳粹党卫军军官。第二次世界大战期间，他就在纳粹大屠杀的后勤主管阿道夫·艾希曼手下供职。战后，因与中央情报局取得了联系，博尔施温逃到了美国。1969 年，他加入了萨克拉门托的一家投资公司——TCI，并在帕洛阿托和山景城建立了子公司。

如今，在互联网时代，硅谷的科技大亨（其中不少人毕业于斯坦福大学）创建的公司，为白人至上主义者、新纳粹主义者和各种仇恨团体提供了理想的组织平台。尽管这一结果并不源自什么秘密的法西斯团体，而是由误导性极强的极端言论自由导致，但这两者导向了同一个结果：像脸书和推特这样的社交媒体，几乎完全没有采取任何手段，去阻止仇恨团体利用它们组织活动或是传播仇恨言论。而在谷歌上，各种否认大屠杀的胡言乱语也有着明确的索引。导致从搜索结果来看，胡编乱造的谎言和历史真相总是处于同一地位，甚至还比历史真相更靠前。在过去几十年里，全世界都禁止传播法西斯主义思想，所以这些疯狂的思想也基本上被遗忘了——直到硅谷打破了这一惯例。

我回到山景城时，太阳已经落山了，街道染成了深紫色。穿过加利福尼亚州铁路之后，我在斯蒂尔林路拐了个弯，看见一个闪着警灯的路障。我蹬着车向路中间的一名警察骑了过去。他挎着一支突击步枪，看起来有点夸张。他抬起不持枪的那只手拦住了我。附近还站着几十名当地警察和私人保安，有的人穿着军装，还有人身着防暴装备，全副武装。防弹的多功能装甲车阻断了周围的街道。这位拦住我的警察很有礼貌，他让我把自行车推到人行道上，或者绕开这里。这个场景看起来非常怪异，街上没有人群聚集，还很安静，连围住犯罪现场的黄色胶带都没有。“这儿到底怎么了？”我问。

结果是今天这里有贵客来访。那他是谁呢？“是一位‘颇受争议’的欧洲政治家，”警察告诉我。我推着车朝路边几个侍者的方向走过去。他们衣冠楚楚，为客人提供各种小点心。会场外的空地上坐满了人，从保险杠上的贴纸，我看出来这是美国步枪协会的一次集会。这些侍者并没有给我更多的解释。他们同样用“颇受争议”一词来形容将要到场的演讲者。我迅速地用手机查了一下，搞清楚了这位贵客到底是谁。实际上，用“颇受争议”来形容这个人算是很委婉的说法。这位贵宾就是一个新纳粹主义领袖。在帕洛阿托前市长、斯坦福大学校长盛赞“德国在希特勒治下取得了进步”的 70 年后，居然又有数百人聚集在山景城，来欢迎这么一位令人厌恶的欧洲法西斯政客。

当晚活动的举办地是国际展览和活动服务联盟的葡萄牙人大厅，赞助者是硅谷保守派论坛（Conservative Forum of Silicon Valley）。演讲者是荷兰极右翼自由党领袖基尔特·威尔德斯。据他自己说，作为印尼殖民者后代，他是一名被恐怖分子威胁的自由斗士，而这些恐怖分子和穆斯林，在他看来就是同一回事。《新闻周刊》称他为“伊斯兰教在欧洲的死敌”，同时也是下一任荷兰总理的热门候选人。

他这次来访是在 2015 年 8 月，当时他的对手——荷兰工党还不敢称他为法西斯分子。而就在两个月前，唐纳德·特朗普宣布自己将参选美国总统，而当时的自由派和保守派还都只把这件事当笑话看。那时，正经的参选政客根本不敢把赤裸裸的种族主义言论说出口。当法西斯主义通过种种委婉说法装扮之后，即将死灰复燃时，硅谷又一次冲在了最前线。

“如果我当选下一任荷兰首相，”威尔德斯在山景城对着听众们讲，“我要做的就是保障言论自由，并通过一部欧洲人优先的法律修正案。”他还说道：“我已经受够了古兰经……我们怎么还没把这破书给禁掉呢？”

然而，威尔德斯没有遭到任何抗议。在这整件事上，他展示出了压倒性的力量。他是以贵宾的身份访问山景城的。就连为他准备的那套过于浮夸的安保措施，费用也出自公共支出。在会场上，他重申了自己的主张——应当将 100 万荷兰居民强制驱除出这个国家。说完这番话之后，他面带微笑地同持枪的安保人员合影留念，并同现场的观众亲切愉快地交换了意见。

在硅谷的这几个月，我忍着性子听了许多狗屁不通的蠢话，甚至连我自己也说了一些类似的傻话。我还为这些人渣和骗子掏了腰包。面对各种关于种族、性别和阶级的无知且有害的言论，我没有大声疾呼，而是把它们一一记录下来。作为记者，我的工作就是观察和报道。而作为一个假冒的创业者，我的工作则是溜须拍马，结交形形色色的卑鄙小人。

但是，我始终坚决同法西斯主义划清界限。

偶然间，我发现，尽管在硅谷并不是所有的科技业者都这样，但是在我碰上的那几场法西斯主义集会上，只要是科技业者，哪怕只是几十人——似乎都没有跟着欢呼。事实证明，这些普通的科技公司员工就和他们的大多数同龄人一样，构成了伯尼·桑德斯 2016 年竞选总统的基础。但是，就在这些苹果和谷歌的年轻员工为这么一个自称民主社会主义者的家伙捐上自己的 25 美元或 100 美元的同时，我也注意到一股逆流悄然形成。

我花了几个月时间，对互联网的肮脏角落进行了深入的研究。结果令人非常不安。在互联网上，确实存在一个由反动书呆子（其中一些人还颇有影响力）组成的反社会阴谋团伙。他们居然抱怨说，都是因为希特勒名声不太好，害得他们没法在英巴卡迪诺大道上穿长筒靴踢正步。这个小群体就是所谓的非主流右翼。在我看来，他们现在还只是弱小无能的少数派，但是他们得到的回应不断变强。现在我只初见一些事物的端倪，相信很快会有越来越多的人注意到。一群坚定的法西斯主义者即将出现，并把他们线上的组织带入现实世界。

这是一个庞大但松散的组织，其成员包括无法融入社会也没有工作的大男孩、心理扭曲还有些厌女的游戏玩家，以及正处在人生上升期、对右翼有些好奇的科技公司员工。特朗普的当选让他们大受鼓舞，于是纷纷从《风暴前线》游戏和 4chan 论坛之类的地下网络来到阳光下，走上伯克利、波特兰、纽约、夏洛茨维尔的城市广场。他们挥舞着自制的战旗，上面画着奇怪的形象，比如青蛙佩佩。他们还会唱一些关于古埃及神明 “Kek”[①] 的赞歌。

① “Kek” 这位古埃及神明在壁画中常被描绘为长有青蛙头，所以被 4chan 论坛的网民恶搞了。——译者注

很多支持种族主义的网民都把这个被恶搞的神明视为崇拜的对象。这帮人整天与学生、社会活动家还有任何白人至上主义的反对者做斗争。甚至他们还威胁过我，说要把我和我的妻子都干掉。

还不等这个世界注意到他们，这些穿着长筒靴的技术宅就已经拥立了他们自己的“帝皇”[1]。这群人的幻想如同历史的回音——一个无耻的种族主义者将整个国家的衰败归因于内部的阴谋和背叛，主张大规模驱逐不受欢迎的少数族裔，并呼吁发动大规模的对外战争以掠夺资源。即便信奉帝国主义的保守派人士见这么一个家伙，也会称之为暴君。科技世界的地下法西斯主义早已不再是亚文化了——它已经是文化本身了，或者说至少是主流文化的一个强大分支。

当晚，我回到山景城，盯着帐篷的圆顶睡不着。让我忧心的不是那些被社会孤立的非主流右翼网站，而是那些有权有势的幕后黑手，以及所有开始认同法西斯主义回潮的科技业者。很难估计他们到底有多少人。虽然科技公司的管理者大多信奉自由主义，其员工也普遍对社会的民主改革表现出越发强烈的好奇心，但年轻的科技业者和他们这代人中的绝大多数一样，都申请过学生贷款，当然，也不乏种族主义者和厌女者。原生的法西斯主义言论在美国的科技公司中远较其他公司更容易流行起来。

4chan 论坛现在已经成为非主流右翼组织的核心网络平台，然而，在雇用 4chan 论坛的创始人克里斯·普尔这件事上，谷歌

---

① “帝皇”指桌游《战锤》中掌管人类帝国的独裁者。——译者注

显然毫无顾忌。一年后，另一个谷歌员工，詹姆斯·达默尔被炒了鱿鱼。有报道称，他之所以被炒，是因为他之前撰写并在公司内部分享了一篇批评谷歌内部多元化政策的文章，引来了一大群愤愤不平的白人男性同事联合署名投诉他。暂且不管硅谷的法西斯主义员工到底有多少，凭借着互联网的神奇力量，他们的理念能在一瞬间变得无处不在，让人无法视而不见。

大多数时候，危险的思想总是暗藏在表面温文尔雅而又令人愉悦的构想中。比如本质上是关于维持种族的纯洁和霸权的构想，往往装扮成一场为了“生物学的创新”而进行的人道主义圣战——以维护科学自由之名要求不再限制基因实验；打着提升社会公开度和透明度的旗号，对社会进行全面的监控；再比如，借着批评艺术家和知识分子的堕落和衰退，借机将科技专家和资本主义大亨所享有的特殊待遇合法化。

正像谷歌的汤姆·齐所说的：“大型科技公司的民粹主义时代已经终结了。”我不禁陷入沉思，接下来又会有怎样的噩梦等着我们？

2014 年 3 月，一位名叫朱斯蒂娜·滕尼的谷歌工程师在白宫的请愿网站提出了一个怪异而且注定不会通过的请求。她提议针对下述三点内容进行全国公投，内容如下：

1. 以全额退休金辞退所有政府职员。

2. 将政府的行政权移交给科技产业。

3. 任命谷歌的执行总裁埃里克·施密特为美国的首席执行官。

“现在已经到了美国政府和平退出历史舞台的时候了，只有这么做才是对美国最有利的。”她写道，“科技产业可以把美国治理得更好，并能避免美国进一步衰落。”

滕尼在网上发布这条请愿之后，媒体把这件事当成了一个荒诞的笑话。他们觉得这个女人想拍领导马屁都想疯了。但也有人对此非常困惑，因为滕尼作为一个曾经公开反资本主义的无政府主义变性人，在占领华尔街运动中还是一个颇为突出的角色。然而，鲜有人研究她怎么就变成了一个极右思想的鼓吹者。用她自己的话说，这是因为她吃下了“红药丸”。这里的“红药丸”源自电影《黑客帝国》中的一个场景。劳伦斯·费什伯恩为了把基努·里维斯变成一个“功夫菩萨”，给了他一粒红药丸。而在科技界，这句话有另一层含义。“红药丸”说法来源于一些鼓吹厌女思想、宣扬新纳粹主义等反动思想的博客。和许多使用“新反动”（NRx）这个标签在线发帖的人一样——简称“新反动”，滕尼对于究竟是什么促使她倒向法西斯主义毫不避讳。在推特上，她敦促所有关注她的人都快去“读孟修斯·莫尔德巴格”。

这位“孟修斯·莫尔德巴格”又是什么来头呢？

这个名字听起来像是阿莱斯特·克劳利书中的某个魔咒。“孟修斯”是中国古代哲学家“孟子”的名字被欧洲化之后的写法，他提倡人们有权反抗暴君，拥护“仁德的君主”。“莫尔德巴格”

显然是博主自造的一个词汇。这两个词共同构成了柯蒂斯·盖伊·亚尔文网上的笔名。至于亚尔文，他是一位来自旧金山的软件工程师，同时也是一位坚定的反民主主义者。

通过在网上发布大量文章并偶尔发表演讲，亚尔文成功地让成千上万人加入了抨击民主和多元化的队伍。他们相信，这两者就是针对“头脑的贵族”所设置的障碍。当然，在硅谷的未来主义精英中，他轻松地找到很多支持者。2010 年，前瞻学会（Foresight Institute）在帕洛阿托的喜来登酒店召开年会，亚尔文在“高级助理招待会”上做了一番演讲。前瞻学会是一个古怪的知名非营利组织，主要负责研究并推广“对人类未来起基础性作用的重要技术，专注于制造分子机器人的纳米技术、网络安全和人工智能”。亚尔文参加的那次会议的主题就是未来的政府。

“唯一的解决方案就是找到一个强有力的领袖。”亚尔文说。

> 当前有一种对算法的研究，旨在将算法用于制定决策……而在私人领域，毫无疑问，制定决策只需要一个拥有授权的执行者。所以，我们需要一个强有力的领袖，这对我来说显而易见。

因为这样的言论，亚尔文所在的新反动主义团体总是被人嘲笑为“君主制极客”。这个标签非常恰当。在他成为“技术封建主义”的旗手之前，亚尔文就和那些颓靡的诗人、名不见经传的学者以及典型的技术宅差不多，过着一种低调而安逸的生活。亚尔文出生于1973年，父母都是联邦政府的公务员。他的父亲是犹太人。按亚尔文自己的说法，他的父亲对反犹主义非常敏感。亚尔文还不厌其烦地指出，他的父亲在美国政府的涉外事务处工作，是一个级别很低的外交官。正如亚尔文后来在自述中提到的，他是直系亲属中唯一没有拿到博士学位的人。他在布朗大学（他父亲的母校）读完本科后，于20世纪90年代初去加利福尼亚州大学伯克利分校读了计算机科学的研究生，但是中途退学了。在互联网泡沫时期，亚尔文在湾区做程序员。他赶在一家老牌创业公司上市前几个月加入进去，并借此成功地赚了一笔钱。“我所做的不是抢劫，而更接近盗窃。”2002年，他经历了一场车祸，然后在旧金山的一个富人小区买了套价值50万美元的房子。此后他就“作为一个独立学者退休了”。他把时间都用在了阅读非主流的政治博客和在亚马逊上搜罗旧的反动学术著作上。每个月他要在自己的亚马逊账户上花500美元买书。

2007年，他推出了自己的博客，笔名为“孟修斯·莫尔德巴格”。亚尔文计划推广他自己设计的意识形态，“由极客设计，为极客服务”。因此，他的论述中有大量信息来自J.R.R.托尔金和乔治·卢卡斯的作品，再夹杂一些对维多利亚时代的作家托马斯·卡莱尔的一知半解。亚尔文在作品中也总是使用一种过时而宏大的语气，以此来模仿他最喜欢的那些19世纪反动作家参加论战时的风格。

亚尔文总是用“教会”里的“婆罗门”这个表述来形容那些报纸编辑、大学教授和、以及同他父母一样的联邦政府官员，以此突出他们所共有的压迫性。亚尔文有一套离经叛道，又或者说是极其正统的理论——现代西方文明遭受了“长期的无主”。虽然他的文章并不怎么通顺，有时候根本让人看不懂，但亚尔文还是吸引了一大群追随者。他们人数虽然不多，但是分布得非常集中，尤其是以硅谷的科技业者中郁郁不得志的那群人为主。他们中有些人就是亚尔文在前瞻学会那次演讲的听众。他们都幻想着通过快速的技术变革，来解决未来的政府治理问题。

2012 年，莫尔德巴格的官方博客，“无限制的保留意见”（Unqualified Reservations），邀请所有读者参加在长滩举行的会议。在众人的邀请下，亚尔文发表了题为“迫不得已”的演讲。在谈到他此次演讲的实质内容前，此次活动的举办方还是值得我解释一下。所谓的“BIL”和“非会议”是 TED（技术、娱乐、设计）大会的一种低成本替代品。这类活动以爱丁堡艺穗节的自发自主精神为榜样，处处模仿 TED 大会。而“BIL”这个名字来自一个非常蠢的笑话——指的是 20 世纪 90 年代“最优秀的”喜剧《比尔和泰德历险记》（*Bill and Ted's Excellent Adventure*）。而这里并不存在任何首字母缩写，或是神秘的暗示：“BIL”只是“Bill”一词全部用了大写字母，还写错了。然而，“BIL”并不是那种谁想说话谁就上台的几乎毫无章法的活动。“BIL”的组织者曾租用长滩水上会议中心——“RMS 玛丽女王号”作为活动场地。而去年它的活动也登上了《华尔街日报》的头版。“BIL”的活动内容可以说是加利福尼亚州各种怪癖的集合。以 2012 年为例，“BIL”的内容是各种关于“安全性行为”的讲座——从“高潮冥想”到多角恋，再到各种为“极客、内向者和自我诊断为亚斯伯格症候群患者”所准备的性生活小窍门。活动组织者甚至还专门为这些人准备了一个“发泄区”。不过“BIL”最核心的内容，还是硅谷常见的那套白日梦：无限寿命、奇点、基因工程和太空旅行。在这类话题的参与者中，除了那些明显是傻子的家伙，倒也确实有相当数量的航空工程师和公司高管。其中就有维珍银河公司的首席执行官、美国国家航空航天局前局长乔治·T.怀特塞兹。总之，参加“BIL”的人，以支持自由市场并信奉未来主义的科技业者为主。

亚尔文明白，在此次活动的听众和受邀前来演讲的嘉宾中，肯定会有人认可他的观点，而且肯定有很多参加这个活动的人知道他是谁。不过，鉴于他的演讲总是有很强的挑衅意味，而且极富煽动性，所以在整场活动中，他都没有透露自己的真实姓名。他自称莫尔德巴格。在那个时期，亚尔文还在极力避免让自己的名字和政治主张产生关联。他在选择演讲的题目时也尽量把它表述得人畜无害，比如“如何重启美国政府”。但这个题目还是暗含了他的政治主张。

> 你的政府中了病毒？还是被人植入了蠕虫或是某种恶意软件或间谍软件？每次听到“变革”这个词时，你是否感到沮丧、困惑、冷漠和恼火？你是否感到一阵阵胃痉挛？
>
> 我的好邻居，我们为你准备好了“红药丸”。不

要问我这里面是什么。你也不会想知道的。这有一杯水——别多想了，把它吞下去吧。

亚尔文几乎没有下巴，头发总是中分式。演讲时，他穿了件棕色衬衫就走上了台。实际上他只用了很短的时间就回答了此次演讲的核心问题，即一个人应如何“重启”政府？“我喜欢把事情简单化，所以我把这个非常复杂的问题简化成了 4 个字母，也就是‘RAGE’。”亚尔文说，“它是由以下 4 个词的首字母组成的——Retire（退休）、All（全部）、Government（政府）、Employees（官员）。”人群中立即响起了一片掌声。“这非常、非常、非常简单。”亚尔文总结道。显然，他对自己这番话非常满意。

接下来，他的演讲内容就愈加疯狂了。亚尔文抨击了公认的“二战神话”——即谁应背负罪责这一问题。随后，他又对“二战”后新纳粹分子中流行的修正主义进行了批评。亚尔文将希特勒的无端入侵解释为可以谅解的自卫。他还宣称，这些真相都被统治美国的共产党掩盖了，而且这些人还设计了一种“专门用于迫害种族主义者和法西斯分子的复杂机制”——政治正确。尽管亚尔文假装自己对“红色恐慌”一无所知，但他还是抱怨 20 世纪 50 年代的反共清洗不够彻底。“麦卡锡主义失败的原因有很多，但最为简洁的解释就是马基雅维利的那句名言：‘如果你进攻了一个国王，那你就需要将他杀死。’”亚尔文在博客中写道。然而，面对现场观众时，他将同样的观点说得委婉了一点：“我们是应该停止迫害种族主义者和法西斯分子呢？还是应该消灭共产主义者和社会主义者呢？这是个难题。”

他很精通煽动者那套话术，用来提问足够了。

> 可能在场的每个人从一出生到现在都相信民主，所以对他们来说“究竟为什么你相信民主？而在苏联长大的人相信了共产主义？”确实是一个非常有趣的问题。
>
> 如果你认为民主符合道德，这又是为什么？为什么人们都有权分享政治权力？我也不得不承认，这个问题确实很难。

而亚尔文已经给出了建议：“如果你真的想改变政治体制，那你就应当先抛弃现有体制。你需要从中完全挣脱出来，停止投票。你需要大声疾呼：‘我根本不信这套玩意儿。’”

在亚尔文看来，民主已经被神化了，需要我们抛弃它。“政府只是一家拥有国家的公司。”他说，“那么如果我们所在的这家主权公司经营不善，解决办法也很简单，把它替换就行了。这就像我们解散那些失败的公司一样。”换言之，解决方案就是解散政府，让所有官员提前退休。亚尔文表示，警察和军队还是需要保留下来的，但所有的非营利机构和大学都应该关门大吉。

最后，他再次呼吁人们发动革命，建立专制。他说：“倘若美国人民真的希望改变政府，那他们必须克服自身对于独裁者的恐惧。”这就是亚尔文的核心观点。人群中响起一片微弱的杂音。

18分钟后，亚尔文的演讲结束了。有一个活动的组织者表示，这个环节已经超出了规定时间，所以提问环节就跳过了。于是亚尔文走下舞台，会场上即便谈不上掌声雷动，也依然能清晰地听到掌声。

更重要的是，没有人嘘他。

和其他出现在反动集会中的作家一样，亚尔文也是“人类生物多样性”（human biodiversity）的支持者，这基本上就是披上了实验室白大褂的种族主义。由此推断，我们基本上可以确定，亚尔文就是个当代的伪知识分子。现居上海的英国某大学退休教师尼克·兰德曾表示，在全世界，“只有自闭的书呆子才能充分参与以高科技为主的新兴经济”。而“HBD”则是为了让“人类生物多样性”的种族主义本质不暴露而采用的首字母缩写。它假定不同种族的人之间存在智力上的差异。这套理论错得如此离谱，连维基百科上关于这个概念的文章都删除了。借用一位编辑的话说：“这完全就是互联网上的胡说八道。”甚至就连那些倾向于用基因决定论解释人类行为的学术专家都对这套理论嗤之以鼻。

亚尔文支持“HBD”，这充分说明了他的政治主张。他写道，美国内战并没有解放奴隶，而是将他们“国有化”了，把他们置于美国政府的“监护”之下。在另一篇文章中，亚尔文还将奴隶制称为“一种自然的人际关系”，如同“老板与顾客”。

“我不是一个白人民族主义者，但我确实读过这类博客，而且我也不害怕人们把我同这类人联系起来。”亚尔文坚称，“对此我并不反感。”确实如此，他赞扬了一位主张驱逐穆斯林并关闭境内所有伊斯兰教堂的博主。他称赞此人“可能是地球上最富有想象力、最有趣的右翼作家”。在一位斯沃斯莫尔学院的历史教授的个人学术博客上，他大谈了一番南非殖民统治的优越性。他对罗得西亚的前殖民地表示了特别的喜爱，因为在那里，一个人若想参与选举，必须先拥有土地和财富。亚尔文还宣称，南非黑人在种族隔离制度下过得更好。

随着越来越多的人知道了莫尔德巴格的真实姓名，亚尔文开始遭遇各种麻烦。

2015 年，于密苏里州圣路易斯举办的奇异循环（Strange Loop）程序员大会的组织者取消了亚尔文的演讲，以免其政治观点“成为大会的焦点”。因此，亚尔文很快就在极端言论自由主义者中出名了，尤其是在那些最大限度上为右翼白人辩护的人之间。在《石板杂志》上，程序员出身的作家，戴维·奥尔巴克称大会组织者的这一决定“懦弱且不负责任”，并将其称为“文字狱”。他还表示，“有许多令人反感的人为科学做出了巨大贡献”（尽管亚尔文对此贡献接近于零）。在《国家评论》杂志上，律师兼作家戴维·弗伦奇——2016 年总统选举中，比尔·克里斯托尔和米特·罗姆尼（Mitt Romney）一度认为此人可以作为两党之外的候选人，认为亚尔文是“左派不宽容”的受害者，并由此感叹，政治正确已经无处不在。（但无论是奥尔巴克还是弗伦奇，都没有认同亚尔文的政治主张。）

2016 年，就跟上次一样，亚尔文再次申请在一个程序员的集会上演讲。这一次是在科罗拉多州博尔德市举办的兰布达大会（Lambda Conf）。在一番手足无措之后，会议主办方最终还是同意让亚尔文进行演讲。这就导致许多赞助商和演讲者纷纷表示退出该活动，唯恐避之不及。鉴于其声誉面临重大威胁，亚尔文决定把水搅浑，否认自己用莫尔德巴格这个笔名写过反动文章。在一封关于兰布达大会争议的公开信中，他写道："我不是'奴隶制的倡导者'，更不是什么种族主义者、性别歧视者或法西斯分子。"

> "我也没有策划任何形式的阴谋去统治世界。我不是任何颠覆性反动组织的领导人，更不是其成员。
>
> 我只是一个作家，我的价值观大多和你一样。我们反对同样的事物，而我只是采用了不同的方法去反对它。"

亚尔文和他的辩护者共同营造出了一种模糊感。最终，大会组织者还是决定撤回对他的邀请。

但媒体对这一争议的报道显然自相矛盾。《企业》（*Inc.*）杂志对于这次争议的报道就是典型的和稀泥。杂志中的文章表示，亚尔文的"文章被解读为对奴隶制的拥护"，而事实上，他的文章就是在拥护奴隶制。而那些联名反对亚尔文参与此次活动的人，则被视为"SJW"，即"社会正义战士"（Social Justice Warriors）的缩写。"SJW"的主要特点是支持女权主义、自由主义、种族平等、阶级平权和所谓的"文化马克思主义"。有个非主流右翼的博主一直以来在制作一份“SJW 清单”，以此帮助“那些希望让自己的组织远离此类生物”的人。

此事引得大家吵成一团，但亚尔文的邀请被取消一事并没有侵犯他的言论自由。因为，任何虚拟或现实的私人场所，并没有义务接纳任何人的任何观点，这是不言自明的。

然而，新反动派还是成功地将自己装扮成自由主义暴政的受害者。他们并不需要说服每个人，让他们相信白人至上主义加上君主制才是最好的制度，可他们永远也做不到，但他们确实需要来自第三方且更为可信的辩护者。按亚尔文所说，这就叫队伍的重组和招新。在亚尔文开始写博客后的 6 年里，按照他自己的统计，他已经收获了 50 万阅读量。 但重要的不是他的读者数量，而是这个读者群的影响力。在这个意义上，亚尔文的影响力是巨大的。因为他正式拒绝反犹主义，并用一种华而不实的论调和各种暗语来为他最恶毒的观点进行包装。亚尔文的博客已经超越了地下法西斯主义的范畴，成了一些更容易为社会接受的边缘思想——“男权”、持枪权，以及幻想破灭的“占街者”和资深认证的硅谷企业家的集合地。

莫尔德巴格博客中出现的新词汇和概念也逐渐流入主流右翼的话语中。各种全新的反动词语出现在保守派的媒体中，包括每日电讯网、布莱巴特新闻网、《美国保守主义》杂志以及《国家评论》。不到 10 年，原本极其松散的反动作家联盟已经发展到损失任何一个发声渠道都不妨碍其存续的程度了。再过上几年，这种怪异且显然具有反社会意味的运动就会在白宫建立滩头阵地了。

这一思想的主流化在著名经济学家米尔顿·弗里德曼的大儿子帕特里·弗里德曼身上已经初见端倪。2014 年初，这位自由主义和自由市场的旗手的子孙就赞扬莫尔德巴格，称“他启迪了整个‘红药政治哲学’”。弗里德曼希望通过使用像“竞争型管治”这种可以在电视上讲出来，并且包含流行语色彩的委婉语来改善“新反动主义”的形象，而不是直接使用莫尔德巴格提出的那套公司独裁制。在他发在脸书的一篇文章中，他试图假借建立全新的政治正确之名，发起一场反动的新媒体运动。他表示，在新的政治正确中，女性和有色人种仍会得到尊重，但这套政治正确会更正确。这就是在用宽容的表象和校园自由主义的语言来掩盖他真实而可怕的想法。借用旧金山修辞学家戴尔·卡里科——一个怀疑论者，同时也是技术乌托邦未来主义者（他称之为“机器人邪教的信徒”）的密切观察者的一句话，这个“重置理性”的活动相当成功。新反动主义的理念已经被抛光打磨好了，它将借助社交媒体和众多鼓吹者迅速走向大众，重建世界秩序，让技术高管掌握最高权力。有些为新反动主义辩护的人也承认，硅谷的统治意味着封建主义回归，但他们表示，对此，我们没有其他选择。“只有科技巨头才能将我们从全球毁灭中拯救出来。唉，我们对于末日的恐惧远胜于对贵族制复辟的担忧。”年轻的保守派作家詹姆斯·波鲁斯在推特上写道。在本周的一篇文章中，波鲁斯对这一点进行了更详细的阐述。对社会而言，将所有权力移交给“科技巨头”是一声令人鼓舞的呐喊。他认为，科技巨头比

"我们这些劳工"，"显然更高级、更优秀"。科技业者与生俱来的优越性意味着，"科技封建主义"将不可避免地向我们走来。他还认为，民主国家未能对气候变化做出有效的回应，使这一政治变革显得更加必要而迫切。

> 我们为什么不把华盛顿变成全世界最大的风险投资公司，然后把气候问题全权交给硅谷呢？因为这会让硅谷成为世界的主宰……
>
> 除非我们停止所有对于新技术阶级的怨恨和猜疑，让他们进行统治，否则我们就会继续被气候问题折磨得要死要活。

换言之，抗拒是没有意义的，更何况大多数人懒得抗拒。几十年来，反建制的情绪已经在民众中越发普遍，而科技精英却很幸运地不在这一范围内。根据盖洛普公司 2012 年进行的一项民调结果显示，绝大多数美国公众只对一个政府机构非常信任——军队，其支持率达到了 75%。而国会则是最不受信任的机构，支持率仅为 13%。大多数人对宗教组织、医疗系统、总统、最高法院、公立学校和报纸都缺乏信任。4/5 的民众不信任工会、银行和大企业等经济机构。然而 2012 年的另一项民调显示，82%的美国人对谷歌有好感。2/3 的民众对苹果感到满意。近 3/5 的人认可脸书。可以说扎克伯格比耶稣的支持率还高。2015 年，盖洛普重新进行了民调，发现民众对政府和大多数非政府的机构的信心甚至下降到了更低的程度。而另一项针对消费者和品牌的调查显示，谷歌、苹果和脸书都维持着极高的公众满意度。虽然美国人厌恶政府，也不太喜欢大公司，但多年来的宣传让他们认为科技公司在一定程度上是不同于前两者的，而且硅谷的“贵族”更是格外开明、仁慈和冷静。总之，不同于那些普通的浑蛋亿万富翁！

令人震惊而又有趣的是，科技封建主义的许多鼓吹者都有同一个主人。这位新反动主义的英雄就是莫尔德巴格所渴求的那种君主——富有、狡猾、冷酷、保守的白人书呆子。这个人正是 PayPal 的创始人、脸书的董事会成员、受中情局资助的公司的大股东、唐纳德·特朗普的代表、斯坦福的杰出校友、风险资本家、硅谷亿万富翁彼得·泰尔。这个人不但有钱有势，还被许多人视为公共知识分子。在白宫顾问史蒂夫·班农宣布对“行政国家”宣战的 3 年前，他就指出美国政府已经成为一个“完全统一的怪物”，而“打破它可能带来进步”。

这位科技界最危险的亿万富翁出生于德国一个信奉基督教福音派的保守家庭。他的父亲是一位化学工程师，曾为跨国矿业公司工作。因为他父亲在南非参与铀矿开采，幼时的泰尔生活在种族隔离时代的南非，并在当地的很多学校读过书。后来随家人移居到加利福尼亚州福斯特城，于是泰尔在正要进入青春期前进入了美国的一所公立学校。因为沉迷 J.R.R. 托尔金的奇幻小说，泰尔在学校里不太受欢迎，但他非常擅长数学。“我的人生轨迹非常明确，甚至在我八年级毕业的年鉴中，一个朋友就对我的未来做出了精准的预测——4 年后我将以大学二年级学生的身份进入斯坦福大学。”泰尔回忆说。

在斯坦福大学，泰尔和同学一起创办了一个国际象棋俱乐部。在他入学后的第二年，他感觉自己太缺少来自同龄人的认可，于是他参与了一个激进的学生组织，并竞选了该组织的议员。“作为局外人，我对目前的管理非常不满。”在竞选声明中，他直接写道，“我参加过的好几个学生组织都无法获得资金（据说是因为‘资金不足’），对此我非常愤怒。”泰尔曾激烈地反对少数族裔学生协会“过度强势的多元文化”。为此，他曾试图切断“妇女自主选择联盟”和“妇女中心”的资金来源。

5 年后，正在法学院读研的泰尔仍在斯坦福大学的学生会任职。学生议会中的出版物委员会提议，不再为《斯坦福评论》提供资金。这份校报是泰尔在同属保守主义阵营的“大学网络”计划的支持下成立起来的（而“大学网络”计划则是在科赫和斯凯夫基金会的资助下启动的）。作为学生会拨款委员会的主席，泰尔不但否决了该提案，还决定向《斯坦福评论》再补贴 4 000 美元的学生资金。这是泰尔的“首次创业冒险”，而他的这次尝试也已经表明了其行为的两大特点——伪善地利用行政补贴，并具有强烈的反动倾向。

从法学院毕业后，泰尔与人合著了《多元神话》一书。书中，他批评斯坦福对于各种平权运动，尤其是女性主义和激进的同性恋平权运动过于宽容。泰尔自己就是同性恋，虽然他后来表示自己写这本书时还没有意识到自己真实的性取向。他积极挑起的文化战最终还是给他带来了丰厚的回报——他拿到了美国最高法院大法官安东宁·斯卡利亚和安东尼·肯尼迪招聘书记员的面试机会。虽然两位大法官都没有选他，但他还是顺利找到了一个金饭碗——在纽约的顶级律所，苏利文·克伦威尔律所工作的机会。七个月零三天之后，泰尔辞了他的第一份正式工作。他在第二份工作上干的时间稍微长一点。在瑞士信贷做了一段时间的金融衍生品交易员，然后再次辞职，搬回加利福尼亚州——“美国最好的州”。他在这里用 100 万美元建立了泰尔资本，这笔钱主要来自他的家人。

他的第一家创业公司，也就是后来的 PayPal，从一开始就是一场颇具颠覆性的政治冒险。PayPal 的野心是将货币私有化。按泰尔的话说，就是“使腐败的政府几乎不可能再用旧手段窃取人民的财富”。当然，这也将使廉洁的政府几乎不可能向阴险狡猾的勒索者合法征税了。而 PayPal 最早的一批大客户就是海外赌场。泰尔后来写道：“一个伟大的公司意味着一场改变世界的阴谋。”他的创业公司甚至按照“统治世界指数”衡量其业务的增长。泰尔还表示，于 1999 年出版的尼尔·斯蒂芬森的小说《编码宝典》，是其员工的“必读书目”。这部长达 900 页的小说正好讲述了一种超越政府管控的数字货币的诞生。

轮到钱花在泰尔身上的时候，他就又不厌恶政府支出了。他的第二个创业公司帕兰提尔（Palantir）——这个名字是从托尔金的小说里借用的——所依靠的正是联邦政府和中情局最不透明、最不负责、最挥霍无度的资金。美国政府通过其在硅谷的风投幌子，IQT电信对泰尔的公司进行了投资。这家自诩为“公民自由捍卫者”的公司上实际上是一个秘密的、极具侵略性的，并公然违宪的监控工具。在2014年的一次网上聊天中，有人问该公司是否“是中情局的一个幌子”？泰尔回答说：“不，中情局是帕兰提尔的幌子。”鉴于美国政府情报预算的70%流向了私营部门，泰尔这种直率的回答也谈不上否认，而是就中情局对这家企业的控制程度，狡猾地眨了一下眼。

2012年，帕兰提尔同一个由通用动力、诺斯洛普·格鲁门、洛克希德·马丁和美国科学应用国际公司共同组成的联营体公司共同角逐一份价值106亿美元的合同，为五角大楼开发“战场情报”软件，用于帮助士兵找到隐藏起来的爆炸装置。作为该合同的大客户，美国陆军更倾向于先对不同产品进行比较，然后再根据其表现进行选择。而帕兰提尔请来了一位名叫特里·保罗的说客。他是一名已经退休的海军陆战队准将，年收入32万美元。保罗不但是小邓肯·亨特的“亲密好友”，更是他的“导师”。而小邓肯·亨特是众议院军事委员会的共和党议员，并且他即将接手与帕兰提尔相关的事务。亨特和保罗的关系密切到，当亨特考虑自己是否应该加入美国海军陆战队时，是保罗给他拿的主意。

这位国会议员为了让陆军在采购案倒向帕兰提尔，可谓无所不用其极。亨特甚至因为陆军并没有给帕兰提尔提供更多资金，而恐吓当时的陆军参谋长雷蒙德·奥迪尔诺。奥迪尔诺最终无奈地甩下了一句：“我真是受够了，总有人指责我，说我不关心我们的士兵。”这位将军2015年退休了，而帕兰提尔也通过陆军官僚的运作成功中标。特朗普2016年赢得大选后，一位帕兰提尔的前员工，同时也是泰尔在创始人基金的合伙人，特莱·斯蒂芬斯加入过渡团队，负责“调整政策，并审查国防部门的职员”。当特朗普宣布要打击移民时，帕兰提尔早就与移民和海关执法局等国土安全部门签订了情报分析合同，赚了个盆满钵满。还有另一家公司也大赚了一笔，它正是创始人基金孵化出来的另一家防务公司——帕默·卢基的安杜瑞尔（Anduril），托尔金小说中的“西方之火”。

泰尔所做的不只是通过雇用手眼通天的说客来施加政治影响，他更是一个技术封建主义的出资人，同时也是新反动主义的思考者。他在硅谷内外都是如此。

泰尔给很多邀请了柯蒂斯·亚尔文的组织捐了钱，让他们宣传亚尔文那套疯狂的政治理念。这些机构包括前瞻学会，以及一个现在名为机器智能研究所的机构，它们致力于促进人工智能，并协助“BIL”开展活动。2013年，泰尔成了亚尔文的直接保护人。泰尔的创始人基金和风投基金安德列森·霍洛维茨在亚尔文怪异的初创公司“Tlon”的总额110万美元的种子轮融资中扮演了重要角色。“Tlon”来自豪尔赫·路易斯·博尔赫斯的一篇短篇小说。文中虚构了“一个由天文学家、生物学家、工程师、形而上学家、诗人、化学家、代数学家、道德家、画家、几何学家……组成的秘密社团。他们在一个名不见经传的天才的领导下”，建立了一个“勇敢的新世界”，并迫使古老的文化和国家走向灭绝。亚尔文在“Tlon”的头衔，正好就是“仁慈的终身独裁者”。亚尔文在“Tlon”的共同创始人是一个叫约翰·伯纳姆的年轻人。此人在18岁时，拿着泰尔给他的10万美元直接退学，投身商界。伯纳姆最初计划发展小行星采矿业，但后来跟亚尔文走到了一起。在泰尔投资的时候，“Tlon”还没有一款一般意义上的产品。这家公司将全部的精力投入一款名为“Urbit”的软件的开发工作。这个软件的目标是改写计算机之间操作和沟通的基础代码。

尽管亚尔文表示，他的软件和莫尔德巴格的政治表态完全无关，但热心的技术观察家还是指出，“Urbit”的开源代码中充满了各种关于意识形态的暗示。比如，亚尔文没有选择罗马、西里尔或希腊字母中的任何一种作为“Urbit”的基础符号，而是选择了“如尼文”。

我不得不承认，对亚尔文的博客或其新反动主义计划，泰尔从未公开表示赞同。但即便有机会，他也从来没有谴责亚尔文。2014年，在Reddit（社交新闻网站）的问答环节中，一个名为“存在主义恐惧”的网民直接问泰尔：“你如何看待‘新反动’？”泰尔狡猾地回答说：“这听起来就自相矛盾。如果你是反动的，那为什么你还给自己冠上一个‘新’字呢？”一位被泰尔资助过的奇点大学前员工是这样描述泰尔的——他是“一个正直的人”，“敢于抗拒文化多元主义”，并“有勇气支持各种古怪的想法”。他还补充道：“如果他是莫尔德巴格的读者，我也不会吃惊。他知道莫尔德巴格是谁。”

我可以确定，泰尔和亚尔文交流过政治观点。从一个我俩共同的熟人那里，泰尔获知我正在写作本书。随后，他把这个消息转告了亚尔文。于是亚尔文给我写了封邮件，祝我的这本书大获成功。我本想依亚尔文的建议，跟他共进午餐，但最终这个邀请在一阵阅读和侮辱后不了了之了。

当我在《异见者》上发表了一篇解释泰尔和新反动主义运动之间的关联的文章之后，《纽约时报》引用了泰尔对我的评论——我的报告令他“受宠若惊”，只可惜通篇都是“彻头彻尾的阴谋论”。考虑到泰尔对自己渴望“征服世界”一事从不加避讳，我觉得他不认可我的报告也不足为奇。尤其是泰尔还承认，自己曾精心策划了一个阴谋以摧垮他的敌人——高客传媒。当我请泰尔做进一步评论时，他就没再回复我。后来，2017 年，BuzzFeed 报道说，亚尔文表示自己是在泰尔家中看的最近一次大选，并自认为是这位风投亿万富翁的政治顾问。而且，在亚尔文看来，泰尔是“非常开明”的。（我没有证据表明泰尔认同亚尔文关于希特勒和奴隶制的观点。）

显然，泰尔的评论已经表明他认同莫尔德巴格。除了提供资金，泰尔还亲自为新反动分子出谋划策。尼克·兰德称泰尔“对民主的批评推动了‘黑暗启蒙’”——这是新反动分子描述其运动崛起的术语。

2012 年，泰尔在斯坦福大学发表了演讲，阐述了他对硅谷各大科技公司的首席执行官所具有的神圣权力的看法。表面上，演讲内容主要涉及他最喜欢的老哲学教授，勒内·吉拉尔提出了一些历史“模仿”理论，但实际上这篇演讲稿包含大量对新君主制的吹捧。

> 当然，我们不会说泰尔在搞一个君主制的创业公司，因为这听起来实在是太诡异而又过时了。而且，所有非民主的体制都很容易引起反感。绝大多数人在政治光谱上都是倾向于民主共和的……但事实上，创业公司及其创始人们往往更倾向于独裁，因为独裁的结构更有利于公司的发展。

那么泰尔认为，独裁从长远来看也有助于整个社会的发展吗？他在斯坦福大学的演讲中没有这样讲。他说，纯粹的独裁对一家公司来说也是不理想的，尽管他确实想把科技公司的首席执行官塑造成罗穆卢斯那种传说中的天神子嗣。虽然泰尔脾气暴躁，但也老谋深算。他知道面对公众时，自己该怎么讲话，界限在哪儿。他也知道，如果有权有势的亿万富翁大谈“参与型政府”已经过时了，并给出“不假思索的阐述”，那么普通民众肯定会感到非常不安——正如他自己2009年在自由主义期刊《解放卡托》上发表文章的后果一样。这就是那篇令泰尔声名狼藉的文章。文中，他谴责了女性的投票权以及相伴而来的各种后果，并宣称：“我再也不相信民主和自由是可以兼容共存的了。”后来泰尔将这件事的影响最小化了，但他拒绝撤回文章。“我写那篇文章的时候是深夜，而且我写得很快。”他在2015年接受博主泰勒·考恩采访时这样表示。毕竟，一直以来，泰尔总是说："覆水难收，自己写的文章就是自己写的，不容否认。"

新反动派的崛起并不完全是由泰尔、帕特里·弗里德曼，还有特朗普的竞选金主、科技富翁罗伯特·默瑟这群有钱有势、手眼通天的激进自由主义者通力策划并实施的阴谋。这也是一场来自社会底层的运动，是一场被成千上万——也许是几百万乃至上千万——对现状心怀不满的年轻人所支持的运动。虽然新反动派对他们的目标阐述得太多，简直令人生厌，但他们很少提到自己的个人动机。朱斯蒂娜·滕尼，这位谷歌工程师也是莫尔德巴格的推广者。从她 2014 年的一篇博客文章中我们似乎可以对此窥见一二。文中，滕尼号召"硅谷的所有极客"建立一种"技术宅民族主义"。而推动这一意识形态形成的，主要是个人对社会的怨恨。她写道：

> 我们根本无法适应这个社会，永远也不会。在公立学校，我们即便没有被霸凌或者嘲笑，我们也会深感无趣。我们很难留下后代，因为在这个社会眼中，我们不够性感。我们被媒体取笑，被社区排斥。在我们坐大巴上班的时候，会有愤怒的孩子朝我们扔石头。在这个政府中，没人代表我们的利益。
>
> 但新时代已经到了。感谢科技产业赋予了我们力量。在很多方面，我认为极客已经在统治这个世界了，

> 我们只是还没有想好如何统治。因此我们需要认真对待这一问题，得机灵点。我们应该扪心自问，要怎么做才能让这些人感到恐惧。

她所指的“这些人”是谁呢？这一点她没说清楚。不过，在文章中，滕尼指出了一类“正常人”——或者是在反动话语中常见的“正常怪”（normies）或者“正常佬”（normalfags）。滕尼表示，“正常怪”就是那些霸凌、不尊重或者虐待像她这样的“超级聪明，但是有社交障碍的书呆子”的家伙。在她的网站上，她简单介绍了一套关于先天认知的“算法”。根据这套算法，所有人都可以按照智力、财富、体格和最不重要的魅力或吸引力进行排序和分类。在滕尼看来，那些主要依靠自己的美貌和魅力的人，都是“既没有技能，也不聪明的寄生虫”。那些以帅气或魅力为基础的人是“不熟练的非智力寄生虫”。毕竟也不是谁都能像这些隐秘的天才一样，没日没夜地谋划如何在现实生活中为书呆子复仇。

不是某一个人凭一己之力把所有仇视社会的新反动主义分子集结起来的。这件事中我们找不出某一个单独的替罪羊。这群人的仇恨如同一根在暴风中抽动的高压电线，甩向在他们幻想中一切在这个社会得到特殊优待的人，无论是非裔还是拉丁裔，穆斯林还是犹太人，左派还是女人——任何威胁这群书呆子的脆弱自我的人，都在他们打击报复的范围之内。但需要注意的是，这些新反动分子，主要是那些饱受“政治正确”折磨的年轻白人男性。“政治正确”的确立，使他们在面对自己眼中那些被洗了脑的“社会正义斗士”时，不再具有社会地位上的优势。更重要的是，这些激进分子大多从彼得·泰尔和埃隆·马斯克这类代表未来奇迹的人身上，看到了一个完全符合他们的种族主义理念的理想世界，一个由科技巨头领导并对他们个人更为有利的新秩序。对他们中某些虔诚的信徒而言，马斯克定居火星的梦想为他们提供了出路，让他们可以逃离黑暗的地球，把死敌们统统抛在脑后，并通过建立一个科技沙文主义的高级种族实现他们的终极复仇。“要我说，这些屎色皮肤的人看到的最后一幕，就是地球上裂开无数条喷射着火焰的裂谷，一艘殖民飞船朝着群星越飞越远。”在一个新反动派聚集的论坛上，一个匿名用户这样写道。这些年轻人认为他们已经掌握了真相——人为隐藏的历史、在科学和政治上都已证明了的事实，那就是邪恶的“教会”正在打压他们。这就是充满力量的“红药丸”哲学所包含的神秘隐喻。通过各种暗语和类比，这种意识形态将个人的沮丧和颓唐转变为一种同志之情和使命感。

受线上“新反动主义”启发的人，并不总是将救赎和复仇相结合。近年来，许多美国本土的恐怖分子通过网络，给自己灌输了各种极端的科学种族主义和亲纳粹的历史修正主义，以及“红药丸”理论的其他分支。2014 年，在加利福尼亚州大学圣塔芭芭拉分校附近射杀了 6 个人的埃利奥特·罗杰，就是一个被“红药丸”理论洗脑的“非自愿独身者”，同时他还自称为法西斯主义者。犯罪后，他的 YouTube 频道猛涨了好几百万的点击量。2015

年，在九年级就辍学的无业种族主义者狄伦·鲁夫，在南卡罗来纳州查尔斯顿的一座教堂里杀害了九名黑人教区居民。他在自己的网站“最后的罗德西亚”上用加密的文字写下了“希特勒万岁”。按他自己的话说，他的种族觉醒始于他在谷歌上搜索“黑人对白人的犯罪”之后。“自从那天起，我就变了。”他说。在鲁夫的暴行几个月之后，克里斯·哈珀·默瑟也使用自己的账户搜索了大量关于纳粹的信息，然后在俄勒冈州的罗斯堡制造了一起枪击案。警方表示，此人也在网上写下了大量支持白人至上主义的留言。哈珀·默瑟杀了 10 个人的消息令“新反动主义”的各大论坛普遍欢欣鼓舞。他们猜想，长久以来他们一直在等待的“弱者的反击”就要全面打响了，结果他们等了相当长一段时间。终于，到了 2017 年 8 月，在弗吉尼亚州的夏洛茨维尔市，广大美国民众终于见识到了“弱者的反击”——一场令整座城市陷入瘫痪、令民众陷入恐慌的纳粹暴力集会。这次暴动最终以当地的反法西斯抗议者遇袭，一位当地的左派女性希瑟·海耶被杀，几十人受伤为标志达到了高潮。而杀人凶手是一个年仅 20 岁的纳粹分子，来自俄亥俄州的小詹姆斯·亚历克斯·菲尔茨。他的脸书页面上满是各种万字符、斜眼青蛙佩佩以及各种新法西斯主义标志。这个年轻人犯下这样的罪行，除了明显的精神错乱，显然也跟“新反动主义”在网络上进行的大规模煽动存在紧密的联系。

这些凶手都可以追溯到同一个原型，那就是安德斯·布雷维克。2011 年，他一手制造了针对年轻左派分子的大屠杀。而他对此事件的宣言也一字不差地发到了网上的法西斯论坛。在这些论坛上，新法西斯分子制定了战略，并对战术进行了充分而细致的讨论。关于布雷维克，亚尔文也写过一篇文章。他反对奥斯陆大屠杀，但他的理由是，光是这样还不足以“将挪威从欧洲的共产主义中解放出来”。恐怖主义暴力——或者按他更喜欢的表述——“民众行动主义”，在他看来，没有“本质上的错误”。亚尔文认为，恐怖主义的问题在于，右翼分子这么干需要挑选正确的时机。“历史上有很多先例，足以说明右翼恐怖主义可以在特定的历史背景下发挥作用，比如20世纪20年代的德国。在那种特定的情况下，这种恐怖主义就是正当的。”亚尔文写道。他还提出了一个更好的方案，“强奸最好，引诱次之。但绝不要屠杀青年人，相反，应该把他们招募进来”。

“红药丸”运动最成功的招募运动始于2014年，也就是所谓的“游戏门”事件。它充分展示了偶发的厌女主义、激进的“男权”、伪科学种族主义、新法西斯历史修正主义和新的“技术宅民族主义”相结合后会形成一个多么冷酷无情而又充满暴力恐吓的运动。正如“专为男性服务的游戏网站”——劲爆弹球的博主亚历山大所承认的：“在‘游戏门’之前，我都不知道‘红药丸’是什么意思。”

这个扭曲的事件开始于一个不甘心被甩的男子怂恿4chan论坛上的网民跟踪并骚扰他的前女友。至于4chan，那是一个恶趣味泛滥的论坛，“正常怪”根本不敢涉足其中。事件的女主角佐伊·奎因恰好是个电子游戏的独立制作人，其最新一部作品虽然颇受游戏评论界好评，但并不是4chan论坛上的厌女玩家所喜欢的那种暴力射击游戏。一个自称“游戏门人”的网民瞎编了一套关于“电子游戏新闻学中的伦理”的阴谋论，并声称奎因“贿赂了媒体，好让评论员夸赞她那屎一样的垃圾游戏”。利用奎因前男友所提供的个人信息，“游戏门人”开始了针对奎因及其好友和支持者——“社会正义斗士”的跟踪、诽谤和恐吓。他们还将打击面扩大到了在他们的想象中，所有凭借性别在社会上获得优势地位的女性，以及所有性别歧视文化、种族主义以及狭义的电子游戏文化的批评者。他们所谓的电子游戏文化基本上用两个词来描述就足够了——色情和暴力。有些妇女甚至因为“游戏门人”的支持者拨打了假的报警电话，被特警小队破门而入。奎因及其家人都不得不搬迁，以期逃避没完没了的骚扰。而对此，警察和法院都无所作为。另一个主要受攻击的目标，则是此前在YouTube上传过从女性视角批评电子游戏文化视频的阿妮塔·萨克伊西恩。她在遭到匿名电话恐吓之后，不得不取消了在大学的一场演讲。对方威胁她说，只要她敢在那所学校露面，“我就会创造美国史上最致命的校园枪击案”。对此次的受害人来说，“游戏门”事件成了一段漫长、紧张而又可怕的经历。而对那些骚扰者来说，这件事更像是……一场游戏。对此事件之外的大多数人来说，这只不过是互联网文化中的又一桩咄咄怪事。我之前也觉得这是件无关紧要的小事，直到我了解了这件事的细节。

媒体在报道这件事时犯了很多错误，但最大的错误不在于他们偏听偏信，在报道中采用了“游戏门人”关于此事的叙述，而是在于他们采用了骚扰者所使用的话语，误导了所有人。尤其是所有媒体都使用了“游戏门”这个词作为后续报道的框架。这个词暗示众人，对那些没有沉浸到电子游戏亚文化中的人而言，这就是件微不足道的小事，不值得大家为此事费神。很多主流媒体都没有意识到“游戏门”事件的核心就在于误导媒体，恐吓评论界，推广“红药丸”理论，并为其招募新的信徒。他们想要推广的不只是青蛙佩佩等这些卡通表情包，更是要向外界展示“灭绝白人种族”的阴谋，深入骨髓地鞭笞“西方文化”，借言论自由之名宣扬纳粹主义，并强调言论自由已经遭到了左派大学生的严重威胁。通过 4chan 论坛这种网络恶搞社区来激化法西斯主义宣传，“游戏门”事件的发起人成功做到了公然而又隐蔽地参与政治议题。通过“电子游戏新闻学中的伦理学”的荒唐讨论，他们走到了台前。而凭借众多自发的参与者，他们又成功地隐藏了活动中所蕴含的种族主义和新反动主义。他们将“社会正义斗士”诬陷为犹太阴谋家，而将电子游戏视为“高等雅利安男性的工程学”。而“游戏”也正是 YouTube 点击量最大的视频类型。屁弟派就经常用希特勒和大屠杀来“开玩笑”。他这么做的目的就是在成百上千的年轻观众的心中树立白人的受害者形象。就在父母们对此毫不知情的同时，他已经通过自己的表演——屠杀虚拟怪兽，并赢得丰满的虚拟女英雄的芳心——实现了目的。尽管媒体大多将“游戏门”描述成一件琐碎的小事，但它实际上是“新反动主义”散播恐惧的第一场战役。就连一位联邦法官凯瑟琳·博兰·福雷斯特都收到了死亡威胁。恐吓她的是“游戏门”事件中最为激进的团体——8chan 的“巴风特”。而 8chan 则是类似

4chan但是好斗得多的论坛。

这一切为特朗普在竞选期间和当选后那一套胡言乱语都做好了铺垫：假新闻、假法官、男权、白人权力、全面进攻，而且他从不道歉！这些苦果都有一个共同的根源。小说家潘卡杰·米什拉曾在《卫报》撰文，令人信服地向众人描述了查尔斯顿大屠杀、恐怖主义暴行和各种分离主义运动之间的联系。米什拉写道，我们必须把特朗普上台和英国脱欧放在一起审视。所有这些混乱都是"企业家时代"的直接副作用。他认为，资本主义的全球化产生了大量"多余的年轻人"——一大群失败者。在资本主义的承诺和现实之间有一个巨大的裂隙，而人们的"怨恨和不满就像一个过分充盈的水库"。在新秩序中，"每个人都需要成为企业家"。然而，这就意味着他们大多数势必遭遇"挫折和屈辱"。这种矛盾又必然会助长一种"末世情结和虚无主义"，并偶尔以暴力和愤怒的形式表现出来。在美国、英国和欧洲其他国家，年轻的社会主义者面对的是一大批好斗的非主流右派青年。他们已经拒绝了资本主义，转而选择法西斯主义。绝大多数媒体都对眼前这个正在发生的故事视而不见，但这群试图改变世界的年轻人，对于自己的目标，以及资本主义全球化为极端主义运动创造了巨大机会这两方面，都非常清楚。

如果谈到通过自学转变为反动分子的网民，而非早熟的未来主义者或者受了泰尔影响的人，那么迈克尔·阿尼西莫夫就是最典型的例子了。1984年，阿尼西莫夫出生于旧金山湾区，11岁时他读了一本关于纳米技术的书，从此他迷上技术乌托邦和原子机器人——它可以拯救世界，也可以终结它，这取决于你看的未来主义科幻神话的倾向。从小，阿尼西莫夫就不断努力同科技界的未来主义分子如泰尔和库兹韦尔这样的人取得联系，迫切希望加入他们的组织做志愿者，并努力往上爬。直到 2012 年底，他的职业生涯都看起来一片光明，然而就在这一年，他失去了奇点大学的工作。由于失业，阿尼西莫夫对于他之前的精神导师们都非常不满，他的想法也变得越加黑暗。很快，他就公开并“全心全意”地拥抱了那套“新反动主义”——尤其是种族主义的部分。正如他自己在博客上写的那样，他的意识形态转变是很自然的，是“长期认真思考的结果……再加上孟修斯·莫尔德巴格朝着反动主义轻轻地推了他一把。”

阿尼西莫夫的政治生涯始于“研究现代认知科学关于人类理性缺陷研究的最新发现”。这一研究的最终产物是阿尼西莫夫和他的新反动主义伙伴，在名为“更右”的博客上写了一系列题为“19 世纪的严肃绅士对民主的谴责”的文章。他们这个博客的名字主要针对另一个名叫“少错”的博客。此外，这个名字也是为致敬阿尼西莫夫酷爱的一位知识分子——已故的意大利极权主义作家朱利叶斯·埃沃拉。

作为战后整个欧洲法西斯恐怖主义的宠儿，埃沃拉出版了《从右翼看法西斯》一书。他认为希特勒和墨索里尼之所以失败，是因为他们不够极端，而且过于民粹了。埃沃拉认为回归贵族制要更好。布赖特巴特新闻网的董事长史蒂夫·班农（此人后来成为特朗普的竞选战略顾问和白宫顾问）在接受 BuzzFeed 采访时，提到了这位名不见经传的作家，之后此人的名字才开始出现在美国的主流媒体上。正如一位传统的右翼学者后来对《纽约时报》所说的那样："班农居然知道埃沃拉，这件事本身就意义重大。"甚至都不能仅仅叫意义重大，这简直令人惊恐！

一些长期关注科技乌托邦领域的人，对于阿尼西莫夫这个圈内新星走上纳粹道路这件事并不感到惊讶。在读完阿尼西莫夫在2014年发表的新反动主义宣言之后，学术博主戴尔·卡里科写下了一段话。

> 在你们为阿尼西莫夫的右派宣言大吃一惊的很多年前，我就已经批评过他鼓吹财阀法团主义、物神军国主义、反民主优生学和技术官僚精英主义等反动政治理论了。当然，他对我列出的这些理论名词都予以否认，但从未就我批评的实质内容做出回应。现在他终于升起了那面法西斯主义的旗帜，这都在我意料之中。

阿尼西莫夫经常在推特上发表各种偏执的白人至上主义狂言。他问："凭什么黑人就可以独自占有一块大陆？"他还痛心疾首地呼喊："欧洲的白人正在被'多样性'取代和消灭。"他还谴责异族通婚，并表示妇女就应该被锁在家里。因为涉嫌骚扰他人，他的推特账户被关停。这之后，阿尼西莫夫来到社交网站 Ask.Fm，回答了上百个关于他自己和他的观点的问题。在解释自己的经济来源时，他写道："我收费为人撰写科学文章，但我的大部分作品都不署我的名字。我也没法告诉你客户的名字，不然我的政敌会想方设法让我丢了工作，或者受到其他干扰。”他最喜欢的政党是希腊的金色黎明党。他最喜欢的“学者”有莫尔德巴格、埃沃拉、叔本华。“犹太人，”他写道，“编造了大量的故事来诋毁希特勒。”

除了互联网，阿尼西莫夫对历史的荒唐解读还来自哪儿呢？他曾上过一些大学水平的计算机科学课程，但从未完成过学位。而且不知怎么回事，他与自己的“俄罗斯白人”血统至少是在想象中重新取得了联系。阿尼西莫夫还希望重建贵族制度，因为他认为贵族政府包含“一种相互的尊重、理解和友谊。而今天的政客并不具备这些特质，只会傻乎乎地眨巴着眼睛”。在他看来，“传统的”社会等级制相较于现行的“超平等”制度，在面对“被赋予了过大权力的群众”时缓冲效果更好。他认为只有老式的威权主义才能保护这个世界，而不被未来的恐怖分子使用大规模杀伤性武器毁灭掉。

> 制造不可追踪的机械神经蚊子杀手，将它用于暗杀。同时，用富勒烯为原料造一批怪物，这种材料比钢强一百倍。再在地下室里建好核浓缩离心机。再加上一个基本不受节制、自由放任的无政府资本主义，或者新自由主义的资本主义制度。把上述措施结合起来，我们就有办法对抗灾难了。只有通过传统的结构和模式，我才能找到问题的解决方案。

在他看来，自己这套新的超传统社会架构和他长期以来一直鼓吹的未来主义之间不但不存在任何矛盾，两者还存在内在的联系。至少在这一点上，他说对了。

第八章　前进，机器战士

如果说有什么可以概括正在崛起的精英阶层的梦想和愿望，那就是奇点。它是一个预言，一套计划，更是一种学说。作为预言，奇点就是我们的技术能力超过已知的物理和意识的极限，让所有人一起陷入狂喜的时刻。到时候，无论是军方、企业还是黑客组织，所有研究所的科研进度都将得到加快，直到这些创新所产生的能量迸发出巨大的火花，那时候世界将会见证人和计算机在物理和形而上意义上的完全融合。

人类和机器人之间也不再有任何差别，所有的东西都会觉醒，一个新时代将会到来。届时，无数个体的意识将汇聚成一种蜂群思维，并将整个宇宙统一到永恒的狂喜中。这就是奇点理论想表达的。它是目前各种“超人类”思想中最受欢迎的一种。除此以外，还有一套相对折中的理论——只要人类不断把大脑所蕴含的能量转化为形式更高级的科技，终有一天，人类将会从自然界夺回进化的控制权，在宇宙中随意选择自身存在的方式。不同于那些痴迷于生物学和基因学的超人类主义思想，奇点理论特别强调了计算机——尤其是高级人工智能的发展——是实现物种转变必然且必需的催化剂。

与奇点理论关联最密切的人，是作家、发明家兼技术主管雷·库兹韦尔。此人以大胆新奇的想法著称，奇点只是他的无数创想之一。他早期的各种想法，相比之下要比现在保守得多。在1984 年的一次会议上，库兹韦尔表示，人工智能的研究员对于这项技术的发展，预计得过于乐观了。因为他们总是认为，我们只需要再等 10 年或 20 年就能看到“强人工智能”——人类大脑一样的计算机，这是科技领域的“圣杯”。未来，他们只会发现自己的预测一错再错。

库兹韦尔表示，这种浪漫主义为这一研究领域带来了严重的“可信度问题”。1990 年，麻省理工学院出版社出版了他的第一本书 ——《智能机器的时代》(*The Age of Intelligent Machines*)，收录了 20 多位作家对于人工智能的预测。为了让这本书尽量严谨，库兹韦尔仅基于当时已开发的技术做出了预测，比如无线便携式电脑。但到了 1999 年，随着新千年临近，库兹韦尔摇身一变成了一位科技预言家。同年，他又出版了一本书——《灵魂机器的时代》(*The Age of Spiritual Machines*)。就这样，他摇身一变，成了自己过去非常鄙视的科技浪漫主义的旗手。

有一点库兹韦尔倒是猜对了。2009 年，人们“主要使用便携式电脑，而且到了那时，这类电脑会变得又轻又薄”。但如果你像他一样，1999 年就知道这种技术已经广泛出现在各种研究和开发中，那你就不会觉得这个预言神奇了。而他针对 2019 年的预言就没法看了——“经济的快速增长和繁荣一直持续”。到了2099 年，他寓言“软件人类”(software-based humans) 将把他们的非机械神经的祖先抛弃，变得和神一样，可以随心所欲地展现不同人格。2005 年，随着《奇点临近》(*The Singularity Is Near*)的出版，库兹韦尔终于成了科技神话界的最高领袖。在人工智能领域，人们不再讨论研究是否会陷入死胡同。因为库兹韦尔说了，很快电脑就会像人类一样思考，更重要的是：

> 在后奇点时代，人和机器之间，在无论是物理还是虚拟两个层面的现实上，都不再有任何区别……最终，整个宇宙都将充满我们的智慧。这就是宇宙的命运。

小心谨慎的库兹韦尔究竟怎么了？愤世嫉俗的人认为，他这么哗众取宠就是为了多卖几本书，抢占几个头条。的确，《奇点临近》成了《纽约时报》的畅销书，在过去 10 年间卖了足足 25 万册，而且这本书在硅谷也大获成功。《连线》(*Wired*)杂志的创始人凯文·凯利称之为“一本具有增值力的书”，预示着“乌托邦的开始”。在为这本“引人入胜”的书做宣传时，比尔·盖茨说：“在我看来，对于人工智能的未来，库兹韦尔已经给出了最好的预测。”

其他人则从另一个角度解读了库兹韦尔的转变。生物学家兼博主“PZ Myers”是这样评价他的：“雷·库兹韦尔是个天才，他是我们这个时代最伟大的推销员。”而库兹韦尔认为，学术界内外的各路批评者之所以没能像他那样预见奇点即将到来，是因为他们已经落后于这个时代了。“科学家总是酷爱质疑并审慎地发表观点，这些特质是训练的结果。”而创新的指数级增长意味着对“社会利益”而言，多疑和谨慎有害无益。

对库兹韦尔来说，“社会利益”的最大化基本上等同于尽快实现奇点到来。这就意味着，一切资源都应该交给美国的科技公司，让它们随意支配，并将所有法律都朝着对这些公司有利的方向进行修改。这么看来，库兹韦尔和他的奇点理论在大型科技公司的高层拥有大量拥趸也就不足为奇了，同时还解释了为什么连比尔·盖茨都热情地吹捧他。在公共关系方面，库兹韦尔对令人眼花缭乱的数字化的未来做出了貌似有科学根据、实则过于乐观的预测。而这对整个硅谷来说，都是一笔巨大的财富。2012 年 12 月，有消息称库兹韦尔在谷歌找到了一份工作，这不禁令我好奇。

我就纳闷了，一家在全世界都占据主导地位的科技公司，怎么会相信这么一个鼓吹科技神话的家伙呢？他有什么企图？库兹韦尔最近申请的几项专利——用甜味剂和蛋白粉制作的“代餐饮料”、隔音的“助眠”头盔，以及一款“诗歌”屏保无不表明此人已经算不上优秀的发明家了。在谷歌，库兹韦尔的头衔是工程总监，这个职位听起来还挺重要的。我曾在一篇文章中读到，谷歌的联合创始人拉里·佩奇和谢尔盖·布林还在斯坦福大学读本科时，两人就已经是库兹韦尔的粉丝了。而正好他最近又出版了一本关于人工智能的书——《如何创造思维》(*How to Create a Mind*)。佩奇听人讲了这本书的摘要后，就邀请库兹韦尔加入谷歌。给库兹韦尔提供了这么好的职位，一方面表明佩奇对他的能力很信任，另一方面也说明佩奇对于他的预测非常认可。这样一来，问题就更多了——谷歌，一个比大多数政府还要有权力的公司，其领导人赞同库兹韦尔所说的奇点理论，这究竟意味着什么？

不奇怪吗？这么多有头有脸的科技界巨擘都相信库兹韦尔的预言，即人类将同机器进行不可逆转的融合以实现进化，而且人们还会为了获得不朽的蜂群思维而牺牲生物学意义上的自我。这种事真的会发生吗？如果奇点主义真的猜中了未来，当未来的人回首现在，就会将库兹韦尔在谷歌任职一事，视作人类历史上的重要里程碑，其重要程度将与罗马皇帝康斯坦丁皈依基督教不相上下。但如果最终我们证明奇点理论只不过是疯狂的幻想，是那群有钱又有闲的科幻爱好者的白日梦，那又会怎样呢？那样的话，我心中就只有两个问题了，这群人天天都学了些什么玩意到脑子里？哪里能搞到这种玩意？我也想试试。

答案很简单，阿姆斯特丹。

2009 年，拿着佩奇和另一位谷歌早期员工给他的资金，库兹韦尔支持了一项名为奇点大学的项目。该机构旨在向来自世界各地的学生——公共和私营领域现在或未来的领导人，传播奇点主义思想。在山景城，我站在谷歌总部附近的小道上，望见了奇点大学的校园。该机构为期仅 10 周的暑期课程的学费达 3 万美元，远远超出了我的承受能力。不过好在他们还举办为期两天的游学研讨会，叫作“奇点峰会”，下一次将在阿姆斯特丹召开。

活动的宣传资料向参与者承诺，他们将获得梦幻般的启示。活动中关于“机器人和人工智能革命”的系列会议包括无人机、“远程呈现”以及所谓的“深度学习”等领域的最新研究成果。会议的演讲者将会讨论人体移植、外骨骼、3D 打印器官和纳米医药的可能性。活动还会围绕“通过组织社会以加速变革”展开一系列会议，旨在探讨政府在科技和“失业与不平等”这两者之间扮演何种角色。

最后，对于那些想要窥探未来金钱走向的参与者，会议还将安排关于“指数级技术增长”时代下的创业和企业的讲座。“指数级技术增长”这个短语基本上会出现在库兹韦尔的每一个理论中，用来描述发明创造的增长速度从历史上看是多么迅猛，并终将把我们带到奇点来临的时刻。“指数级技术增长将颠覆所有行业。”在线宣传单这样写道，“快来了解这些技术将对您的商业带来怎样的冲击，而我们又应当如何把握住这个 21 世纪最大的机遇。”在网上点击注册的超链接后会弹出一个警告：“瓦解还是被瓦解。”

这次峰会的门票是每张 2 500 美元，所以我当然申请了媒体票，希望组织者愿意为了扩大宣传而免费给我一张门票。没想到他们还真给我票了！于是我赶忙打包行李，订了张飞往荷兰的机票。

我赶在奇点大会开始前一天到达了阿姆斯特丹。我住的地方在荷兰一家大银行总部的对面，是一家由妓院改建而成的酒店。在公共休息区，我遇到了鲍比，一个来自旧金山的年轻游客，待人非常热情。“我爱优步！”他说着就用优步叫了辆车。看来我是没法逃脱加利福尼亚州帝国在全球的残暴统治了。鲍比曾在联邦政府的执法机关工作，他现在为一家总部位于欧洲的美国政府承包商工作。鲍比要去当地一家咖啡店见几个女性朋友，于是我们没来得及多聊就道别了。但很快我就又跟另一位住在这个酒店的客人聊了起来，他是个腼腆的斯堪的纳维亚人，为几款毫无亮点的手机应用写过程序。但是跟他聊天，就像和其他程序员一样，我们两句之后就没什么可说的了。这倒也好。我出去散了散步，买了三根名叫“奶酪”的手工卷烟。我感觉太累了，于是没再多逛，就直接回酒店去了。

事实证明，“奶酪”这玩意儿相当可怕。我设置的第一个闹钟完全没有把我叫醒。等我醒来，只能赶紧爬起来，往会场狂奔。这天清晨很凉爽，街上挤满了自行车。我紧赶慢赶地沿着运河来到阿姆斯特丹市中心的一个大广场——莱兹广场。在宏伟的美洲酒店的拐角处，我看到了德拉玛剧院的玻璃幕墙。它并不总是那么光滑。“二战”期间，这个剧院改造成了一个标准的大型数据档案库，里面存放纳粹的“自愿”劳工计划——“义务劳动”的住房记录。按照该计划，纳粹把大量荷兰公民派遣到了德国的农田和工厂。1945 年 1 月，在盟军的支持下，一个叫作“打手队”的地下反抗组织用燃烧弹袭击了这栋建筑。纳粹为了报复，选了一个所有人都能看见的地方，让五名劳动局的可疑员工背靠着这栋建筑，把他们枪决了。至于今天上午的会议，我猜它怎么也不会比这段历史更可怕了。

一位衣冠楚楚的看门人向我招手，把我引进了德拉玛剧院的大厅。剧院内到处都是精心打磨的石雕、红色的天鹅绒和水晶大吊灯。与会者大多是中年人，穿戴都很商务，正兴致昂扬地聊着天。我检查了一下我的夹克和里面的“奶酪”，在接待处领取了上面写有“媒体”的挂带和徽章。这虽然为我同其他与会者攀谈带来了一定的便利，但恐怕它劝退的效果更加明显。挂带上还印了此次大会的赞助商德勤的标志，以及与峰会主题对应的口号："认知——启动今天，构建明日。"不过最重要的是，我标有媒体字样的徽章让我得以进入楼上的 VIP 区。那里排队买咖啡的人更少，菜单上也全是素食，想必库兹韦尔一定也很推崇食素长寿那一套。我看见一张临时用作办公桌的小酒桌旁，那个之前帮我确认证件信息的荷兰公关人员坐在那里，满脸疲惫。在他挂掉电话后，我尴尬地在他面前晃了晃，做了一番自我介绍。

从他那里我得知，已经有 900 人登记参加了这次峰会，其中包括另外 75 名记者。难怪他忙得要死。他告诉我，这次峰会是奇点大学历史上规模最大的活动。我还特意让他看到我在本上记下了，"最大的……历史上……"。做完这些记者的工作后，我同他道别，加入上楼的人群，进入大礼堂。

路上，我遇到了奇点大学的摄制组，他们正在采访一些想要参加此次会议的人。从他们身边挤过去之后，我在较高一层的走廊找到了一个座位。忽然，房间变暗了，有那么一瞬间我甚至还感到了一丝期待，但它也就持续了一秒。因为我突然感到一阵头疼。管弦乐队的演奏响彻礼堂，震得我简直要哭出来了。这时屏幕上开始播放视频。

屏幕上的内容远不如乐队的伴奏那么震撼。演讲者的头像一个接一个出现，中间夹杂着模拟出来的镜头光晕效果。随着"嗖"的一声，屏幕上又出现了一系列往届峰会的快照：一个站在讲台上的男人，围绕着办公桌的人们，一块白板。伴随着雷鸣般的隆隆声和超新星一样的耀眼光芒，一个不协调的声音逐渐增强，最终画面中的一切都融入了奇点大学的标志中。

我往剧院较低的那几排座位望去。那里坐满了保险公司、电力公司和其他无聊机构的中层干部。他们代表了欧洲最保守、最不愿冒险的商业传统。我在会议间隙的聊天中得知，有很多人和我一样是奔着库兹韦尔来的，但更多人是被这次大会宣传中的那句“与会者将获知前沿科技的最新情报，并可以借此开拓市场”而吸引来的。或者说，至少这套说辞成功说服了这些人的老板，让他们为本周在这里举办的欧洲成人迪士尼乐园买了单。

峰会一开始，德勤“前沿中心”的执行董事约翰·哈格尔就明确表示，德勤管理层对奇点理论抱有浓厚的兴趣。而他所在的这个“前沿中心”负责帮助“高管们理解，并从新机遇中获利”。其实他的工作就是搞明白硅谷当下的流行词到底都是什么意思。德勤是本次峰会的主要赞助商，所以他们派出的代表团规模也最大。“德勤为什么要这样做？其实我们的动机非常自私。”哈格尔说，“如果我们不这样做，我们的技术人员、律师、审计人员和顾问都将在几年内破产。”

答案就在这。德勤之所以赞助奇点峰会，是因为会计专业的学生正坐在某个高耸入云的玻璃塔里，讨论着奇点主义的未来会给保险业带来怎样的改变。因为，如果奇点真的来了，那么数百万的“超人类”投保人可能会长生不老。他们还分析未来的某些新兴的高科技风险投资项目的成本和效益，比如太空采矿业。我早该想到的，这一切都是为了钱。显然，这一点是永远也不会变的。

在本次峰会的舞台上，没有人比奇点大学的联合创始人彼得·迪亚曼蒂斯把这种财富欲表达得更直接的了。虽然雷·库兹韦尔是名义上的“校长”，但其实他只是个名誉校长，因为奇点大学这个想法最初就是迪亚曼蒂斯想出来的。而库兹韦尔所做的只是把这个点子复述给了谷歌，并拿到了启动资金。迪亚曼蒂斯穿着剪裁考究的西装，发型一丝不苟，笑容无比灿烂。他站在穿戴简陋的奇点大学学生中，显得格外出众。

他是国际象棋社团的呆子中那个异常活跃的辩论会主席，一个天生的亲善家，始终洋溢着无限乐观精神。迪亚曼蒂斯毕业于哈佛大学和麻省理工学院，是一名医学博士，也是一位航天工程师。他在法国的斯特拉斯堡建立了国际太空大学，以推动私人领域的太空探索。之后，他还设立了 X 大奖基金会，向那些解决各种技术难题的团队提供奖金，比如制作“简单廉价”的私人直升机的原型机，或者让一个完全由私人资助的机器人成功登月。据说，达成登月挑战的奖金高达 3 000 万美元。

和许多幸运的有钱人一样，迪亚曼蒂斯对为什么有人富、有人穷，以及如何在商业上获得成功有一套奇特的想法。他对与会者说：“一个人做任何事，都有机会成为亿万富翁。而你只需要探明自己内心和灵魂深处的想法，然后照着做就行了。”显然，迪亚曼蒂斯已经探明了自己灵魂的深处，他在那里找到了精炼工业。就在其他人还在仰望星空、发着呆的时候，迪亚曼蒂斯已经找到了等着他去掠夺的宝藏。

他说：“地球只是超市里琳琅满目的商品中的一粒面包屑。”他的小行星采矿企业——行星资源公司，力图在开采太空矿产方面取得领先优势。“就像欧洲人去新大陆寻找资源一样，人类应当把太空视为终极的资源。”他说。

这类洋溢着浪漫主义的征服者论调是此次大会演讲者的基调，他们还会时不时穿插一些画着上升曲线的图表。奇点大学的首席执行官罗布·内尔是毕业于斯坦福大学的机器人设计师。他身材瘦长，穿着格子西装，用谷歌眼镜别住了他的披肩长发。他从《奇点临近》中借了几句话，写在了自己的幻灯片里——“智慧的灵感来自大学”。他用一条上升的趋势线描绘了人类发明的“指数级”发展。图表旁边是库兹韦尔校长的画像，他朝着观众露出了一个顽皮的笑容，就跟被一个笑话逗乐了一样。“未来主义这门生意的好处之一，”库兹韦尔曾经写道，“就是当读者发现你预言错了的时候，他们的钱已经要不回来了。”

正如他的图表所显示的，内尔对未来充满信心。“我们经历了很多战争、经济萧条、科技周期性的爆炸性增长和相对的低潮期。但从总体而言，正如这条曲线所显示的，我们的科技水平取得了长足的进步。”他说，“我认为，我们很可能将迎来人类有史以来最令人激动的时刻。”说着，他举起了一部智能手机。“这不只是一部电话，”他严肃地说，“这还是一位老师，一位医生。它的功能非常强大，里面有上千万个应用程序，这意味着仅凭这个设备，我们就可以畅游在无数个完全不同的领域之中……手机为所有人创造了许许多多的机会。”

这就是他对于未来的宏伟愿景？智能手机？这真是一场惊天骗局！在收了每个人 2 500 美元之后，他就打算让我们所有人花两天时间，看他重新包装之后的苹果手机广告？虽然在很多方面都是老生常谈，但奇点大学提供的不仅仅是近期硅谷各种会议的大杂烩。正如内尔所说，这个活动不只是为了预测未来，更是为了“引导”未来，这就需要大家共同努力了。考虑到这个礼堂里的人代表着无数个企业，能把这么多人聚集到阿姆斯特丹的这个剧院，说明这群人确实有能力影响政策和经济形势。在这个意义上，奇点峰会类似于谷歌汤姆·奇所说的“工厂”，因为这二者的目标高度一致——“影响有影响力的人”。至少，在这种意义上，我们可以说这次大会还是成功的。

奇点峰会既是一个战略学术会，也是一个商业研讨会。政治的潜台词时不时地浮到表面上来。比如峰会上有一位发言人说，在未来获得更大的技术授权，需要我们“更新一下政治结构”。“我们的宪法就很需要更新。”他说，“宪法是我们运行这个社会的软件。”

正如罗布·内尔在谈到机器人和自动化时所说的，“社会软件”的下一次更新必将压垮所有工人。“不仅蓝领工人会被取代，或者说被强化，”他补充说，“经理也会被机器人替代掉。”奇点大学的前校长兼伦理学家，尼尔·雅各布斯坦也谈到了这一点。雅各布斯坦是“旋转门机制”的老油条了。无论是在美国国家航空航天局、五角大楼，还是在波音公司这样的大型承包商中，他都担任过顾问。他引用了最新的一项研究，称未来 20 年内，美国 47% 的就业岗位都将实现某种程度的自动化。

他也指出，某些职业会顽强地抵挡这一趋势，尤其是律师、教师和医生。“但即便没有新技术的突破，颠覆专业性很强的白领岗位的时机也已经成熟了。”雅各布斯坦说，“对此，白领们的反应总是，‘好吧，所有工作都会被自动化——当然，除了我们的’。但这一次，谁也无法幸免了。”拿医生来说，他们可能会因为各种手持医疗设备的发展而被淘汰。在新设备的帮助下，人们挥挥手就可以诊断疾病了。他说，毫无疑问这种设备会首先部署在“行业保护较少的地区，比如非洲”。但其实整个世界都是他们的实验室。

除了打破各种“行业保护”，并允许采用人体作为测试对象，雅各布斯坦还认为这个社会必须从根本上去适应科技从业者的需求。设置如同杀毒软件般的程序，用于监控世界上的各种“异常和不当行为”，以维护秩序和防止各类破坏行为。他还提议通过算法来执法，让那些以为闯红灯也没什么大不了的美国人，在事后都收到一张罚单和他们开车闯红灯的监控照片。雅各布斯坦提出的建议都很复杂，入侵性也非常强。

认真地讲，要实现这个完全自动化的暴政需要近乎无限的计算能力。不过不用担心！就像峰会上大家所说的那样，“指数级的技术增长”必然会解决一切问题。雅各布斯坦继续点击幻灯片，屏幕上出现了我在这次峰会上见到的最恐怖的景象。那是一幅插画，一个巨大无比的“硅脑”漂浮在蓝天白云之间。让人费解的是，还有一条不明所以的亮红色直线穿过了这个怪异的大脑，而图上没有任何文字说明。雅各布斯坦解释道：“可以想象，如果没有人类头骨的限制，我们可以用这整间礼堂、整个阿姆斯特丹、整个欧洲，或者干脆用整个星球的表面积来制作一个人工大脑皮层。”他说：“你可能会认为，‘哇，这可有点太过了’。但事实并非如此。”

午餐休息时，我坐到了雅各布斯坦身旁。我心中的问题实在太多了。我问他，在一个人工智能主宰的社会，民主的命运将会如何？雅各布斯坦用一种遗憾的目光看着我，他说：“这个问题很复杂，需要深思熟虑和细致的分析，而且我觉得这不太适合在新闻媒体上报道。”但他又补充说，奇点大学很鼓励学生认真地思考“商业和科技对伦理的影响”。看来我应该跟他聊聊那个浮空大脑。“在您的演讲中，有一张幻灯片上显示了一个行星规模的超级人工大脑皮层。”我说，“也许是我的人类大脑太弱了，我想象不出来什么样的管理机制能够容纳这样的一个存在。”

他说，事情没那么简单，人们总是害怕他们无法理解的东西。在他看来，“像人工智能这种指数级增长的技术”可以彻底解决“我们在应对道德准则方面的能力不足”。那些复杂的细节，比如在浮空大脑中写入哪一种道德准则这类问题，最好留给最聪明且最正直的人来决定，并由一支由无人机组成的无敌军团来确保它的执行。简言之，我之所以想不通，确实是因为我的人类大脑的思维能力太有限了。

“我对政客毫无信心，但我信任科技。”雅各布斯坦告诉我。这个观点显然也得到了奇点大学的演讲者、教授和领导层的广泛认同。会上，曾有一位观众向迪亚曼蒂斯提问：“过去我们经历了很多革命，那么未来会有不同的解决方案吗？”答案不出所料，是科技。科技就是解决方案，但在某种意义上也可以构成一场革命。“政府不会和平地自我瓦解。”迪亚曼蒂斯说。显然，他对于政治，尤其是代议制民主的失败抱有强烈的感情，而且他认为代议制民主不同于“真正的民主”。

如果说我们能从迪亚曼蒂斯的言论中抽离出什么明确的观点，那就是对一切可能阻碍企业赚取利润的政治干预，比如保护和监管，他都极其厌恶。在他看来，限制资本的扩张，也势必阻碍技术的革新，反之亦然。既然只有技术才能将人类从气候变化之类的生存危机中拯救出来，那么除了放任科技资本的扩张，说什么都是胡扯。“世界已经变得非常美好了，但这肯定不能归功于那些政客。”迪亚曼蒂斯说，“这是过去100年来科技带给世界的影响。”至于现有的政治领袖，他接着说：“如果不能帮上什么忙，他们最好也不要挡了科技的道。”

峰会的所有演讲者都痴迷于人类的“提升”和创造超人种族这两个发展方向。正如雅各布斯坦所说的，我们想要创造和操控强大的人工智能，或者创造电子人，只需要用手术把人和机器结合起来就行了。

但是不要把电子人称为“优等民族”！这类令人不安的话题都被与会者限定在一种“无害”的框架内展开——关于人工智能和政府治理的关系。相比在奇点大学的同龄人，雅各布斯坦的表达方式更实事求是，这使他的“弗兰肯斯坦计划”听上去更容易接受一点。“让我们来谈一谈‘扩容’。我们真的需要扩大我们的大脑吗？答案是肯定的。”他说。

他把这个疯狂的设想说得跟去趟苹果的“天才吧”一样轻松。“人类大脑在过去5万多年都没有发生过重大的变化。而要是你的手机或笔记本电脑5年都没有更新过，你肯定就坐不住了。”我知道，谷歌和其他公司一样，正在研究一种由大脑直接操控的机械神经植入物。领导奇点大学的教授参与这项“人类机能强化”研究的，是一位出生在得克萨斯州的生物技术科学家兼工程师，雷蒙德·麦考利。他的演讲主题是“自主引导进化”，内容中还包含了一大段关于“生物黑客”的讨论。

他快速切换出一张幻灯片，上面展示了一种用于追踪货物和牲畜的微型射频识别芯片。“一个人得疯狂到什么程度才会给自己植入这种东西？”他问道。随后，麦考利从后台叫了两个朋友上来。他们是奇点大学驻瑞典大使兼超人类主义协会主席汉内斯·舍布拉德，和在乌德勒支经营一家穿孔工作室的汤姆·范·奥德纳登。

接下来台上发生的简直是一场精心准备的恶作剧。麦考利说，在奇点大学给他授权的演讲内容中，他在最后一刻稍微做了些修改。“我是个黑客，”他说，“我更擅长从实践中学习。我今天就要试试看，到底在体内植入芯片、成为半机器人是什么感觉。”观众沸腾了。奇点大学摄制组也赶忙爬上舞台。当工作人员正在给穿孔机做准备时，超人类主义大使舍布拉德接过了话筒。他说，他在瑞典当地的“创造者社区”已经给100名志愿者植入了芯片。“我们就是想看看，这么做到底会发生什么。”

除了让人变得更懒，他们并没有发现嵌入式识别芯片的更多用途。有的人把门锁换成了电子锁。“或者说，当我拿着手机，它就会自动解锁，我就不用再输入密码或者别的方式解锁了。”在荷兰还有一帮人，他们找到了在植入物中储存比特币的办法，这倒是让人印象深刻——居然让他们找到了一种让虚拟货币变得比现在更不实用的办法。未来的两年内，舍布拉德的“半机器人福音派”将致力于说服瑞典和美国威斯康星州多家公司，为它们的员工“提供”微型芯片。

麦考利把消过毒的胳膊放在桌子上，透过剧院的大屏幕给出了特写。一个粗大的白色针头在他的皮肤上投下了一道阴影。“如果你们有人神经比较敏感，那么最好现在不要看过来。”他说。针头扎进去，一秒之后就结束了。我们见证了一个半机器人在一个留着莫西干发型的护士手中的诞生。麦考利站起来鼓掌。但场面有些混乱，因为他的胳膊还在滴血。有人正在擦他脚边落在地上的血迹。“我感觉一点都不疼。”他说，“未来，所有人都会给自己植入芯片，然后我们就可以像升级苹果手机那样升级它了。想想看吧，这就是未来。”

麦考利还谈到了另一种实现超人类主义未来的方法：基因工程。加入奇点大学前，他和几个朋友共同创办了 Bio-Curious，这是一家坐落于加利福尼亚州森尼维尔的非营利机构，旨在为“任何想和朋友们一起做实验的人”提供一个低成本的生物实验室，从而使基因工程等尖端的生物技术规范化。麦考利预测，儿童疾病的预防将给人类基因改造打开后门。他说，富裕的美国夫妇违反规定和伦理禁忌前往新加坡、中国香港、开罗以及阿姆斯特丹等地，让基因医生们评估，是否可以人为选择胎儿的性别、身高、瞳色、性格和音乐能力，这已经是个公开的秘密了。“我总能听到各种请求……‘我想要一个高个子、擅长踢足球，而且社交能力强的孩子。’”麦考利说。

让人胆寒的是，奇点大学所倡导的超人类主义观点和一个世纪前斯坦福大学提出的优生学惊人地相似。两者的基本论点几乎完全一样。在《奇点临近》中，奇点大学校长库兹韦尔谴责了限制人类胎儿基因工程的“原教旨人文主义”。

2012 年，一位采访者让库兹韦尔解释他的超人类奇点主义和旧有的优生学观点之间的差异。“优生学，首先是无效的。它的技术没有用，而且还很反人类。”库兹韦尔说，“它只能杀人但不能强化人。”但优生学的目标明明也是“机能强化”。此外，优生学的问题不在于相关的技术没有效果，而是为了实现这么一个不靠谱的目标，人们往往需要实施一个包括种族主义、专制、暴力以及强迫他人在内的邪恶计划——这一点是毋庸置疑的！而正是优生学所包含的种族主义，定义了现如今硅谷各家生物技术创业公司发展的方向。

这些公司承诺会通过“应用遗传学”创造一个更美好的世界。其中最有名的是谷歌的 23andMe（基因检测公司）。该公司向大众提供基因测序服务。就和 Ancestry.com（家谱公司）之类的超科学雅痞遗传研究网站差不多，该公司的营销人员会在宣传中巧妙地暗示你，这项服务不仅对健康有潜在的益处，还能满足你的好奇心。绝大多数医学伦理学家都谴责了23andMe，称该公司正在向没有遗传风险的人推广不必要的检测，并借此囤积客户数据，以便日后将数据出售给保险公司或广告商。

但23andMe的野心要比这群伦理学家想象的大得多。2013年，谷歌就“基于遗传计算的配子捐赠”注册了专利——该技术可以用于为后代进行基因编辑，实现一些“可接受的基因置换”。该系统可以评估与胎儿的“身高、瞳色、性别”相关的疾病风险，还可以评估“性格”。简单来说，谷歌已经为“设计婴儿”的工具申请了专利。但这种简单明了的说法对这些科技巨头和他们改变世界的野心而言十分不利。“生物技术”听起来比“由企业管理的选择性育种项目”要好得多。另一家优生学领域的热门初创公司Counsyl已经获得了顶级风投公司的支持。该公司承诺会让基因检测变得廉价，便宜到所有人都用得起。

Counsyl公司主张为消费者提供“生育的自主权”，而且它强调其产品能够帮助穷人。Counsyl吹嘘说，它的低成本基因测试的费用可以由医保覆盖，但它从未讲过这种测试到底要怎么才能被覆盖。它的处境和23andMe一样，伦理学家抨击他们在利用基因数据市场缺乏监管的现状。用科学记者兼生物技术顾问史蒂夫·迪克曼的话来说，这种方式会让人类“在试图控制智商、体重、身高和其他体征的过程中走向毁灭”。

硅谷生物技术公司们很难激发人们对此类产品的信心。在它们的网站首页上，你总能看到一些面带微笑的白人，在摆放着白色家具、一尘不染的白色公寓里摆造型。但是优生政治学也在随着时代变化。在 Counsyl 的联合创始人里也有一群亚裔美国人，而且该公司还在网站上放了一对东亚夫妇的合影。如今，大型科技公司的种族等级制度也为某些亚洲人——尤其是非穆斯林的印度人、中国人、韩国人和其他东亚人，提供了一定的晋升空间。“白”的含义也在随着时间和地点的变化而变化。至少在当前的科技行业中，亚洲人明显被认为相比黑人和拉丁裔“更白”——他们的工作能力更强。甚至存在一种硅谷式偏见，认为亚洲技术人员往往智商更高。

麦考利在奇点峰会上做了一场表演式的手术。第二天我见到他时，他说自己恢复得很快。他给我看了下他手上结实的绷带，以及一个用来控制芯片的手机应用程序。该程序在每次打开时都会显示一个大大的警告：请不要忘记您的密码！

麦考利还没想好要怎么使用这个芯片。他想把它变成一个无线钥匙，但又觉得自己在手上开了个口子就为了开个门，实在没什么意思。所以他又想到给自己的房间加一个密室，类似秘密酒吧或者是安全房。“我可以用它来打开一扇隐藏的门或通道。”他解释说。

我问麦考利奇点大学里的氛围怎么样。“在某些方面，很像大学二年级的宿舍——三个最聪明的男孩和女孩在凌晨 4 点还聚在一起，谁也不想睡觉。”他说，“而我们所做的，就是把一个国家里最聪明的 80 个人聚到一起，努力解决世界级的难题，同时挣一笔钱。”

“伙计，这种感觉真的太让人上瘾了，简直跟毒品一样。”他说，“这就快跟邪教差不多了。要是哪天我们都穿上了银色连裤衫，那我可能真得担心一下这个问题了。”

“是吗？”我问，“你不会不吃饭就去运动，或者重复念经——对吧？”

“我们会摄取很多蛋白质。”麦考利回答，“集体思维通常不受大家欢迎……但我们对技术实证主义的信仰有时候确实跟宗教狂热差不多了。”

叮叮叮！可能是自助餐时间到了，又或者是昨晚抽的“奶酪”的劲儿还没消。但我注意到，当我坐在一个光线昏暗的大礼堂里，接受了几个小时铺天盖地的奇点主义宣传后，我已经完全失去了辨别离奇怪异而令人憎恶的事物的能力了。我感到一阵头晕目眩。我担心自己可能就快要把身体、心智和灵魂都交给神圣的“指数级增长”了。当我想离开礼堂去洗手间时，发现门被反锁，一阵恐慌涌上心头。不过，很快我看到有人从边上的门进入了礼堂。好吧，如果这里发生的一切真的是洗脑行为，那恐怕也是自愿发生的。

70 多年前，已故的无政府主义基督教哲学家雅克·埃卢尔认为，科技才是现代国家真正的官方宗教。埃卢尔是一位杰出人物。“二战”时，他曾作为法国地下抵抗运动的领袖，在大屠杀中保护了许多难民。埃卢尔在这场由科学家和工程师推动的全球灾难中艰难地活了下来，然后发现这批技术人员——虚伪的牧师——将统治余下的整个世纪。他非常厌恶技术人员。“尤其令人不安的是，他们所拥有的权力和他们批判事物的能力之间存在着巨大的鸿沟。这就意味着，他们根本没有能力明辨是非。”他写道。

在埃卢尔看来，如果科技是一种宗教，那么奇点主义必定是其中最极端、最狂热的教派，是战后机械崇拜教的主业会。雷·库兹韦尔虽然算得上是该教派最著名的先知，但绝对不是第一人。真正的奇点主义之父是一位科幻作家——威斯康星州的退休数学教授，弗诺·文奇。在 1983 年 1 月的《奥秘》（*OMNI*）杂志上，他首次在一篇文章中提出了“奇点”这个概念。这本科学杂志是凯西·基顿创办的，风格相当古怪。根据《纽约时报》上的讣告，基顿曾是“全欧洲薪水最高的脱衣舞娘”，但她更为人所知的是她推广了癌症的各种偏方疗法，以及和丈夫鲍勃·古乔内共同创办了《阁楼》（*Penthouse*）杂志。

在这篇题为“海猴、猿人和活着的恐龙”的文章中，文奇指出，人类正在接近一个“技术奇点”。当奇点到来时，计算机的思考能力将超越人类所能理解的限度。文奇还指出，这种科技的演进曲线不会逐渐趋于平缓，而是不断加速，直到一个超乎想象的程度。“很快，我们将创造出比我们自身更伟大的智能生物。”文奇写道。与后来人不同，他认为人类的这一发展趋势未必导向好的结果。“灭绝可能还不是最糟糕的。”他写道，“想想我们和动物之间的差别。”换句话说，未来的机器人领主完全可能会把人类视为奴隶和牲畜，或者如果我们运气好的话——人会被机器人当作宠物。

和许多富有创造力的人一样，文奇缺乏商业头脑，无法充分挖掘自己的创意所蕴含的市场潜力。这个任务就落到了雷·库兹韦尔的头上。作为一个完美的品牌缔造者，库兹韦尔抛却了文奇的担忧，把奇点描绘成了一场宇宙派对，并很快就取得了商业成功。科学家兼作家道格拉斯·霍夫施塔特嘲笑库兹韦尔的论文是“一大堆思想的杂烩，非常怪异。因为他把一些坚实可靠的想法……和完全疯狂的点子混合到了一起”。然而，这个模式很成功。2011 年，库兹韦尔入选《时代》杂志评出的“世界上最具影响力的 100 人”。那一期的封面故事还支持了他的奇点理论。

文章写道，尽管看来“荒唐可笑”，但“具有超级智能的永生电子人”的未来，值得我们做出“冷静而谨慎的评估”。

> 虽然这听起来像科幻小说，但它就像天气预报，并不是什么科学幻想。这不是一个边缘的想法，而是一个对未来地球上的生命的严肃假设。

科学源自质疑，刨去这一点之后，其他的都叫生意。与其说库兹韦尔是个科学家，倒不如说他就是个推销员。在著述和演讲中，他一遍又一遍地重复那套陈词滥调。他的整个理论就基于一个神奇的词汇——摩尔定律。这一术语是英特尔的联合创始人戈登·摩尔提出来的（因此得名），指计算机的处理能力每年呈指数级增长。顺便一提，摩尔定律同时也是英特尔微型芯片的一个广告。根据摩尔定律，库兹韦尔自己编了一个加速定律——随着时间的推移，所有科技创新的速度都将达到指数级。库兹韦尔认为，几十年内，各种科技设备的发展将迎来势不可当的高速，并最终带来奇点及其所蕴含的一切：无限的能量、超级人工智能、字面意义的永生、死而复生，以及“宇宙的宿命”——物质和能量的觉醒。

库兹韦尔也许算不上什么科学家，但是在娱乐大众方面，他确实是一位大师。如果我们讨论的不是什么生死攸关的大问题，那他这种“一开始假装自己能行，干着干着也许就真行了”的套路可能还真不错。但糟糕的是，有权有势的人都挺把他当回事，因为他总能说些他们想听的话，并且积极地为消费主义辩护。和彼得·泰尔这样的技术乌托邦主义者一样，库兹韦尔长期以来一直主张，企业的利润才是衡量未来一切“新范式”的标准。这种话如果是出自一个资深企业高管或销售之口就再正常不过了。滥用化石燃料将会毁灭地球？不用担心！库兹韦尔说了，我们很快就会实现冷聚变和纳米机器人——怎么老是纳米机器人，它们可以修复地球被破坏的自然环境。而美国的前景越是黯淡，库兹韦尔这套乐观主义幻想就卖得越好。无论世事如何变迁，他坚称，情况不但会好转，而且很快就会让所有人惊叹不已。

对每一个可以预见的问题，库兹韦尔都有对策，而且所有问题都被他引向了同一个对策——将来会有人搞个发明出来解决这个问题。他这一套说辞直观地向我们展现了美国人民盲目的乐观主义。实际上，这一套荒谬而乐观的想法都来自被商业过度包装的“千禧主义”。你可以把它视为一幅表现雅克·埃卢尔所批评的技术崇拜的讽刺漫画。

在原子大小的医用纳米机器人和可以存储人类意识的技术发

明出来之前，怎么活过这未来的几十年是个大问题。“我们现在就已经有办法让人活得足够长甚至可以永远活下去了，”库兹韦尔写道，“但婴儿潮一代的大多数人是赶不上了。”这就是他的另一个极具欺诈性的设想——寿命延长。他预测，2045 年人类将迎来科技发展的重大转折点，届时人们可以把自己的记忆和性格都上传到谷歌的云服务器上。为了帮助他这一代正在迅速衰老的人可以等到那一天，库兹韦尔正在推广一个效果未经证实的寿命延长计划。该计划包括饮食和锻炼两个方面。如果这些方法都不能阻止死神的到来，人们还可以把自己的身体或大脑冷冻起来，以待日后复苏。这叫作人体冷冻法，是库兹韦尔的底牌。

库兹韦尔对疾病和死亡近乎病态的执念，使他在由科技推动的非传统医学领域越走越远，而许多奇点主义者也追随着他的脚步。35 岁时，库兹韦尔患了糖尿病。由于他对胰岛素治疗非常不满，于是他开始寻找偏方。最后他找到的方案是一套怪异而变化不定的草药食谱、数百种日常营养补品和一套私人定制的健身方案。库兹韦尔和他的医生特里·格罗斯曼合著了两本书：《神奇旅程：从长寿到永生》（*Fantastic Voyage*：*Live Long Enough to Live Forever*）和《超越：9 个步骤实现长生不老》（*Transcend*：*Nine Steps to Living Well Forever*）。这两本书对于上述内容有更多细致的描述。尤其是第二本书中还包括一份长达 69 页的食谱，里面有一道用甜菊叶做糖的胡萝卜沙拉，真是妙不可言。各种对此表示怀疑的杂志对《神奇旅程：从长寿到长生》发起了猛烈的抨击，称这本书试图“用愿望战胜实证和常识”，并指出书中的一些建议实际上对身体有害而无益。

库兹韦尔和格罗斯曼无耻地利用他们虚假的权威，以“雷和特里的长寿产品——科学和营养的碰撞”之名，向消费者兜售各种未受监管的补品。他们还在网站上出售一些颇为可疑的组合产品，包括一款售价 86 美元的“抗衰老万用包”——承诺为用户提供一个月分量的“智慧营养素”。为了证明产品确实有效，库兹韦尔还用自己的身体做了实验。虽然，在我写本书的时候，他已经 70 岁了，但他一直声称自己真正的“生物年龄”比实际年龄要小 20 岁。而他公开的照片则向我们揭示了一些秘密。2014 年，库兹韦尔换了新发型——比以前更长、更直、颜色更深。这一突然的变化让他的网站（kurzweilai.net）上的一些人对此产生了怀疑。这是假发吗？还是染发？抑或是库兹韦尔在偶然间发现了某种灵丹妙药？

我绝不是第一个把奇点主义定义为新宗教或邪教的人。库兹韦尔本人也曾表示，考虑到大家对于死亡非常关注，会有人把奇点主义比作宗教也是“可以理解的”。但是他拒绝承认，自己这套理论体系从本质上讲就是一种宗教。因为他从来不是一个精神领域的探索者。库兹韦尔写道，恰恰相反，他之所以成为一个奇点主义者，是在他“创办科技企业时”，在穷尽了一切“切实可行的”努力之后，发现奇点主义就是“最优解”。因此，可以说是创业为他指明了道路！

作为奇点主义者，库兹韦尔表示：“这与信仰无关，关键在于理解。”这句话可谓是奇点主义和山达基教徒共用的口头禅，因为L. 罗恩·哈伯德也总是把自己的学说标榜为“科学”。你根本没法和奇点主义者辩论，因为他们坚信自己这套信念来自科学，而任何质疑他们的人都是不理性的。如果这个教派的信徒没有那么多商业、政治和军事领域的重要人物，那这群科学神棍肯定会看上去就滑稽可笑。但他们对奇点主义是很认真的，这就非常危险了。

深入剖析奇点主义，我们会发现它的底色与基督教的千禧主义非常相近，都是厌世的，而且两者的目标都是消灭肉身。苏格兰科幻小说家肯·麦克劳德在他1999年出版的小说《卡西尼环缝》（*The Cassini Division*）中，第一次把奇点主义称为“书呆子们的狂喜”。麦克劳德告诉我，这个说法是他从一个未来主义者的论坛上抄来的。这个论坛上的用户都坚信奇点理论，尤其是其中蕴含的末世隐喻。随后的几年，麦克劳德觉得这些奇点信徒的想法越来越疯狂，其中包含的功利主义倾向也越来越可怕。

最极端的例子就是2001年“9·11”事件5天后，一个叫罗伯特·J. 布拉德伯里的程序员写了一个帖子，标题为“恐怖主义：种族灭绝是一种合乎逻辑的解决方案吗？”，他还表示自己并不想复仇，而只是想从科学的角度思考这个问题。在他看来，“阿富汗人”对于奇点的到来不但起不到什么好作用，而且受他们庇护的恐怖分子所带来的危害反而可能会推迟奇点的到来。倘若阿富汗人的存在会使奇点的出现推迟半年或更长时间，那么“他们的生命价值就是负数”。在这种前提下，“灭绝这个种族就很合理了”。他提议对阿富汗进行一次彻底的轰炸，把“当地人口炸回穴居时代”。

这番嗜血言论的作者不是什么目不识丁的酒吧老板，而是一位毕业于哈佛的程序员，还是仅次于微软的世界第二大软件公司——甲骨文的早期员工。离开甲骨文之后，布拉德伯里成立了私人公司 Aeiveos。这家公司致力于一项堂吉诃德式的长寿研究。其资金来自甲骨文的首席执行官拉里·埃里森。众所周知，埃里森一直痴迷于寻找“不老泉”。在布拉德伯里的朋友和商业伙伴中，有不少人是超人类主义领域的佼佼者。2011 年，54 岁的布拉德伯里去世后，超人类主义伦理与新兴科技研究所（The Transhumanist Institute for Ethics and Emerging Technologies）主席乔治·德沃尔斯基，在回忆布拉德伯里设想的种族灭绝方案时，称他是一个“慷慨、有闯劲而且耿直的男人”，说他经常“谴责世界各地所有不必要的死亡”。

作为社会的边缘文化，长期生活在奇点主义亚文化里的人们，往往会忽略这种亚文化中的各种神经错乱的表现。想想年轻的迈克·阿尼西莫夫吧，在他成为希特勒的粉丝之前，他崇拜的是雷·库兹韦尔（我没有证据表明库兹韦尔或泰尔接触此人时是否知晓他的反犹思想）。高中时，阿尼西莫夫就已经建立了自己的长寿研究团体——不朽研究所（Immortality Institute）。

随着时间推移，不论具体是以何种形式，库兹韦尔几乎与美国所有主要的未来主义组织都发生了联系。从世界超人协会（World Transhumanists Association）——现在叫“人类+”

（Humanity+），一个坚信人类可以通过机械神经植入物和基因工程实现自我进化的机构，到救生艇基金会（Lifeboat Foundation），一个坐落于内华达，致力于“解决人类生存危机”的非营利组织。实际上，库兹韦尔还聘请了阿尼西莫夫，为他自己的科技公司担任顾问。2005 年，《奇点临近》出版的时候，他引用了这位年仅 21 岁的博主的几句话，放到书中作为题记。那时，阿尼西莫夫在奇点人工智能研究所（Singularity Institute for Artificial Intelligence）担任宣传主管。得到了彼得·泰尔的赞助后，阿尼西莫夫的想法终于获得了资金支持，于是他的影响力也与日俱增。

泰尔对技术狂热分子的支持并不限于阿尼西莫夫，这位亿万富翁还是阿尔科生命延续基金会（Alcor Life Extension Foundation）的重要客户。该基金会承诺将把死者冷冻起来，以备日后复活。马克斯·摩尔是该基金会的一名员工，他自称是“乐于面向大众”的未来主义大师，他曾在同样由泰尔赞助，并由柯蒂斯·亚尔文出席的“BIL”大会上，发表了一场题为“人体冷冻——永生之桥”的演讲。英国的“增寿”课题的研究员奥布里·德·格雷也曾在“BIL”大会上讲他关于“抗衰老生物科学”的研究成果。他这辈子主要是在山景城由泰尔资助的 SENS 研究基金会度过的。这是一个同样致力于实现人类永生的非营利组织，坚持着一项堂吉诃德式的事业。泰尔还资助了由帕特里·弗里德曼领导的海上家园研究所，亚尔文也为该组织提供了各种帮助。该组织有一个相当奇怪的目标：在巨型海上平台上建立一个私人所有的国家。

2014 年，《财富》杂志将泰尔——这个痴迷于托尔金、对政府心怀不满的象棋俱乐部主席——描述为“可能是美国公共知识分子的领军人物”。他的仰慕者往往愿意忽视他的怪癖，比如他声称妇女选举权破坏了美国的民主，以及他对“共生”抱有的强烈兴趣。这里的“共生”指的是一种为了延年益寿而向体内输入年轻人血液的疗法。那么这位雄心勃勃、抱负远大的“吸血鬼领主”关心的问题到底是什么呢？

肯定不是全球变暖。泰尔认为这个问题“平庸且乏味”。凭着哲学本科学位给予他的权威和知识，他曾宣称，所有气候学都是“伪科学”。政府也不是一个好政府。“一个运转良好的政府”在他看来是“不太可能存在的”。

对于受压迫者、战争、罪恶、爱或者幸福的秘密，泰尔都不关心。他最关心的问题是，20 世纪 50 年代的科幻小说里描写的未来主义幻想为什么没有如期实现。他想知道的是，火星殖民地在哪？飞行汽车在哪？对当前世界的失望将泰尔引向了悲观的“停滞论”。这就使他在风投圈中特立独行，常常做出一些异于主流的投资。泰尔认为，这些年科技界大繁荣带来的产品和创新，根本谈不上有意义，对于人类文明的进步也帮助不大。他观察到的是一个显而易见的事实，但他拒绝接受同样显而易见的推论——技术提升并不等同于进步。因此，无论是作为富裕的消费者还是贪婪的资本家，他对事物的观察都出现了严重的偏差和扭曲。

科技给人提供的是无数种有趣的消遣方式，还有很多有用并有助于节约时间的工具。即便这些工具是致命的武器，它们也通过加强政府的统治而服务人类。此外，任何能够节约人力并提高经济收益的技术，对人类而言都是有益的。即使这种改良意味着更多的工人会因失业而忍饥挨饿，先进的技术社会仍会从这种“进步”中获益——因为作为利润而被收获并储存起来的生产力可以投资到新技术的研发中，而新技术在增加利润的同时也会减少社会对人力的需求。最终，技术手段固化了本来就不公平的阶级结构。所以说，技术进步怎么能在所有意义上都被视为“进步”呢？

显然不能。但是，和许多笃信技术乌托邦的富豪一样，泰尔认为既然电子产品能让自己发财，那它一定也能拯救世界。2009年的奇点峰会在纽约市Y街92号举办，组织者是阿尼西莫夫。会上，泰尔表示，“发展中国家前进的唯一道路就是加快创新，并在尖端科技领域取得进展”。否则，它们的经济就会彻底崩溃。就和布拉德伯里一样，在泰尔眼中，如何加快奇点的到来是“我们所面临的政治、文化、经济和技术问题中最重要的”。

可是，不管他对美国和地球怎样忧心忡忡，他从来都没有忽视个人利益——彼得·泰尔的利益。据报道，他给自己买了一个新西兰的公民身份，以及一栋隐秘的湖边住宅，以便他在末世灾难来临时有地方逃难。

在泰尔为自己谋划逃跑路线的同时，崇拜他的年轻人阿尼西莫夫——也在做类似的事，只不过他的办法便宜得多。和泰尔一样，阿尼西莫夫不想坐以待毙，等着奇点来拯救一切。所以，2014年，他提出了在爱达荷州的荒野建立“国际社区”的计划——这可不是什么新反动主义邪教！在我向他询问此事之后，他把自己那个公布了计划草案的网站关了。但他后来又出了一本售价 5.99 美元的电子书——《爱达荷计划》。

他这个并不成熟的计划包括招募新成员和寻求资金。他估计，只要这批定居者足够吃苦耐劳，他们第一年只需要 17 万美元就能安营扎寨。按照他的计划，资金将用于购买“20 英亩[①]山坡上的土地”、用“杆子和碎料板”支撑起来的拖车房屋，以及够吃一年的冷冻和脱水食品。“这个计划不需要农业！一辈子吃美味的好市多冻干食物，你活到 100 岁，一年也只需要花 1 000 美元。这主意不错吧！”阿尼西莫夫写道，“我已经这样生活好长时间了。”

“我们的计划，”他接着说，“需要的不是一大群程序员，而是一群顽强而不畏严寒的人。”他还声称，“会有很多女性希望搬进这个社区”，但他不会真的允许这种情况发生。阿尼西莫夫写道，女性总是会“抱怨任何不完美的东西”，这会让定居者在建造全新世界时“分心”。

“这个计划的关键在于，”阿尼西莫夫写道，“自由。”

他所谓的自由就是逃避，或者像硅谷精英更常说的那样，“退出”。技术奇点主义者通过这种自我流放式的政治行动，将宗教般的末日情结与他们面对社会时的挫败感，成功地结合起来。

因为太不切实际，泰尔最终放弃了“海上家园”计划，但他认为还有其他办法可以实现自己梦寐以求的逃避。亚尔文一直都

---

① 1 英亩约为 0.67 亩。——编者注

没有同海洋分裂主义者打成一片。在他导演了一场针对另一位演讲者的恐同诋毁之后，他就再没被邀请参加过“海上家园”的会议。不过亚尔文也有自己的方案。他称之为“百纳布”——一个不受“心胸狭隘的普通人”干涉的全球秩序，由成千上万个“迷你国家”共同组成一个类似“蛛网”的结构。“每个国家都由自己的股份公司管理，完全不用考虑居民的意见。”

亚尔文解释说，这项计划旨在效仿封建主义中“最有趣、细致、优雅的欧洲范式”，并将会治愈左派思想这个“癌症”。在该体系中，表达异议的唯一方式就是离开，成为一名难民，所以新闻业的“猪猡们”就要倒霉了，还有那些“统治下层”的“全副武装的暴徒”——也就是黑人——也要完蛋了。不过亚洲人在这个方案中会很受欢迎，尤其是中国人。用亚尔文的话来说，他们“天生就比白人聪明”。

以加利福尼亚州为例，亚尔文在他的博客上给出了一个该计划的蓝图。第一步，当然是任命一位独裁者。“我们可以说加利福尼亚州需要一位‘首席执行官’，或者说它应该‘像一个初创企业那样’运转。”他建议道。

亚尔文写道，掌权后，加利福尼亚州的独裁者所要做的第一件事就是把前任州长和市政府官员全都扔进恶魔岛的监狱里去。把他们全都关起来！“接下来必须成立一个民政部门，要达到顶级初创企业的水平。”他接着写道，“也许会有些谷歌员工被选入其中。一旦实现了和平，独裁者就需要维持秩序。”

如果你感觉亚尔文的计划疯狂又危险，那是因为它确实如此。外国人和穷人都会被驱逐出境。“他们必须把自己的贫民窟都卖掉。”他写道，“然后新政府就需要拆掉这一切。使用喷剂消灭一切蟑螂、老鼠和比特犬，再找几辆推土机把瓦砾清理干净。有可能还需要进行一点轰炸。我们要建立的新住宅区是那种适合俄罗斯寡头的豪华社区。”

至少亚尔文还承认，想要实现他的“百纳布”计划，暴力是必不可少的。其他那些试图让政府交出权力的人往往对可能产生的骚乱只字不提。风投公司安德森－霍洛维兹的合伙人、Counsyl的联合创始人巴拉吉·斯里尼瓦桑提出了“云城市”和“云国家”的概念。他试图通过网络，将所有对当今世界绝望的人组织起来。他从自己的风投基金中拿到了250万美元的融资——这在硅谷不是没有先例的，但即便以科技行业的无耻标准来看，也是远超一般水平了。他和别人共同创办了一家名为“瞬移”（Teleport）的创业公司，旨在帮助“数字游民”在海外寻找工作和住所，并借此加快实现他们的最终目标——把公民身份变成一种需要通过竞争才能获得，而非与生俱来的权利。

斯里尼瓦桑在他发表于《连线》杂志的文章中阐述了这个宏大的计划。他预计，“互联网的发展会引发一波国内移民浪潮，而线上社区的人们会在线下真正地聚集起来”。最近的网络热词——“云”，在斯里尼瓦桑的设想中意味着所有组织未来的发展方向。他的文章一开始就为人们不再相信“昭昭天命”（Manifest Destiny）而扼腕叹息。斯里尼瓦桑写道：“地球表面的每一平方英尺都已经被一个（或多个）民族国家所占据，而物理上的边界早就人为地封闭起来了。”但希望还是存在的，“我们的身体禁锢在边界之内，但我们的大脑却在‘云’中无比自由。‘云’已经成为非比寻常的精神桃源”。在斯里尼瓦桑看来，线上的社交网络将不可避免在现实世界中形成各种“云结构”。“我们将看到‘云乡镇’，然后是‘云城市’，最后是‘云国家’。”

斯里尼瓦桑对“退出”的看法与阿尼西莫夫和亚尔文略有不同。虽然同样荒诞可笑，但他的方式很新颖。“与所谓分裂主义者不同，”他写道，“在现实世界中寻找一个可供大家聚集起来的场所是为了方便，而不是因为某种激情。我们没有理由为地理空间上的偶然斗个没完没了。”长久以来，人类文明似乎总是在为谁占领了哪片土地而打个没完，而现在终于出现了一个一劳永逸的解决办法。棘手的巴以问题会同太平洋高地上某人的新阳台挡住了邻居的海景这类鸡毛蒜皮的小事，一起消失在“云”里。

斯里尼瓦桑承认他的预测有局限性。他不确定第一批“云城市”出现在哪里，更不确定它们何时出现。

按照马克·安德森的理论，就像过去25年间出现的26个新国家一样，这些“云国家”也会被国际社会认可。又或者会像拉里·佩奇指出的，某些地区产生的“云国家”也可能会通过某种实验性质的国际条约而被承认。“云国家”也可能是彼得·泰尔提出的，建立在公海上的水上城市；或者是埃隆·马斯克所设想的，雄心勃勃的8万人火星殖民地之一。

2013 年，斯里尼瓦桑在 Y 孵化器的“创业学校”做了一场极具煽动性的演讲，他用行动为当时的世界展现了科技界的鲁莽所能达到的最高境界。演讲中，斯里尼瓦桑为“硅谷的终极‘退出’”制订了一个计划——“削弱华盛顿决策的重要性”。简言之，就是实现科技公司的利益最大化，我们需要打击政府。“这个计划的基本目标是，在美国之外，为所有人提供另一个选择——一个由科技支配的国家。”他说，“这也是硅谷目前的行动方向。”

政府不是斯里尼瓦桑计划攻击的唯一目标，他还呼吁在场的听众——也就是各家公司的创始人——去破坏所有制约科技公司的民间机构。就像战争中给士兵讲解进攻计划的指挥官一样，斯里尼瓦桑还明确指出了哪些目标的优先级最高。

> 战后，有 4 个城市统治着美国：
>
> · 波士顿，因为它拥有众多高等学府。
>
> · 纽约，因为它拥有麦迪逊大道、出版社、华尔街和报社。
>
> · 洛杉矶，因为它拥有电影、音乐、当然了，还有好莱坞。
>
> · 华盛顿特区，因为它掌握法律法规，在名义上统治着这个国家。
>
> 鉴于那些衰退的重工业城市统称为锈带（Rust Belt），我将这些城市称为纸带（Paper Belt）。而在过去的 20 年里，纸带迎来了一个强有力的竞争者：硅谷。不知

不觉间，我们已经在他们每个人的床上都放了一个马头。

很快，我们就要变得比他们所有人加起来还要强大。

很难相信他在这段演讲中提到了“马头”这么一个奇怪的表达，却并没有其他含义。显然，斯里尼瓦桑很支持科技企业对政府发起挑战。举例来说，他称赞比特币阻止了政府的“抢钱”行径，或者叫“收税”。值得注意的是他用于描述“建制权力”的概念——“纸带”，与莫尔德巴格提出的“教会”之间，有着惊人的相似。斯里尼瓦桑还列举了一长串成功破坏了纸带经济的创业公司。在他看来，洛杉矶“从1999年的Napster（电脑软件）开始”，就是在这方面贡献最大的城市。紧随其后的还有苹果的iTunes、比特流、网飞、声破田和YouTube。“我们要进军报纸行业，进军麦迪逊大街，进军图书出版业，进军电视媒体。”斯里尼瓦桑毫不掩饰他语气中的欢欣鼓舞。他号召众人通过线上媒体，如谷歌AdWords（关键词竞价广告）、推特、博客、脸书和亚马逊的Kindle电子书，对纽约的媒体界发起全面进攻。“我们的下一个目标是波士顿。”他表示，美国历史最悠久、最优秀的教育机构也面临着一众创业公司的挑战，如可汗学院、Coursera（在线课程平台）和优达学城。虽然到目前为止他们还没有那么成功。“最有意思的是华盛顿特区。”斯里尼瓦桑继续说，“政府监管的不仅仅是特区，还包括各州以及各级地方政府。优步、爱彼迎、Stripe（在线支付服务商）、Square（移动支付公司）和比特币都在瓦解他们的权力。”

斯里尼万桑不支持武装斗争，只是因为他认为这么做不会成功。“它们有航空母舰，我们可没有。我们打不过它们。武装斗争是不明智的。”不过，他继续说，“我们现在还不清楚美国政府能否真的把枪给禁了。”

虽然很多人会把斯里尼瓦桑的计划，视为一群蠢人想要建立的数字化“南方联盟”，但说这番话的人曾是斯坦福大学的教授，还是一家掌握40亿美元的风投公司的合伙人，而不是那些蜷缩在地下室，看不到未来的4chan用户。他的战友彼得·泰尔曾在2017年1月向特朗普政府推荐斯里尼瓦桑担任食药监局局长（尽管并未被选中）。这块技术分裂主义的招牌正在吸引越来越多有钱有势的人，他们就和历史上所有有钱有势的阶层一样，试图摆脱一切束缚，确保他们永远享有尊贵的地位，任由底层民众自生自灭。

受斯里尼瓦桑影响，在科技界的最高层，我们已经注意到对这类分裂主义的响应了。让我们回想一下谷歌的联合创始人拉里·佩奇，在2013年谷歌开发者大会上的惊人之语。当时，一位观众谨慎地问佩奇，他如何应对外界对于科技变革的反击。“继续专注于改变世界。”最初，佩奇用一些陈词滥调应付了一下。紧接着，他又建议道，需要新的“机制”来应对这种变化。那么，所谓的新机制是什么呢？

> 也许我们的一些旧制度，比如法律之类的，没有跟上科技改变世界的速度……我的意思是，当我们上市的

时候，监管我们的法律已经有50年的历史了。50年前互联网还不存在呢，那时候制定的法律怎么可能到今天还完全正确呢。

“我们尚未建立对实验开绿灯的机制。”佩奇继续说，“本来有很多令人兴奋且重要的事等着我们去做，但因为它们是非法的，或者监管机构不允许，所以我们只能束手束脚。”也许，这个世界需要给技术人员准备“一个安全空间”，“好让我们在那里尝试新事物，弄清楚它对社会和个人会有什么影响，而不是直接把它引入个世界。”佩奇的本意可能是好的，但对我和许多人来说，他只不过是在倡导另一种分裂主义。

一位科技记者在前沿网上匿名报道了佩奇的演讲，他为观众平淡的反应而震惊。“最怪异的就是，整个会场没有任何人在听到这番话之后有任何反应。”记者写道，“佩奇说他想建立一个独立的国家，实行新的法律。居然没有任何人反对他。”

或许观众的淡然正好说明，佩奇的话符合这群科技业者的普遍认知，即公司的管理水平远在政府之上。为了说明新兴的科技行业正在形成并不断巩固自己的主权，佩奇举了丹麦的例子。2017年，丹麦成为世界上第一个设有“数字大使”（digital ambassador）的国家。该大使的工作不是与他国进行外交，而是“建立并巩固丹麦同谷歌、脸书、苹果这样的科技公司之间的关系”。尤其是在特朗普当选之后，外国政府更愿意同美国的科技巨头打交道，这能赖谁呢？虽然不是总统，但这些科技巨头掌握着巨大的权力，而且他们明显更高一筹的智力水平、能力和稳定性与我们的民主程序形成了鲜明对比。

公共领域的损失已经成了私人领域的收益。在某种意义上说，在这些公司为自身攫取权力的同时，也加速了美国的衰落。而且，按照奇点主义的主流意识形态，这些科技巨头打算永远把权力握在自己手中。

对于这群科技企业的“国王”来说，未来确实是一片光明，但对我们其他人来说就要黯淡得多。这群技术资本主义的大赢家——拉里·佩奇、彼得·泰尔和他们的走狗——已经意识到，这个让他们大富大贵的体制，现在只能为他们带来更多敌人而非盟友。而且，他们对这个体制也越发不安起来。2015 年，《纽约时报》报道，富裕的城市居民越来越担心国内发生动乱，他们对安全“庇护所”的需求与日俱增。

根据《福布斯》的报道，一些富有的大地主已经采取了各种措施来自保。比如用红外摄像机监控他们房屋的四周，设置一些由烟幕弹和胡椒喷雾手榴弹组成的陷阱。如果防御失效，他们就会立即撤退。在 2015 年的达沃斯世界经济论坛上，与自由主义金融家乔治·索罗斯关系颇为密切的经济学家罗伯特·约翰逊表示：“世界各地的对冲基金经理都在购买新西兰等地的机场和农场，因为他们都认为自己需要一条退路，以备不时之需。”看来会有很多人找泰尔做伴了。另一位达沃斯与会者、世界银行前经济学家斯图尔特·沃尔斯将这种精英阶层对财富被没收的担忧，与太空殖民的奇点主义梦想联系了起来。“如果能去别的星球生活，这些人肯定有人早就去了。”沃尔斯说，“富人都很不安，而且他们也应该感到不安。”

基于许多原因，他们确实应该对现状感到不安。现有的制度显然无力解决当前的种种问题——从生态环境破坏到巨大的贫富差距。富人并不是唯一对现状忧心忡忡的人。毕竟，在这种不稳定和混乱中，谁更容易从中获利呢？是新兴的科技之王，还是我们这些劳苦大众？

然而，即使美国的制度在短期内仍能维持下去，在总体的趋势上，企业对于生活的控制力也依然会不断增强。凭借着民众的支持、庞大的现金储备，再加上它们颠覆和瓦解其他行业的能力，顶尖的科技公司已经摆好了架势，要夺取那些本不应属于它们的权力。在当前没有任何反对势力可以威胁到他们的背景下，科技巨头可以凭借自身的力量，随心所欲地建立一套头脑的贵族制，并开启他们永恒的统治。他们的世界将通过软件运转，由算法来负责执法，用机器来制造音乐。那将是一个没有性别，没有空气，没有树木，没有色彩，没有细菌，没有漏洞的世界。富人享受着机器人管家的精心照料和年轻人的新鲜血液。至于我们其他人，只有工作，工作，工作，工作，工作，工作……直到死亡。现在还不是撤退的时候。况且我们也没有堡垒，没有出口，没有退路。那些东西都不是给我们准备的。怎么，你觉得埃隆·马斯克会在最后一枚飞往火星的火箭上给你留个座位吗？

后　记

谷中篝火

我意识到，倘若选择和无家可归者们一起住在帐篷里，我就不需要再向“爱彼迎”缴纳房租了，就在这时，我在硅谷的这场鲁莽的磨难也就宣告结束了。我忍受了这场竞赛中的各种羞辱和折磨，但是在性格塑造、社会地位提升和财富积累方面都一无所获。这就像电影《战争游戏》（*War Games*）里操控美国核武器系统的超级电脑所说的那样，创业游戏中唯一的制胜之道就是不参与。从加利福尼亚州飞回家，见到了我那耐心的妻子后，我立刻感到一种压倒一切的解脱感。

但我真的逃出来了吗？又有谁真能从中解脱呢？谋生越来越意味着在科技行业设定的条件下榨干自己的精力，而整个就业环境所鼓励的自我商品化的强制性味道也越来越浓。产自硅谷的电子仆从在你的口袋里如影随形地监视着你，这在今天已经不是什么秘密了。它们搜集一切信息，然后全部上报。通过各种数字记录，它们最终比你更了解你自己。他们比你更了解你自己。你遗忘的，他们替你记着。你找寻的，它们帮你储存。我们像牧场里的小牛和母牛一样被标记，被跟踪，在记录中变成无数个微不足道的存在，被来自以太的成千上万条紧急却毫无意义的指令戳着，驱赶着。创建账户，登录，继续，点击同意。叮！你收到了通知。难道是你的老板？你此时不应该在工作吗？你为什么在阅读这个？点击，滑动滚轴，分享。我们努力坚持着。感到焦虑？那就来点多巴胺吧。叮！更多的通知。过去，对工作感到厌倦也没啥大不了，一些懒汉也做成了大事。如今，你找不到闲人。即便人们都在告诉自己，你需要休息，但还是不停在工作。有人说，“数据就是新的石油。”可数据的本质就是我们自己，新的石油就是我们本身。与石油不同的是，我们是一种可再生资源。

创业泡沫从 2005 年左右开始，在大约 12 年后悄无声息地结束了。对于半生不熟的初创公司们来说，容易钱已经被赚完了，就跟那些被过度炒作的公司首次公开募股时遭遇的尴尬境地一样。曾经宣称“要么在旧金山发财，要么就破产”的那些想要成为企业家的人，如今越来越倾向于去匹兹堡或底特律这类开销更低的城市积累财富。这一现象的原因很复杂，但结果很明显：跟前几年不同了，硅谷造不出独角兽来了。但更重要的是，这一次的泡沫并没有像 2000 年互联网泡沫破灭时那样骤然崩塌。实际上，泡沫的表面像茧一样逐渐凝固起来。于是我们看到另一种荒谬的美国式的过度消费——“高科技郁金香狂热”（a hightech tulip mania ）。透过这一现象，我们可以瞥到一个更为深刻的变化：一场类似于2008年金融危机的根本性的经济转型。金融危机时对华尔街的救助使美国政府转变成了资本的仆从，这是自1929年大萧条后前所未见的。而在我们目前经历的这场创业泡沫中，举着网络2.0（Web 2.0）大旗的独角兽公司们对经济产生了一种微妙的变化，他们将表面上的顾客变成了一种宝贵的数据来源和免费的劳动力，这可能，或者说实际上，也意味着更加深入的剥削。

毋庸置疑，华尔街的浮华和贪婪可与硅谷相匹敌，但说到控制世界的宏伟野心，鲜有人能同硅谷的那群技术宅相匹敌。他们赌的是，未来的几代人寄希望于兜售各种小玩意的商贩们解决面包、正义和安全，而非政府。这并非牵强附会。数以千万计的美国人实际上已经是苹果、优步和亚马逊的公民；这些公司的政策对他们的日常生活的意义不亚于政府颁布的法律条文，而且这些品牌的标识也肯定比国家和政府更能激发人们的忠诚。这些科技大亨精心塑造着自己的形象。在公众心中，他们目光敏锐，工作勤奋，善于解决各种问题，奋斗在传统的最前沿，为美国人提供了他们迫切需要的两样东西：认可和希望。作为一个民族，美国人被培养成了一群乐观主义者。但正如一位著名企业家所说的，这也意味着美国大众被培养成了一群傻瓜。美国人无法理解许多在世界其他地方的人看来显而易见的事情：事情已经非常糟糕了，而且总还会变得更糟。

我知道科技公司们设想的未来可能会很丑陋。可无论我如何靠近他们，去观察他们，我都无法想象，为了建构他们心中的乌托邦，这个新的精英阶层准备给全世界的民众施加多大的痛苦。因为这个阶层时而古怪却人畜无害，时而又幼稚得让人恼火，而在面对别人时，他们又总是一副自鸣得意。未来，这世界上所有国家，无论大小强弱，都将被利益所驱使的单一主义引向疯狂的争夺，离开湾区后，2016 年 9 月我一边写书一边与妻子来到东印度的农村。她在一所由亚洲各地的达沃斯级别的富豪资助的新建大学里任教。比哈尔邦（the state of Bihar）差不多是一个人从硅谷逃出来后，能跑到的最远的地方了。我们住在一间大学征用的旧旅馆里，整修后，这栋楼变成了学生和教员的宿舍。就在这栋楼周围，当地居民用油布支起帐篷，住在泥地里，养着骨瘦如柴的山羊。通常，他们共用一个手摇井，一部手机。但这并不意味着他们对于新的技术一无所知。走在泥泞的路上，旁边的铁皮小屋里，小贩们在打折出售 SIM 卡，自带不限流量的高速网络套餐。所有的孩子都会用 WhatsApp。假如让托马斯·弗里德曼（Thomas Friedman）这种科技乐观主义者看到这一切，他们肯定会为这座现代化的灯塔惊叹不已，于是想当然地认为，发展和繁荣指日可待！

结果并不尽然。颠覆旧世界的力量来到了印度，它带来的却是一股恒河泛滥般的巨大力量，横扫一切。2016 年，印度总理莫迪（Modi）以进步的名义，在一群所谓的专家和唯利是图的科技公司的建议下，推行了一项规模宏大、破坏性极强的经济改革——“去货币化”（demonetization）。在既无事先警告，也未经公开讨论的情况下，莫迪政府宣布，500 卢比和 1000 卢比纸币将不再被视为法定货币。而印度流通现金中有近 90% 是这两种面额的纸币。人们不得不把这些纸币存入银行，兑换更大面额的新纸币。但政府解释说，这项改革虽然带来了一些麻烦，但是带来的效益很大。因为这样一来，人们就会在货币流通中更多地选择通过智能手机的应用程序进行数字支付，而不再使用现金。

废钞的公告一经发布，立即引发了印度全国性的银行挤兑，并引发了各种形式的囤积。自动取款机前的人们排了好几个月的队，而各类商业活动也几乎陷入瘫痪。面对潮水般的批评，印度政府找出了各种各样、往往相互矛盾的理由为政策辩解："去货币化"将重新平衡现金供应、提振经济、打击腐败（普及数字支付后，行贿或避税将很难不留痕迹）。有一条理由，政府始终在大加宣传："去货币化"就是现代化。在这些人脉广泛的科技创业公司的大力帮助下，印度正在向"数字化和无现金经济"跃进。

在印度政府做出这一突然决定的同时，政府支持的移动支付程序的宣传攻势也展开了。他们买下了所有主流报纸头版的整版广告，上面印着展示莫迪的笑脸，以及他对"印度支付宝"（Paytm）这款应用的支持。这款应用的推出利用了印度政府强制实施的"去货币化"政策所造成的混乱。莫迪的政治对手声称，其政党与这家此前默默无闻的创业公司有牵连。确实，"印度支付宝"乍看下是从石头里蹦出来的，实际上其大股东是中国投资者。该公司由一个喜欢参加派对的印度技术人员领导，这个年轻人很可能来自宝莱坞中心（Bollywood central），还曾为参演过

“社交网络”（The Social Network）的音乐翻拍版。（莫迪的政党和该公司均否认了任何此类指控。）

“印度支付宝”可以说得到了硅谷的真传——程序设计混乱，漏洞百出。因为纸币被宣布无效了，这个程序瞬间拥有了十亿客户，但是它根本无法处理每天巨量的交易。与此同时，在印度，有数亿人无法使用这款程序，印度政府却并没有为他们提供任何备用方案，更何况这款程序也不好用。在我们小镇上，很多店主和菜贩连鞋子都穿不起，用智能手机就更甭提了。在这些地方，“印度支付宝”根本不存在。这一年冬季收获之后，因为很多人没有纸币去购物，大量的农作物被扔在地里，任其腐烂。莫迪强制推行移动支付系统的结果，可以准确地被描述为一片混乱。在城市里，许多病人和老人死在长长的自动提款机队伍中。至少有这样一个例子，一位医生在索要现金无果后拒绝治疗病人。为什么付不出现金？因为大家都在排队等着取钱呢。人们整天在一台又一台的提款机之间穿梭着，最终发现哪台机器都取不出钱了。然而印度的富人和中产阶级根本看不到这些问题，因为他们都是派用人购物，由此避开了这场意志力和耐力的比拼——“去货币化”后的日常购物。不但如此，他们还对莫迪谈到的“去货币化”能反腐这一点产生了强烈的共鸣。在他们眼中，印度支付宝纵然有着繁多的缺点，但这种生活方式也能给他们带来自豪感，因为它体现了印度的崛起。外国记者们也普遍错过了“去货币化”的灾难性后果，或者说至少是错过了一开始的部分。他们大多只是尽职尽责地报道了印度政府“去货币化”的立场，以及紧随其后的移动支付革命如何对外界释放了强烈的信号，象征着印度已经“打开了大门”。可以说，莫迪把印度变成一个实验室，将有史以来科技创业公司最欠考虑且破坏性最强的实验，强加给了对这一变革最不情愿的一群人。印度支付宝已经表明，彼得·泰尔（Peter Thiel）最初设想的“贝宝”（Paypal）“统治世界”（他的原话“World Domination”），即货币的数字化和私有化，想要实现的话，可能除了通过法令之外，别无他法。“印度的‘去货币化’可能成为第一个现金被抛弃的多米诺骨牌中倒下的第一块。”《福布斯》评论员热情洋溢地写道。

我们完全有理由认为，印度的废钞实验会在其他地方重演。在一定程度上这是因为，国际媒体的报道没有准确传达这一实验的后果。相反，他们纷纷采用了科技媒体的风格，重复着印度官方那套移动支付将“释放”印度经济增长潜力的宣传口径，并称赞莫迪为印度的未来押下了“高风险、高收益”的赌注。那么在印度到底发生了什么呢？印度政府以公司的形式批准了一批贵族的垄断行为，以铸造全新的货币。有一天我在一台提款机前排队，机器旁有一个持枪的守卫，他一直没等来现金，于是开始咒骂起智能手机的应用程序，说这玩意简直毫无用处，买点吃的都做不到。当时我就在想，让程序员们统治这个世界就会发生这样的事情。

我们生活在一个日益陌生，且动荡逐渐加剧的世界。我不打算像雷·库兹韦尔（Ray Kurzweil）那样扮演预言家，但我确信，在不远的未来，我们还将承受硅谷的科技公司带来的进一步“冲击”。这就是为什么我对阿姆斯特丹遇到的那些技术奇点主义者都是一笑了之。因为我必须承认，所有那些不可思议的新技术终将成为现实，然而这个世界已经深陷各种政治和环境危机，这之外还要应对这些技术带来的冲击。最为可怕的是，这些发明一旦被创造出来，就摆脱了人们的控制。正因为如此，改变世界的技术该如何分配，又该如何发展，这类大问题不能只由少数几个斯坦福出身、自信心爆棚的富人来决定，因为他们对历史、政治、语言和文化漠视的程度令人震惊，更不用指望这群人会去体察穷人们的求生之艰了。

技术奇点主义者的幻想可以牢牢吸引住全世界最狂热而利己的商人，这并不奇怪。因为这些幻想有望赋予他们终极且永久的力量。美国科技寡头们的野心透着浓浓的自我意识过剩，他们的设想简直有点可笑了——长生不老、超人的力量、专属个人的超高速交通。在想象中，他们已经把自己视为一个更优越的种族。虽然他们不太可能实现想象中的一切，但不幸的是，这个超级精英阶层可以从这个发展出的任何新技术中获益，而成本则将一如既往地落到我们其他人的头上。这在历史上不是没有先例的。过去，那些腐朽的国王就是这样的。但是如果说历史教会了我们什么，那就是复杂的问题往往有一个颇为简单的解决办法，比如砍掉他们的头。

致 谢

如果苦难能塑造性格，那我真要好好感谢一下“爱彼迎”。怀着同样的“感激之情”，我还必须要感谢那些拒绝接受我采访的人，尤其是雷·库兹韦尔（Ray Kurzweil）、彼得·泰尔（Peter Thiel）和柯蒂斯·亚尔文（Curtis yarvin），你们三位是我的缪斯。我由衷地感谢所有接受采访的人，以及所有在书中使用化名出现的人——所有室友、共同参加活动的朋友和在酒吧遇到的各位，他们的故事都被我写在了这本书里。我还要感谢我的心理医生，我的妻子帕特丽夏·索索夫（Patricia Sauthoff），以及俄勒冈州的选民们。因为他们明智地通过了91号法案（Measure 91），使我得以及时并相对轻松地完成这本书。我还要感谢我的经纪人，《墨水池》（*Inkwell*）的威廉·卡拉汉（William Callahan），《大都会》（*Metropolitan Magazine*）的编辑康纳·盖伊（Connor Guy），还有出版商萨拉·柏希尔（Sara Bershtel），她读了整整600页的初稿。我欠 *The Baffler* 杂志全体同人每人一瓶香槟。对我来说这债也不难还，反正我们也没几个人。谢谢你们，戴夫·丹尼森（Dave Denison）、劳伦·基什内尔（Lauren Kirchner）、克里斯·莱曼（Chris Lehmann）、诺亚·麦考马克（Noah McCormack）和约翰·萨默斯（John Summers）。同时，我也要感谢《维拉麦特周报》（*Willamette Week*）的伙计们，尤其是亚伦·梅什（Aaron Mesh）、马克·祖斯曼（Mark Zusman）、詹姆斯·皮特金（James Pitkin）、贝丝·斯洛维奇（Beth Slovic）和尼克·巴德尼克（Nick Budnick）。你们在 2017 年又救了我一命。还有我在写作本书过程中坐坏的几把椅子，我在这里也向它们表示感谢。我还要感谢 P.J. 托比亚（P.J. Tobia）、希瑟·考特尼（Heather Courtney）、戴夫·马斯（Dave Maass）、梅根·奥康纳（Megan O'Connor）、丹（Dan）、普洛伊·特恩·凯特（Ploy Ten Kate）、戴安娜·康拉德（Dianne Conrad）、马克·希金森（Mark Higginson）、扬·米森（Young Misions）、艾丽卡·尼尔森（Erica Nelson）、克洛伊·皮科克（Chloe Peacock）、丹尼尔·辛普森（Daniel Simpson）、汉克·斯特恩（Hank Stern）和亚当·温斯坦（Adam Weinstein）。他们在本书的创作过程中不但为我鼓劲，还提供了安全方面的建议和咨询。最后，我想要感谢齐格（Ziggy）和大卫·所罗门（David Solomon）：朋友们，愿你们安息。